古典を生きる

吉川幸次郎対話集

吉川幸次郎

角川文庫
24599

序

この六つの対談は、一九六八昭和四十三年の夏から冬にかけて、行なわれた。朝日新聞社が、私に監修を委嘱しての叢書《そうしょ》「中国古典選」、うち「論語」は私自身が書き、他は友人たちによるものが完成に近づいており、その別冊として刊行される「古典への道」、その一部分に充てるため、刊行者が企画した。対談の場所、井上靖氏、石田英一郎氏、石川淳氏とは、東京、中野重治氏、桑原武夫氏、湯川秀樹氏とは、京都であった。

六氏と私とは、それぞれ親疎の関係にあること、対談の語気が示そうが、みなさん中国文明研究者としての私の、よい相談相手となられ、また私ないしは人々に対して問題を提起された部分が多いと感ずる。それから十年近くの歳月が流れたが、読み返して見て、あらためてそう感ずる。そうして、石田氏は、故人である。

歳月の流れ、時世の変といえば、別に感ずることがある。私がこの学問にはいった半世紀前、大正の末、昭和のはじめ、中国文明は、あるいは中国は、日本人によって侮蔑され切っていた。このような書物は出るべくもなく、このような対談の相手も、おそらくは求めにくかったであろう。そうした日本の中国侮蔑、またその対応として中国がわにもあった日本侮蔑、二つのからみあいが、あの不幸な関係の最も大きな原因であったと、私はかねてから考えている。事がらはくりかえされてはなるまいということ、対談者の方々、なくなられた石田氏も含めて、同じお考えが根底にあろう。

時世の変のなお一つを附記すれば、七四頁《ページ》あたりで中野氏が希望した荻生徂徠《おぎゅうそらい》の全集は、みすず書房によるもの、河出書房によるものが、現在刊行中である。仁斎《じんさい》、徂徠、その他の選集は、岩波「日本思想大系」のいくつかの巻になっている。私自身も「素人にもわかるように書いた本」として、「仁斎東涯学案」「徂徠学案」を、岩波のその叢書のため、この対談以後に書いた。その他関係の諸文とともに、「仁斎・徂徠・宣長《のりなが》」岩波、もしくは私の全集二十三巻筑摩にも収める。

一九七七年一月

吉川幸次郎

目次

中国と日本文学

井上靖
吉川幸次郎

井上　靖（いのうえ　やすし）
一九〇七年生まれ。小説家、詩人。一九五〇年「闘牛」で芥川賞受賞。代表作に『氷壁』『風林火山』『しろばんば』など。中国西域を扱った小説に『敦煌』『桜蘭』（ともに毎日芸術賞）などがある。一九七六年文化勲章受章、一九八六年北京大学より名誉博士号を付与。一九八九年『孔子』で野間文芸賞。一九九一年正三位・勲一等旭日大綬章受章。一九九一年没。

吉川　井上さんは中国の書物というか、この選集の用語でいえば「中国古典」ですか──私は古典ということばの使い方にそうとう神経質なのですが、それはまあしばらくおくとして、あなたはいわゆる〝中国の古典〟に対して興味と関心と、あるいは同情をお持ちのようにお見受けいたしますが、どういう点を最もおもしろい、あるいは尊いとお思いになるか。あるいは古典と限定しなくてもよろしい。中国人的な生き方、あるいは中国的な文明にどういう点でアプリシエート（評価）されるか、あるいはそれをディアプリシエートされてもけっこうですが、そういうことをはじめにちょっとうかがいたいと思います。

井上　評価となると、難しくて申上げられません。私などは高等学校が理科だった(1)関係もあるのですが、若い時代には中国の古典に関係なく育ってきました。しかしそれは、私が理科の学生だったからばかりでなくて、文科の学生も、ぼくらの時代、つまり昭和のはじめごろから、総体に中国の古典から徐々に遠ざかるような気運があったのじゃないか。それが戦争でまた拍車をかけちゃって、それがずっと最近まで尾をひいて、いまの学生は中国古典から離れている、これからどうなるかわかりませんが。

それにしても、いまの自分の子どもたちに比べると、中学校では漢文があり、『論語』がどういうものかいちおう先生には教わり、そしてそのいくつかは教科書で勉強し、杜甫《とほ》でも、白居易《はくきょい》でも、陶淵明《とうえんめい》でも、その代表的ないくつかは諳《そら》んじ、また勉強するという形ではなく、自然にその中へはいっていった。そういう時代の最後ぐらいです。私たちのもうちょっと前くらいには、自分で中国の古典を買って読んだ時代がきっとあったと思うのですが、私のときはそれがなくなっている時代ですね。それは非常に大きい日本の変り方につながっている。それから、なにをそこから得たかということになると、どういったらいいかわかりませんけれども、非常に大きいものを貰《もら》っていますね。人生というものに対する根本の考え方でしょうか。

それから、時代の趨勢《すうせい》とは別に中国の詩についていけない気運をつくったもののひとつに、詩吟があると思うのです。詩吟は若い人とどこかそぐわない感じがありまして、詩吟そのものがいけないと言うのではなくて、中国の詩というものを何となく時代ばなれしたものに誤解させる作用をしたんではないかと思う。それからもうひとつ、いまの中国の文化革命(2)でも、今後どういう方向にいくかわからないけれども、ともかく革命をやっている。ああいうことは、いまの五十、あるいは六十以上の人は、説明を聞かなくてもなんとなくわかるものがある、とわたしは思うのですけれども……。

吉川　文化革命に対してね。

井上　ええ、それ以下の年齢の人にはないのじゃないか。……まあ、文化革命というのはどういうのか、はっきりわからないのですけれども、とんでもない精神革命運動みたいなものが、中国の内部で行われているのじゃないかと思うのですがね。ところが実は、そういうことは中国の歴史のなかで何回も、たいして形はなさなくても、行われてきたものなのじゃないか。そんなようなもとのもの、そういうものを理解させるものを、古典は教えてくれているのではないか。うまく言えませんけれども。

吉川　いまおっしゃったなかに、すでにいろいろおもしろい、ぼくがコメントをつけたい部分があるのですが、それより先に、ぼくはきょう実は少し準備してきたのですよ。準備してきたというのは、この間ちょうだいしたあなたの『化石』を読んでまいりました。それから詩集の『運河』を読んでまいりました。『化石』のモチーフとしては、『論語』の孔子のことば、「子、川の上《ほとり》に在りて曰《い》わく、逝《ゆ》くものはかくのごときか。昼夜を舎《す》てず」(3)、これを三度お使いになっていますね。いちばんはじめは、一鬼太治平がブルゴーニュの森のソーヌ川のそばで、ふとそのことばを思い出す。それから二度目は東京へ帰ってから。三度目は最後に東京会館の化石の壁のなかでしたか、正確にはおぼえておりませんけれども。

井上　たしかに三回出しました。

吉川　そしてだんだんそのことばに対する理解が違っていく、また深まっていく。あれはたいへん私、興味深く、感慨深く拝見したのでございますがね。

井上　間違っているかも知れません、私の解釈は。（笑）私はあの正確な意味というのが、はっきりわからないのですけれども、あの主人公はあれを思い出すときに、多少自分の立場が違って、激しくなって、そのときにあのことばのなかから、どういうそれに相応した意味を「引っぱり出せる」か。まさに引っぱり出したんです。多少こじつけになっているかもしれません。

吉川　いえいえ、引っぱり出されたのは大へん面白いのですが、あのことばは、私も『論語』のなかでいちばん好きなことばの一つなんです。これは私の本のために多少広告すれば、あそこの注釈のところを読者が読んでくだされればわかりますが、だいたいの方向としては二つ解釈があるのですね、あれは。一つは世界は生成発展している。そのなによりの象徴が川の水だ。歴史はつねに進歩している。それのように人間は努力しなければならない。こういう解釈があるのです。それと一方には、正反対の解釈がある。過ぎゆくものは川の水のように、すべては過去へ埋没していく。そういう詠嘆のことばですね。

井上　アポリネール[4]の『ミラボー橋』も川の流れを歌っていたと思いますね。そうですか、そういう二つの意味があるのですか。

吉川　その二つがある。ところがその二つの解釈は、中国の歴史が希望を失ったときには、後者に傾きます。

井上　それはおもしろいですね。

吉川　ですから六朝《りくちょう》人の解釈はだいたい、人間はなによりも時間の上にある。そして老いに近づき、最後のもっとも大きな限定として、死に至るというふうに、あのことばを読むのです。ところが中国の歴史というか、中国人の考え方が、そうした悲観を清算して、もっと積極的に人生を考えることになるのは、なんといっても宋からです、朱子あたりからです。そうすると、朱子の注ではそうではなしに、これは人間の不断の努力を教えるものだということになる。

この二つの解釈の流れは、日本の儒学にもございまして、（伊藤）仁斎《じんさい》は前者[5]なんです。これは人間に不断の努力を教える。仁斎の哲学は生の哲学みたいなものですからね、哲学全体が。人間というものは生命にほかならない。だからどんな時間でも人間は動いている。寝ているときにも息をしている。それをいったことばが、逝くものはかくのごときか……だとするのです。それに対して強く反対するのが荻生徂徠《おぎゅうそらい》[6]です。徂徠はそもそも「逝」というのは、これは消えさる方向にものが進んでいくときのことばだ、仁斎は古代語を知らないから、こういう間違った解釈をしている、というんです。私は両方を含めていていいのじゃないかと思うのです。

井上　徂徠は激しいですね。

吉川　私は要するに人間は時間の上にある、あるいは個人だけでなしに歴史というものは。さればこそ進歩がある。とともに、それはけっきょく老いとか、死ということを考える頽廃《たいはい》の過程でもありましょう。その両方を、どっちでも引出しうると考える。[7]井上さんの『化石』において、その引出し方は私はたいへん正しいと思うのです。

井上　及第ですか。安心しました。いまのお話ですが、徂徠のほうが日本人的ということになるのでしょうか。

吉川　かもしれませんね。

井上　『論語』のことばというのは、私は貝塚（茂樹）[8]さんや吉川さんのお書きになったもの[9]でしか読んでないのですが。実は『化石』を書くとき、自分でガンだと思いこんでいました。ひどくやせましたし。そしてあの小説を途中まで書き出して思ったのですが、『論語』のことばというものは、苦しいときの神頼みみたいな言い方になりますけれども、死を前において、なにかするときに、たまたまそのいくつかを思い出すと、それはどれも包んでくれる感じがありますね。ああいうものは日本の古典にはないわけです。

吉川　それはたいへん残念なんですけれどもね。

井上　日本にないということが……。

吉川　ええ、ないということが。ところで私は、日本のものは、中国のものにないいいところをユニークに持っている、とこのごろいよいよ思うのです。私がいつもその代表にするのは、『古今集』の歌ですけれども。その意味で、私は『万葉集』よりもむしろ『古今集』を尊重したい。万葉のような健康な感情なら、それはよその国にもあります。徂徠的な解釈は日本的だ、とさっきあなたはおっしゃったが、ああいうふうな非常に深い絶望、詠嘆というものは、少なくとも中国ではなかなか見つからない。そういう点で、私は日本文学の独自性を尊重するのですが……。

中国古典は、『論語』のようにいろんな包容力をもっていて、そこからいろいろな方向への意味が引出せる、スライドできる。そのかわりに、悪くいえば大へん常識的であって、むしろ超越的なものをもたない。日本の過去の文明は、中国古典のもつものは中国の書物にあずけ、自分たちの文学としては、もっとそれ以外の、中国古典のもたない芽を、自分たちのことばによって伸ばそうとした。私は『源氏（物語）』あたりも意識的にそうだと思いますが。そういう歴史を持っていますから、日本文学は、つねに人生の普遍な知恵になるようなことをすることを拒否もしないでしょうけれども、それには懶惰《らんだ》であるとも見られかねない。

井上　その通りだと思いますね。『論語』をはじめてお読みになったのはいつごろですか。

吉川　私はあまり自伝を書いておりませんけれども、私は中国の学問なんかには、ぜんぜん関係のない家に生れまして、『論語』を読みはじめたのは大へん遅いのでして、大学にはいってから、ちょうど二十歳になってからです。

井上　そうそう、お書きになっていましたね。

吉川　『論語』というものを、私はそれまではたいへん反動的な書物だと思っていたのです。ところが読んでみると、そうでありませんね。そのころはいろんな反動家が『論語』をかついでいて、それに対する反感があったのです。一番いやだったのは、私があまり好きでなかったある実業家⑩が、『論語』を非常にあれしていた。そのほか私の嫌いだった人が大へんもちあげているところから、『論語』が大へんいやだったのです。しかし大学へはいったら、これを読まざるをえない。私は別に『論語』をやるためにはいったのじゃないですけれども、『論語』からのクオテーションが後代の文学のいたるところにある。それを知らないから、たいへん恥をかいた。それで私、大学へはいったのは、大正十二年ですが、その夏休みに『論語』をはじめて読んだのです。そしてその人道的な教えに大へん感動いたしました。私は『中国の知恵』を書いてそのことに触れておりますけれども、なおそれにつけたしをいえば、『中国の知恵』の初版には、その実業家のことを実名で書いたのですよ。そうしたら、前に農林大臣をやった方の奥さんがその方のお嬢さんなんですね。その方から手紙がきまして、あなたのものは好きで、いつも読んでいるというのですよ。そうしてうちの祖父は身持ちが悪い面もあった。私も娘時代はそれに反発したけれども、しかし『論語』を大へん尊重していたのは事実です。けっきょくは立派な人物だと思っているというお手紙をいただいて、それから第二版以後は、「ある実業家が」と変えておいた。（笑）

井上　吉川さんや貝塚さんなどがお書きになったもので、私などはじめて『論語』を知りましたが、私に限らず、いまの若い者も今後『論語』に近づいて行くのじゃないでしょうかね。私の学生時代には、若い者を納得させ、ひきつけて行くように『論語』を説いた書物は少なかった、実際になかったと思うんです。

吉川　それと、これはさっきおっしゃったことのコメントになりますけれども、大正時代というのは、中国がいちばん虐待されていた時代じゃないかと思います。

井上　そうですね。こちら側から言えば、魅力が感じられなかった時代でしょうね。

吉川　その前の明治時代には、江戸時代に漢学がたいへん普遍なものであったことの残映みたいなものがあった。中国の書物をよく読んでおられたのは、別に夏目（漱石）さん、（森）鷗外さんに限らないのですね。西田幾多郎(11)先生がそうですし、藤代禎輔(12)先生なんかも――お互いに知っている人でいえば――よく読んでおられた。ところが大正時代を代表する人は、中国嫌いな人が多いのですよ。それはたとえば名前を出してもいいでしょうけれども、安倍能成《よししげ》(13)さんなんか儒学は嫌いだったと思います。私には安倍さんと次のような交渉があるのです。はじめのきっかけがどうであったか忘れましたが、儒学は上のものが下のものに絶対に服従をしいる教えである。「君、君たらざるも、臣、臣たらざるべからず、父、父たらざるも、子、子たらざるべからず」、そういうことをいうのは儒学の弊害である。それで、ぼくはある文章を書いたのですよ。絶対に服従というのは、なるほど日本儒学では大へん重要な倫理だったらしいですね。しかしそれは江戸時代の社会、ヒエラルヒー、それから武士道というものと結びついて生れたものですね。

井上　なるほど。

吉川　そこで私の経歴をいいますと、私の先生は狩野《かの》直喜《なおき》(14)先生ですけれども、この方は日本の儒学が嫌いなんです。そして日本のものを読んではいけないと言われる。純粋に中国のものだけ読め、食べ物もせいぜい中国のものを食え、無理な注文ですけれどもね。（笑）日本のものは読んだらいかん。つまり私を純粋培養してみようという気持だったのですね。ぼく自身もそういう純粋培養を楽しんでいたんです。しかし実は中国の書物には、そういうきびしい教えはあまりないのですよ。たとえば、『論語』のなかでは、君臣の関係でも、「君は臣を使うに礼をもってし、臣は君に事《つか》うるに忠をもってす」。これは相互契約ですね。そうしたことばはあるけれども、絶対に服従すべしということはない。むしろ『論語』のなかでは「四海の内、皆《み》な兄弟なり」ということばが強く尊重された。ところが安倍さんは、そういうものは中国のほんとうではないだろう、と言われるのです。中国はもっと厳格だ、おまえの言っているのは少し歪曲《わいきょく》しているのじゃないか。従来、日本儒学が厳格なほうへの歪曲ならば、おまえの言うのは、寛容の方向への歪曲でないかというふうなお口ぶりでした。ところで「君、君たらざるも、臣、臣たらざるべからず、父、父たらざるも、子、子たらざるべからず」ということばは、たしかにありましたよ、中国に。ありましたが、それは『孝経《こうきょう》』のある注釈にあるのです。『古文孝経孔氏伝[15]』というのですけれども、この書物はだいたい中国で六世紀にできたもので、本国の中国では早くなくなってしまった。ところが日本ではそれが大へん大切に用いられて、そこから出ているということが発見された。

井上　それが日本だけに残っている……。

吉川　そう、日本だけに残った。そして江戸時代に徂徠の弟子の太宰春台《だざいしゅんだい》がそれを印刷して、それを中国へ逆輸出しました。中国ではとにかく古い本ですから、びっくりして、中国でもエディションができたのですが、それにあるのですね。それほど苦心しなければ捜し出せないということですね。それで僕は『君臣父子』というエッセーを書いた。それは安倍さんに当てたのだけれども、安倍さんに会ったら、どうもいろいろ書いてくれたけれども、わしにはまだもう一つ……と言うんだ。（笑）

井上　儒学ということばも、儒者ということばも、『論語』も、孔子も、孟子も、ああいう名前はぼくらの若いときは、魅力あるものとしては受継がなかったですね。
吉川　それは私なんかもそうでございます。
井上　江戸期の一つの反動でしょうね。それがまた消えてしまって、これからはそういう特殊な体臭がなくなった名前として出てきているようですね。
吉川　それとさっきのお話のように、大正、お互いに青年だったころは、中国を侮蔑することが日本のだいたいの風潮でしたね。そして中国は下降を続けていると、日本人には見えた。しかし近ごろはそうでなくなってきた……。
井上　ええ、近ごろはそうでないと思います。ただまだ少ないと思います、若い者で、中国のいわゆる古典を読むものは。しかし読みだしてはおりますね、東大の学生でも。儒学ということばも儒者ということばも、私たちが聞いたときと違って受取っているようですね。一時消えましたが、消えたことは非常によかったのじゃないか。
吉川　よかったと思います。私個人としてはぜんぜんゼロから出発したので、日本儒学というものは、私は四十過ぎてからしか知らないのですよ。それまでにそんな本を読んでいたら、純粋培養に反する、と先生たちにしかられたのですよ。（笑）
井上　話は違いますが、このあいだ乃木（希典《まれすけ》）さん[16]のことを書きましたね、司馬遼太郎さんが。
吉川　読みました。

井上　毎日賞を受賞された。そのとき、私もお祝いのことばを話さなければならないんで、あの『殉死』という作品を読みました。なかなかいい作品です。その中で徂徠の系列の人たちのことを非常に簡潔に書いてあります。司馬さんにも言ったのですけれども、たいへんなことではあるが、あの部分を正面から組んで小説として書かれたら、たいへん大きい仕事になるのじゃないか。

吉川　司馬君はアンビシャスですからできるのじゃないでしょうか。

井上　それができたら、大へんな仕事になりますね。

吉川　司馬さんからはこのごろ本をもらうので、読んでいますけれども、徳川慶喜《よしのぶ》のことも書いていますね、お読みになりましたか。

井上　いいえ、読んでおりません。

吉川　「文藝春秋」の別冊で読んだときはおもしろかったけれども、二度目に本をもらって読んだら、あまりおもしろくなかった。このあいだの乃木さんのも、ぼくはそんなにおもしろくなかった。ぼくがおもしろいのは、「小説新潮」に書いている『太閤記』。あれは秀吉の心理というより、人間関係についてたいへん生き生きと、新しい解釈で書いている。解釈が新しいから、事実もあのとおりであったのじゃないかと思われるほど、ビビッドだと思いますね。これは単に文学だけじゃなくて、学問の問題でも、いまいちばん盲点になっているものは、日本儒学史の研究なんです。これは私どももやらないのですね。私はいま言ったような特殊な教育で、純粋培養されたもんですから。しかしある年齢になってから、私は日本のそうした江戸時代の学者は、たいへん偉いと思うようになりましたね。その契機になったのは実は儒学者じゃなしに、本居宣長《もとおりのりなが》(17)です。

いままで私がやってきた中国的な方法というのは、清《しん》朝の方法なんです。これは言語をすべてパトスで読まなければならないのですよ。「経書《けいしょ》」は理性のことばではあるけれども、理性のことばはつねに感性を伴っている。だからまずリズムを掌握しなければならない、『論語』を読むにしても、なにを読むにしても。ところがそれと同じことを、宣長がやっているわけですね。その点は大へん中国的なんですが、宣長の『うひやまぶみ』というのは、私が今まで清朝人から習って自分自身でも実践してきた方法を、実に明確に書いてある。中国人は自分の方法論を語ったものはほとんどないから、これは中国にないことだと思います。

そうしてそういう哲学のことばを読むためには、まずもっとも感情の言語である歌によって、感性を柔軟にしなければならない。それには『万葉集』だけではいけない。『古今集』『新古今集』を読まなければならない。それからのちに理性の言語を……。宣長の場合は『古事記』ですから、必ずしも理性の言語だけじゃないけれども、それを読まなければならない。『古事記』だけ読んでもいけない、というのです。そういう考えに私はたいへん感心した。どうもいままで大へん申しわけないことなんですけれども、私の先生の純粋培養に盲従して、日本というのはつまらんところだと思っていたのです。

井上　宣長はたいへんな人なんですね。

吉川　それから徂徠を読み、仁斎を読んで、大へん感心したのです。

井上　維新の志士たちも、その多くがいちおうの歌をつくっているし、文学に決して無知ではないですね。特殊な時代だったのでしょうか。政治運動がどこかで文学と結びついています。

吉川　日本の儒学、ないしは漢文学の歴史の研究は、われわれもやらないし、国文学者からも冷淡に扱われていると感じますね。けれどもそれをやらないと、純粋な日本語の文学のことも完全には分らないのじゃないか。過去の日本語による文学は、そうした古典的な思索といいますか、常識による思索は中国のほうに任せて、常識を飛越えたものを、と考えた。(井原)西鶴《さいかく》だってそうだと思います。あのころのいちばん普通の読書は『論語』ですね。『論語』にぜんぜんないことを書いてやろう、そういういきごみが西鶴にはあって、いまの小説家とは少し違うのじゃないかと思います。これは井上さんを前においてなんですけれども。いま日本の哲学は振わないでしょう。だから人生を考える場合に、お互いに……。

井上　『論語』になりますね、なんということばですか、去年読んだことばで、はっきり覚えてないのですけれども。終日考えていてもだめだ、学ぶにしかずというようなことばがございますね。

吉川　ございます。

井上　たしかにそうなんでしょうね。

吉川　「終日食らわず、終夜いねず、もって思う。益なし。学ぶに如《し》かざるなり」。

井上　そういうことですね。

吉川　いまは日本ではむしろ文学のほうが人間の生き方を教えているので、哲学がちょっと振わないのですけれども、江戸時代は違ったのじゃないか。人間の生き方を知るには、だれでも『論語』を読む。しかしそれだけではない人生を小説家は書こうとした。西鶴なんかもそういう基盤の上に生れている。ところがいまは国文学者は、なにか基盤の上にはね上がったものだけをやっている状態にある。基盤となった『論語』的なものの方は国文学者の不得意な分野なんです。われわれ中国学者も、どうもそれはあまりよく知らない。

井上　確かに欠けている部分なんでしょうね。

吉川　だから盲点になっている。

井上　いまのお話は、誰ももう一度考えてみなければならぬ大きい問題なんでしょうね。

吉川　いまのお話とも関係しますが、研究がぜんぜん行われていないわけじゃない。たとえば徂徠の研究なんか、近ごろある程度盛んだと思います。学者では丸山真男《まさお》さん、それから加藤周一君、このごろ大いにやっていますね。ところがこれはたいへん失礼ですけれども、加藤さんを含めてもいいでしょう。徂徠の根本は、人間はまず文学を知らなければ、すべてがわからないというんです。文学を知らなければ道徳もわからない、政治もわからない。だから人間は文学をやらなければならない。『唐詩選』というようなものが、あんなに日本でベストセラーになったのは、徂徠の弟子の南郭からきているんですよ。ところがその面がいまの徂徠研究では……。これは徂徠としてはいちばん重要な哲学ですよ。その点が抜けている。繰返していいますと、ぼくは日本儒学史には素人なんですが、まあ少なくとも玄人とはいいたくないのですけれども、実際心配いたしますね。明治百年といいますし、明治を研究するのも必要でしょうが、明治をはぐくんだものをもっと調べる必要がある。

井上　確かにそうしないと、明治は判《わか》らない。明治の人は政治家でも実業家でも文学につながっていた。ほんとうに小説は読まなくてもけっこうですけれども、文学の心がわかるということですね。政治家でも実業家でも、いまの人たちは「私は文学はわからない」と平気で、堂々と言いますけれども、あれを恥とする時代がこないと、いけないと思いますね。文学に無縁なことを平気で、なにも自分のきずにならないと思うのはおかしいですね。中国の歴史を読みますと、官吏でも武人でも、大抵の人が文学に無関心ではない。

吉川　毛沢東に至るまでですね。

井上　そうですね。先生は毛沢東の詩のことをお書きになっていらっしゃいますね。中国へ行きましたときに、人民大会堂というところで周恩来に会いましたが、その部屋にあの詩の軸がかかっている。その部屋に限らず、日本でいえば閣僚みたいな人の部屋には、どこにもその詩がかかっているんです。あの詩では始皇帝、武帝、成吉思汗《チンギスハン》などが批判されていますが、それを周恩来は私たちに読んでくれて、成吉思汗のところへ来た時……。

吉川　成吉思汗ですか。

井上　ええ、その成吉思汗のところに来たら、周恩来が「蒼き狼」だと言ったんですよ。これはぼくが書いた小説の題です。このセリフは、この部屋にはいる前に周恩来が準備したんでしょうけれども……。

吉川　しかし偉いですね。

井上　たとえその部屋にはいる一分前の準備にしても、見事だと思いました。

吉川　見事ですね。

井上　周恩来が私の顔を見て、笑いながら、そこだけを日本語で言ったか、中国語で言ったか、それは覚えておりませんけれども……。

ところで、これまた話は飛ぶのですけれども、私は中国の唐の詩人たちの作品、あれを自分流の読み方しかできないわけです。韻を踏むとかそういうことはぜんぜんわからない。

吉川　だれだってそうですよ。

井上　それで大丈夫なんですね。

吉川　大丈夫とおっしゃると、専門家の立場としては、それはやっぱりできればいいにこしたことは……。

井上　とんでもない間違った受取り方にはならないのですか。

吉川　ならないんです。私は中国の文学は、だいたいそういう性質を持っていると思うのです。西洋のものは原則として、私は翻訳しか読みませんけれども、ゲーテとかダンテとかを読むのは、実に難解です。私もこのあいだまで文学部の教授でございましたから、まあうわべだけでもと思いまして、翻訳で読んだ。ゲーテは多少大山定《てい》一《いち》(21)さんに原文で読んでもらったりいたしましたので、まだわかります。ゲーテの叙情詩は中国の詩と同じように、日常を素材にしておりますから。ただお話が神様のことに触れてくると、これはどうも私のような中国的に純粋培養されたものにはわかりません。聖書はわかります。まだわかりますけれども、ダンテに至っては偉いんでしょうけれどもよくわからない。『神曲』(『ディヴィナ・コメディア』)というのを、実は少し英語で勉強しようと思ったんですけれども、これを読むよりは、ほかにもっとすることがあるだろうという気持になりました。私の場合はですよ。すべての人とは申しません。私の場合はそう思った。

井上 さしさわりがあるかもしれませんが、私の場合も大体同じだと思うのです。翻訳でヨーロッパの十八世紀でも、十九世紀でも、有名な詩人たちの詩というものは、私も詩を書いていますが、わかりません。ほんとうにわからないのです。それが中国の唐の詩人だったら、大体のことは、そう間違わないでわかると思うんです。これはぜんぜん違うのですね。

吉川 なるほどね。あくまで日常を素材にしている。李白《りはく》は違うけれども、杜甫の詩は日常ですよ。きょうも杜甫がもしここにいたら、いくらでもフグを食べながらすばらしい詩をつくりますよ。

井上 そういえば、フグの詩のことをいつかお書きになっていましたね、河豚《ふぐ》の。

吉川 ええ書きました。清の銭大昕《せんたいきん》の詩ですが。

井上 あれは料理法もなにも、みんなうたいこんでいる。私はフグを食べるとき、いつも河豚の詩のことを思い出すんですよ、ちゃんと腸をとって、血を洗って、水ですすいで食べるという……。

吉川　だからけっして中毒しないという……。これまた余談になりますけれども、あれをはじめ岩波の「図書」に書いたんですがね。あれで私、ささやかなものですけれども、得をいたしました。長崎の干しフグをつくっておられるところのご主人から、たいへんいいことを書いてくださった、とフグのほしたのをこんなにもらいまして、それが大へんうまかった。

井上　あれは一人、食べない人があるわけですね。その人に対して書いた詩……。

吉川　十八世紀の詩ですね。

井上　あの進め方は実に立派ですね、悠々としている。

吉川　あのフグの詩にも、「人間が予想しない不幸におそわれるのは、別にフグだけに限らない。たとえば……」なんだったか、あとは忘れましたが……。

井上　河豚の毒はたかが卓上だけのこと、他の毒は世の中にいっぱい充満している、そんなことが書いてありました。

吉川　われわれのいまの周囲の環境でいえば、そこの角に出たら、交通事故にあうかもしれない。

井上　そういうことですね。

吉川　なぜフグばかりこわがるのか。フグにあたるパーセンテージは、交通事故にあたるパーセンテージと同じぐらいだ。つまりこれは一つの哲学でしょう。日本文学のなかで、少なくとも過去の日本の叙情詩は、そうした哲学を導入することを拒否していた。中国の詩にはつねにそうした哲学がある。そこが中国の詩が読まれる原因じゃないか。

井上 日本人と中国人は詩というものに対する考え方がまるで違っていますね。

吉川 花が散っている。ただ散っているだけではいけないんですよ。それから人間の運命、世界の運命、あるいは希望、そういうものとどこかつらなるか、ぼくはよく言うんですけれども、そこには少なくともアフェクテーション（気取り）がなければならない。つながるような顔をしなければ、詩にならない。その点で日本の漢詩というものは、みんなそこがどうもおもしろくない。そうしたおもしろさを持つにいたったものは、私は日本では漱石先生の詩がはじめてでないか、こういうことを、たいへん大胆ですけれども、書きましたね。

井上 漱石の詩についてはたいへんほめていらっしゃる。

吉川 はあ、私は漱石さんの詩にいたってはじめて……。

井上 漱石は中国の古いもの、歴史や古典を題材にした小説は、一つも書いておりませんですね。

吉川 書いておりません。それが私は偉いと思いますね。別に中国だけではございません。十八世紀の英文学というか、十八世紀のイギリスについて、『文学評論』ほどよく書いたものは、ないのじゃないでしょうか。しかしはじめの『漾虚集《ようきょしゅう》』以後は、ああいうバタ臭い小説はないわけでございますね。偉いと思います。

井上　偉いですね。私は漱石と鷗外のものを去年読み返しました。それだけが去年の仕事でしたけれども、漱石と鷗外のごく初期の短篇、『舞姫』とか『倫敦塔《ロンドンとう》』とか『文づかひ』(22)とかいった作品ですが、あれはどっちがどっちかわからないぐらい似ておりますね。

吉川　なるほどね。

井上　細密画ですね。ガラス絵というか、小さい絵がございますね。あれのような気がするんです。ちょうどあれと同じような作品に思われるのですけれどもね。ああいう作品は二人にしか書かれなくて、いまは骨董品《こっとうひん》のようになっていますけれども、やはり消えないものだと思いますね。

吉川　私は明治でいちばん偉い人というのは、あの二人だといいたいですね。さきに漱石が中国のものを書かなかったのは偉いといいましたが、それは中国を非常によく体得しているんですよ。だからそれを素材にして、すぐには書かなかった。むしろそれは漢詩に表現したでしょう。

井上　鷗外は短いものが二つありますね。

吉川　『寒山拾得《かんざんじっとく》』と……。

井上　『魚玄機』[23]。

吉川　私は鷗外先生をほかの方が認められるほどは、認めないのですがね。『魚玄機』でもおしまいに参考書物をあげているでしょう。あれは俗ですよ。

井上　いろんなものがいっぱいあそこに挙げられてあるのですけれども、あれはみな『魚玄機』にはいっているのですか。

吉川　はいっています。ドイツ人の本のまねかもしれませんけれども、たいへん俗なことで……。

井上　二十種類ぐらいはいっているでしょう、『唐女郎』をはじめとして。

吉川　あれは一種の科学主義でしょうか。私どもはあそこにあがっている本は、みんなが誰でも知っている本で、わざわざあんなところに書くのはおかしい。それを科学主義から書かれたんでしょうかね。『魚玄機』という小説そのものはなかなかよくできていると思いますが。

井上　魚玄機ともう一人の詩人がありますね。

吉川　温庭筠[24]ですか。

井上　オンテイインというか、オンテイキン……。

吉川　キンもしくはイン。

井上　あれは鈎と書いて、インと読むのですか。

吉川　二つ音があったと、記憶しますけれども。

井上　あの人のことは（幸田）露伴が書いていますね、短い文章で。露伴という人はどうなんでしょうか、あれだけたくさん、めったやたらにと言いたいくらい書いている。これこそ私などには見当がつかない。

吉川　学者としては漱石がいちばん偉い。中国の理解もいちばん深かった、そう思います。鷗外先生はやはりなんかお義理で、義務としておれほどの地位のあるものは、中国のことについてもこれだけのことを知り、またそれを示しておかなければならんということを、本気で言っていたところもあると思いますがね。詩は、少なくとも漢詩はちっともよくありません。

井上　露伴はどうですか。

吉川　露伴先生は江戸の一種の漢学ですね。漢学でも雑学がございますが、それの最後の後継者だと思います。そういう雑学者としては偉いと思います。しかしもっとも基本的な書物はあまりお読みになっていない。それから明治の人はみな西洋的な理性の訓練から、中国の本のなかでも、せいぜい理性的なものを選んでお読みになったということがあると思いますが、露伴先生の場合は必ずしもそうでない。すこしちがった方面の本をもちがった読み方をされた。非常に博識ですけれども、あの方の『水許《すいこ》伝《でん》』の考証をされたりしたのなど、博引旁証《はくいんぼうしょう》なんですが、結論はつねに間違っています。それを大へんぼくは興味あることだと思います。

井上　『運命』のような作品についてはどうお考えですか。

吉川　露伴さんのなかでいちばんいいものは『運命』でしょう。それと『幽情記』のなかの陸放翁《りくほうおう》の話、母親の命令で離別せざるを得なかった昔の妻をしのんだ「菊枕」の詩の話、あれなんかも非常にいいと思います。といってほかの作品をあまり読んでない。やはりぼくは漱石さんのほうが偉いと思うな。いつか漱石生誕百年というとき、「朝日新聞」は実に冷淡だった。社員で、知らないのいますよ、夏目さんが朝日の社員だったということを。

井上　もうそうかもしれませんね。

吉川　これはさっきの文学を尊重しないということに、つらなっていると思いますね。

井上　私は去年、漱石を読んだと申しましたが、『明暗』を読みまして夫婦の関係、兄弟の関係、親子の関係、ずっとああいうぶつかり方を書いていきまして、途中で亡くなったから終ったのですけれども、亡くなって終ったというよりも、ほんとうに死なないと、ピリオドが打てない小説じゃなかったかと思いましたね。

吉川　それはおもしろい解釈ですね。そしておそらくはすぐれた解釈ですね。実は私もそういうことばに定着することにできたかどうかわかりませんけれども、同じような予感を持っていました。それは『明暗』のころは毎日、朝は『明暗』を書き、昼からは詩を作っていますよ。七言律詩《しちごんりつし》を一つずつ作っている。あれは漱石の漢詩のなかでいちばんいいものだと思いますが、はじめは例の風流論なんです。芥川（龍之介）氏と久米（正雄）氏でやっている手紙[25]は、必ずしもそでないでしょう。朝こういうものばかり書いていると、俗了されて、自分自身までできたなくなるようだから、昼からは漢詩を作っている。あれは必ずしもうそではないと思うのです。そして毎日作っておりますね、日付があって。初めのほうは、なるほどいわゆる風流の詩なんです。人間の関係を逃避して、自然にのがれようとね。といいましても、逃避のしかたにはじめからなんか気味の悪いものがある、と私は考えます。がしかし、その気味の悪いものは無理に押えて、せいぜい自然を清浄なものとして歌おうとした。ところがだんだん漢詩もおしまいにいくと、実に気味が悪くなるんです。だんだん人間のいやらしさのようなものを歌ってきまして、これはいったいどうなるだろうと、漢詩の方を読んでいても思います。

井上　『明暗』と同じことなんですね。

吉川　『明暗』と同じことです。私はこのあいだ『漱石詩注』を「岩波新書」に書きましたが、あれは、こういうふうにして読めるようにしてあげておきますから、あとは漱石の専門家がやって下さいというつもりです。一一《いちいち》の詩に日付がありますから、朝『明暗』のどこを書いていた、昼からはこの詩を作っていたということがわかるわけなんです。専門家がそれを分析したら、非常におもしろいものが出るのじゃないか。私自身それをやる暇はございませんが……。

井上　そうですね。漱石はしかしああいう形にして、あなたに出していただいたのは、非常にたいへんなことですね。

吉川　ぼくははじめ、一挙手一投足でやるつもりだったのが、やはりある程度苦労しましたけれども、なかなかそこまでやれない。だから私の希望としては、あれを利用していただきたい。どうも夏目さんの話ばかりになって悪いけれども、中国文学の教授としても、あれだけの人はなかなかいなかったと思う。英文学の教授としては無論ですよ。私はよく言うんですが、夏目先生は簡単にいえば、東京大学がいじめて、追出したんですよ。追出したのは、ある先生(坪井九馬三《くめぞう》(26))ですがね。朝日新聞入社の時のに書いてあるのです。あんなにいじめなければ、先生は大学にいたでしょう。けっきょく先生は小説家になられたのですが、もしも先生が英文学の教授として終始されたら、事実また京都大学も引っぱったのだけれども、もし実現していたら、日本の文学研究の学問は非常に進歩していただろうと思いますね。ぼくの畑のことからいえば、先生が小説家になられたということは、たいへん惜しむべきことだ。日本文明全体からいえば、大いに得をしたけれども……。

井上　中国のことはいつ勉強したんでしょうか。

吉川　それは二十歳までは猛勉強です、中国のことを。それは私、近く書こうと思っておりますけれども。しかもやはり秀才ですね、頼山陽《らいさんよう》(27)はつまらない、徂徠が偉いというふうに言っている。これは当時の世のなかですぐれた見識だと思います。偉いというのは、文章がいいというのです。

井上　二十歳までの勉強ですか。

吉川　そうして驚くのは、十幾つかの子どもが、徂徠のある刊行されない原稿を写すために湯島の聖堂にあった、いまの国会図書館の前身に毎日通った。ところでお恥ずかしいことに、私もそれを知らなかった。その徂徠の書物というのは『蘐園十筆《けんえんじっぴつ》』(28)というのです。十幾つの子どもがそれに感動して、毎日模写しにいった。アンファン・テリブル(29)だったのですね。しかし井上さんの小説はそうとうむずかしいでしょう、中国について書かれて。

井上　知らなくて書いているから、書けるのですけれども、もしよく知っていたら書けないでしょう。

吉川　しかしそれが非常に多くの読者を持つ点、やはり世の中は変りつつあると思いますね。

井上　私は専門家ではないので、書くに当って初めて調べるということになりますが、十のうちおそらく二つしか調べてない。八つはわからなくて大胆に書いていきますから書けるので、あれを反対に六つぐらい調べたら、恐らく書けなくなると思います。
吉川　いちばんはじめお書きになったのはなんですか。
井上　中国を舞台にしたのは『天平《てんぴょう》の甍《いらか》』です。
吉川　その次は……。
井上　『楼蘭《ろうらん》』というのを書きまして、それから『蒼き狼』とか『風濤《ふうとう》』。
吉川　『敦煌《とんこう》』は。
井上　第三作だったでしょうか。
吉川　『風濤』はいつかお手紙をさしあげましたね。このころのことは私もわりあいよく知っているのです。『蒼き狼』時代のことはよく知らないのですけれども。
井上　『風濤』は元史と高麗史《こうらい》を使いました。二つを比べてみて記述が違いますので、非常に困りました。もちろん私の漢文の知識ははなはだ怪しいものなんですけれども、どこか何カ所か、どうしてもそこから何かつかみたいというところがあって、そこを比べますと、韓国の漢文は非常に激しい感じ、激烈な文字が並んでいて、おもしろく思いました。
吉川　そうですか。それはぜんぜん気がつきませんでした。日本のもう一つの盲点は韓国というか、朝鮮、それに対する研究がほとんどないことですね。これはいつか韓国の学者に会って、大へんぼくはしかられましたが、弁解のことばがなかったです。

井上　いま韓国の李秉東[30]という……。

吉川　お名前は知っています。

井上　私が『風濤』を書きますときに、『風濤』に出てくる登場人物に対して韓国の人はどう思っているかということが、非常にこわかったのです。たとえば外人が日本に来て、乃木将軍を太ったけちな男と書いても、不愉快だと思いますし、国民感情を考えないで、歴史上の人物を見ることはこわいと思いまして、それを調べにいったんです。そのときに李秉東さんはじめ何人かの学者に、一人一人名前を出して訊《き》いたんです。

吉川　それは韓国でお会いになったのですか。

井上　そうです。

吉川　中国に舞台をとられたものを書かれているのは、なんか一つの意図というか、そういうお気持で……。

井上　大胆に何でも取上げていますが、これも歴史をやっていなかったという大胆さですね。私がもし東洋史をやっていたら、高橋和巳《かずみ》[31]さんなんかのように……。

吉川　あの人は東洋史じゃないですよ。

井上　文学ですけれども、東洋史でも中国文学でもやっていたら、私みたいに平気では書けないでしょう。これはどういうことか。ここはわからないからここを訳してくれ。専門家でないから平気で聞いたり頼んだりできる。その上で今度は自分が読みます。読むと、はじめて読むから驚いたり、おもしろかったりする。それで書ける。

吉川　それをお書きになるというのは、やはりそこに非常に魅力というか、そういうところを舞台に書いてみようという気持になるわけですね。

井上　それはなりますよ、日本の歴史よりも大きいし、つねに歴史が小説になっていますでしょう、『史記』でも『漢書《かんじょ》』でも『唐書《とうじょ》』でも、どこを読んでも小説です。そのまま小説じゃないでしょうけれども、小説の形で歴史が書かれています。

吉川　それにまたこのごろ、一つの解釈があるのですよ。中国の歴史というものは実際おもしろいですよ。

井上　おもしろいですね。

吉川　これは事実ですね。ぼくがたびたび書くことですけれども、小説というものは、中国では娯楽だった。人生のこと、実際の人間の行動について考えるのは歴史だった。だからちょうどいまの井上さんなんかのような、小説家のやっておられるようなことを、歴史家がやっていた、ということがあります。それからその前に中国人は、自分の行動をつねに歴史に残るように行動する。そういうことはあると思います。それで行動が芝居がかる。

井上　なるほど。

吉川　それは狩野先生が、「中国人はおもしろいよ、いつもなんか芝居しているような気持だ」と……。

井上　演技。

吉川　それが狩野先生ご自身にもあるのです。これは小さなことですけれども、七十過ぎてから講演をしておられて、ある字を忘れた。演壇の上で、「吉川君、あれはどう書くんだっけね」と言われるのです。私はあれは先生のアフェクテーションだと思う。ところがおもしろいことに、西谷啓治《にしたにけいじ》(32)君にそのことを言うと、憤然としてあれはアフェクテーションじゃない。先生はほんとうに忘れたんだ。非常に自然だというわけですね。私はあれはアフェクテーションだ、一つの芝居をしていらっしゃったんだと思う。そういう気持が、中国人にはつねにあると思うのです。

井上　中国の今日の政治家など確かに名演技者ですね。

吉川　日本人はお互いにそういう演技を好みませんね。演技をやるとなれば、小説のなかの人物だけになる。こっちは演技をしない。きょうでもあまり演技してない。(笑)こういう会合でも、北京大学の先生たち、といってもこれは四十年ぐらい前ですけれども、会話にたいへんアクセントがあるのですよ。井上さんも中国へいらっしゃって、お感じになったと思いますが、飯を食っていても、たいへん抑揚がある。

井上　ところで、ああいうことは、今後中国でどうなるんでございましょうね。始皇帝、曹操、王昭君《おうしょうくん》、則天武后、そういった人物が再評価され、この十年ほどのあいだたいへんな脚光の浴び方で、歴史博物館の中でも特別に取扱われていました。持上げるべき人物なんでしょうけれども。郭沫若《かくまつじゃく》(33)などは……。

吉川　どうなるでしょうかね。則天武后なんかも、郭沫若が大いに再評価したわけですけれどもね。

井上　屈原《くつげん》もそうですね。

吉川　屈原は昔から偉い人ですが、則天武后は悪人になっていたわけです。曹操もそうですね。ほんとにこれからどうなりますかね、これは国際的エチケットとしては何ですけれども。

井上　始皇帝もそうでございますね。

吉川　悪人だったのが、偉い人になったわけです。

井上　始皇帝のことはあとの歴史家が書いているからだ、とお書きになったのを読んだ記憶があります。始皇帝は……。

吉川　よく知りません、漢の武帝は多少存じあげますけれども。

井上　『漢の武帝』はおもしろかったですね。いつか河盛《かわもり》(好蔵《よしぞう》)(34)さんから、自分が吉川さんに応援を頼んでやるから武帝を書け、と言われたことがあります。しかしあれだけ書かれてしまったら、もうなんにも書くことはありませんよ。どんな小説が出たってかないません。

吉川　しかし、あれは私も素人だったから書けた。私は歴史のことをよく知らないから、いろいろな歴史家の書物を読みまして、といって、だいたい『史記』と『漢書』ですけれども、外国関係などは羽田（亨《とおる》）(35)先生の本を読んだ。羽田先生の本は非常によくわかる。あのころもう一歩、漢の使者が熱心であり、あのころギリシャがだれだったか知りませんが、そっちももう少し熱意を持ったら、東西の交渉はもう少し起っているのですよ。それがいまのフェルガーナ、あのへんまで行くと、どっちも疲れるのか、うやむやになるんです。そういう予測をまじえたことを羽田さんは書いている。それでそれがたいへん役に立って、羽田さんのを使って書いた。ところが、あとでいちばんあの本をほめてくださったのは、羽田さんですね。これはうれしかったですね、歴史の素人が書いたものを、歴史の専門家がほめてくださったのだから。

井上　日本の作家では、もう漢の武帝と曹操は書けない。あれ以上おもしろく読者に読ませるものは、書けないですね。

吉川　というのは、やはり種がいいからですよ。それは『史記』や『漢書』がおもしろいのですよ。ぼくたちと同時期の人たちで、中国のものがあまりにも日本で読まれなさすぎる、このままほうっておいたら大変だということで、政府やら議会へ働きかける人がいるのですね。ぼくはそういうのは断然反対だ。こんなおもしろいものが読まれなくなるのは、日本人がよほどバカでないかぎり、あり得ないと思う。

井上　それからもう一つ、すでにお書きになっているけれども、ほかの書き方で孔子とお弟子さんの一団を、『漢の武帝』風にお書きになってくださいませんか。

吉川　井上さんとは違った意味で、私は大へん本の読み方が断片的なんです。私自身も非常に感動するところはあるのですが、それは何回でも読むけれども、そのほかはあまり読まないのですよ。だからあまり広い範囲のことは書けないのです。

井上　孔子とそのお弟子さんたちの一団の性格、それから何ともいえず面白いお弟子さん何人かの個性をお書きになったら、それこそ大変な小説になりますね。ほかに書ける人ありませんよ、それ。

吉川　いや、しかしそれは次のジェネレーションにおりますよ。それは必ずおりますよ。

井上　そうでしょうか。それはお書きになっておかないと……。

吉川　いや、しかしやはりぼくのほうが中国的なんでしょうね。個人の力よりも人間の集団の力のほうに期待したい。最後に一つだけ。

杜甫の「無辺の落木 蕭々《しょうしょう》として下《お》ち、不尽の長江こんこんとして来たる」。――『新唐詩選』(36)の何ページかにあります。ぼくはそういうことだと思います。私ども老人は無辺の落木のように蕭々として落ちていきますけれども、不尽の長江こんこんとして来たるで、私は近い未来、いろいろな不愉快なことが非常にたくさん、人間の世界に起るのではないかという予測を、実は持つのです。しかしながら、人間生きているかぎり、正しいものは次の世代の人によっていわれるであろう。そう確信しているのは、たいへん中国的な楽観主義ですけれども……。

(1) 高等学校が…　井上靖は金沢の旧制第四高等学校理科卒業後、九州帝大・京都帝大に学ぶ。
(2) 文化革命　旧中国および資本主義の文化の一掃をスローガンに推進された文化大革命（一九六五〜七六ごろ）のこと。国家主席を退いた毛沢東が主導し、若年層による紅衛兵が知識人批判を先鋭的に繰り広げた。
(3) 子、川の上に…　『論語』子罕篇。角川ソフィア文庫版『論語』下巻参照。
(4) アポリネール　フランスの詩人。一八八〇〜一九一八。「ミラボー橋」は堀口大学『月下の一群』所収版などの邦訳で人口に膾炙した。パリのセーヌ川にかかる橋が舞台の詩。
(5) 仁斎は前者　伊藤仁斎『論語古義』に「此れ君子の徳　日に新たにして息まず、猶お川流の混混として已まざるがごときを言うなり。」とある。
(6) 荻生徂徠　荻生徂徠『論語徴』に「蓋し孔子　年歳の返すべからざるを嘆き、以て人の時に及んで力を用いるを勉《はげ》ます。」とある。
(7) 私は要するに…　吉川の説は角川ソフィア文庫『論語』（下）「子罕篇」参照。
(8) 貝塚茂樹　中国史学者。湯川秀樹・小川環樹（中国文学者）の兄。京大人文研所長。『論語』

関連の著作に、『世界の名著3　孔子　孟子』（一九六六）、『論語 現代に生きる中国の知恵』（一九六四）などがある。

(9) 吉川さんの…　中野重治対談注（1）参照。

(10) ある実業家　渋沢栄一のこと。『論語と算盤』『論語講義』等の著作があり、論語愛好家として知られた。

(11) 西田幾多郎　哲学者。一八七〇～一九四五。『善の研究』などで独自の哲学を構想し、田辺元と共に「京都学派」哲学の祖とされる。それとも関わって「寸心」の居士号を持つ禅者であった。

(12) 藤代禎輔　日本のドイツ文学者の草分け。一八六八～一九二七。号は素人《そじん》。京都帝大教授。同船で留学した夏目漱石との交友でも知られる。

(13) 安倍能成　哲学者・教育者。一八八三～一九六六。一高校長、学習院院長。夏目漱石門下。大正期から戦後にかけて活発な著述・言論を展開した。所謂「大正教養主義」の中核を担った一人。

(14) 狩野直喜　中国学者。一八六八～一九四七。号は君山。京都帝大教授等を歴任。経学・文学の両面に渉る精密な研究で知られた。宋明理学及び日本漢学への反省に立って清朝考証学を祖述する一方、欧州の中国学を取り入れ、元曲や敦煌文書の研究を切り開いた。

(15) 『古文孝経孔氏伝』『孝経』は孔子と曾子の問答の体裁で「孝」を説いたもの。孔安国の伝（注）を付した『古文孝経』と鄭玄《じょうげん》の注による『今文孝経』があるが、いずれの注も偽託が疑われる。「孔氏伝」はこの孔安国による注のこと。中国では散佚した「孔氏伝」は、徂徠門下の太宰春台によって校訂出版され、のちに中国に伝わった。

(16) 乃木さん　乃木希典。一八四九～一九一二。陸軍大将。漢詩人としても知られる。号は静堂・石樵など。司馬遼太郎『殉死』は一九六七年刊。

(17) 本居宣長　国学者。一七三〇～一八〇一。号は鈴屋《すずのや》。伊勢松坂の人。京都に遊学して儒学者の堀景山に学び、帰郷後、松坂を訪れた賀茂真淵《まぶち》に入門し、『万葉集』『古事記』の読解にいそしんだ。主著に『古事記伝』『源氏物語玉の小櫛』など。吉川が初めて宣長を読んだのは、一九三八年、三十五歳の時、たまたま買った岩波文庫版『うひ山ふみ』によってである。吉川は自身が模索して得た学問の方法をそれがすでに説きつくしていると感嘆し、それ以来、熱心な読者となった。「本居宣長――世界的日本人――」(『吉川幸次郎全集』17)、「『本居宣長』あとがき――宣長と私」(同27)を参照。

(18) 丸山真男　政治学者、思想史家。『忠誠と反逆』『福沢諭吉の哲学』『現代政治の思想と行動』などで知られる。初期の代表作『日本政治思想史研究』では、徂徠の思想に近代的思惟の萌芽を見出す。

(19) 加藤周一　評論家、小説家。一九一九～二〇〇八。東京帝大医学部卒。詩運動マチネ・ポエティックから出発し、日本文化論・文学論等に活躍した。一九六〇年から六九年までカナダ・ブリティッシュコロンビア大学で日本文学・美術を教え、日本の雑誌にも寄稿を重ねた。近世儒学についての当時の加藤の議論は『三題噺』(一九六五年筑摩書房刊)『芸術論集』(一九六七年岩波書店刊)などに見られる。

(20) 『唐詩選』　明代に編まれた唐詩の選集。編者に古文辞派(擬古派)の領袖、李攀龍《りはんりゅう》の名を冠するが、李攀龍『古今詩刪《しさん》』、唐汝詢《じょじゅん》『唐詩解』との関係を含め、成立については諸説ある。中国では清代以降『唐詩三百首』の盛行に押されたが、日本では徂徠学派(文学上は古文辞派)の推賞により流行し、従前の『三体詩』を凌《しの》いだ。徂徠門下の服部南郭は本書を翻刻したほか、『唐詩選国字解』を著し、以後、徂徠学派の詩家による訳注書が相次いだ。

(21) 大山定一　ドイツ文学者。一九〇四～一九七四。京大教授。リルケの紹介・研究で知名。ゲーテ作品の翻訳もある。

(22) あれはどっちがどっちか…『文づかひ』はドレスデンを舞台にした小説。いずれも留学生としてのかれらが体験した西欧を対象とし、修辞をこらした語彙を鏤《ちりば》めて印象を強める点で類似することをここでは言うか。
(23) 魚玄機　魚玄機は晩唐の詩人。長安の娼家に生まれたが詩才を以て聞こえ、温庭筠らの名士と詩を応酬した。森鷗外『魚玄機』は彼女を主題とした史伝小説、一九一五年発表。
(24) 温庭筠　晩唐の詩人。字は飛卿、太原の人。李商隠と並び称され、艶麗な恋愛詩（艶詩）で知られる。初期の詞人としても著名。
(25) 芥川氏と久米氏でやっている手紙　大正五年、芥川龍之介と久米正雄が旅先の千葉市一宮海岸から漱石に手紙を書き送り、漱石が返事をした往復書簡を指す。漱石からの復信に、午前中に『明暗』を書き午後に漢詩を作っている旨が記されている。「でやっている」は「にやっている」の誤りか。
(26) 坪井久馬三　歴史学者。一八五八〜一九三六。東京帝大教授。専攻は西洋史学、史学理論。主著『史学研究法』。
(27) 頼山陽　江戸後期の儒者、文人、史家。名は襄《のぼる》。一七八一〜一八三二。主著『日本外史』『山陽詩鈔』など。その詩文は明治期まで一世を風靡した。漱石の徂徠・山陽優劣論は『草枕』に見える。
(28) 『蘐園十筆』　荻生徂徠の著作。『蘐園随筆』と同じく、短編の考証・断想を連ねた、東アジア伝統の「随筆」のスタイルによる。刊行されず写本で伝わった。漱石が湯島聖堂の東京図書館でこの書を筆写したことは『思ひ出す事など』に見える。漱石が写した原本は国立国会図書館現蔵のものであろう。
(29) アンファン・テリブル　フランス語で「恐るべき子ども」の意（enfant terrible）。フランスの作家ジャン・コクトーの同名の小説から出た語。

(30) 李秉東　李丙燾（イ・ビョンド）のことか。李丙燾（一八九六～一九八九）は韓国の歴史学者。早稲田大学で津田左右吉に師事し、一九一九年卒業。三四年、震檀学会を創立。戦後もソウル大学教授、国史編纂委員会委員、民族文化推進会理事長を歴任し、韓国史学を牽引。『斗渓李丙燾全集』全二六巻（二〇一二年）がある。

(31) 高橋和巳　小説家、中国文学者。一九三一～七一。四九年京都大学文学部入学、吉川幸次郎に学び、五九年大学院博士課程単位取得退学。六七年より京大文学部助教授、七〇年辞職。

(32) 西谷啓治　宗教哲学者。一九〇〇～九〇。京大教授。西田幾多郎門下。

(33) 郭沫若　中国の文学者、歴史家。一八九二～一九七八。一九一四～二三年、日本留学。『創造社』の詩人・作家として出発し、後に古代文学や甲骨文、古代史の研究に進んだ。文革期にも一定の影響力を保持した。

(34) 河盛好蔵　フランス文学者、評論家。一九〇二～二〇〇〇。第三高等学校、京都帝大仏文科卒。若き日に吉川らと共に落合太郎に学ぶ。東京教育大・共立女子大教授。

(35) 羽田亨　東洋史学者。一八八二～一九五五。京都帝大総長。西域・中央アジア史、敦煌文書の研究で知られる。

(36) 『新唐詩選』　吉川幸次郎・三好達治共著。岩波新書一九五二年刊。

中国文学雑談

中野重治
吉川幸次郎

中野重治（なかの　しげはる）

一九〇二年生まれ。詩人、評論家、小説家。全日本無産者芸術連盟（ナップ）を結成し、プロレタリア文学運動の中心人物として活躍した。一九三一年日本共産党に入党、翌三二年に検挙投獄され二年後に出獄。「むらぎも」で毎日出版文化賞、「梨の花」で読売文学賞、「甲乙丙丁」で野間文芸賞を受賞。戦後は日本共産党に再入党し、参議院議員として政治に参加したが、その後除名を受ける。一九七九年没。

中野　この間、いろいろあって吉川幸次郎の『論語』(1)を読んでたら、ぼくのようなやつは駄目だといわんばかりのことを孔子が言ってるんですよ。「四十にして悪《にく》まる」……。

吉川　「其《そ》れ終るのみ」。

中野　それでぼくは全くまいっちゃった。「其れ終るのみ」というのは、駄目だというわけですね。「だ」と書いてあるもんだからなおまいって……。

吉川　そう書いてましたか。「駄目だ」と。

中野　ええ。「だ」とね。(笑) しかし孔子は、「四十にして悪《にく》まる」——意味は違うかもしらんが、だからおれもやっぱり死ぬまで奮励努力しなければと思ったですがね。ぼくは漢学の素養は全然ないけれど、中学校の教科書やなんかで読んだりして、漢文といいますか、そういうものを、文字を拾って、わからんとこは飛ばして、なんとなくわかるような気がしますよ。こういうのはぼくらの世代で終るかもしらんけど、少ないことばでというのか、少ない文字でというのか、あすこで、「四十にして悪まる。其れ終るのみ」と言われると、ドイツ語でだれかが同じようなことを言った場合よりも、こたえる度が強い。強いというか、じかに来る。それから「長安一片の月」[2]とあると、実際は知らないけども、町が下の方にあって、月がずうっと上の方にあって、それがこんな大きく見える月じゃなくて、この時はわりに小ちゃく見える月のような、そして実際はそうでないのかどうか知らんけれど、月が山の端に上ってきたようなとこじゃなくて、「月天心　貧しき町を通りけり」[3]――あんなふうな感じの月として見えますよ。そういう点で、いつどうしてか知らんけれども、日本文学そのものの中に漢学ってものが、いいにしろ悪いにしろ、溶けこんでいるから、両方からですよね。

吉川　しかし、あえて言葉尻をとらえますが、さっきそういうのはぼくたちの世代でおしまいかもしれないとおっしゃった。ところが、先に現象の方からいえば、近ごろ若い人に私の書物が、そうとう読まれているんですよ。『中国古典選』[4]についてはまだよく知らないけど。『新唐詩選』なんかの読者は若い人のほうが多いわけです。それから『詩人選集』[5]だってそうとう若い人に読まれている。別に私どもの世代でそういうことはおしまいになっていない。そうしてまたその可能性が大いにあると思うのは、これはぼくがこのごろ考えることだけれども、漢文というのは独学可能の外国語だと思うのですよ。面倒な文法がない。直観で読める。また単語の数が実は大へん少ない。わずかのことばないしわずかの字を操作して、そうして複雑な内容を出したいときには出している。漢字一字を単語と見るのは、厳密にいえば強引になる点があるけれども、意味規定の基礎が、一字一字の漢字にあることは、事実です。ところで中国の文学でも普通に使う漢字の数は、三千ぐらいです。『論語』は千五百字ぐらい、杜甫《とほ》はさすが多くて五千字です。そういうふうに意味を構成する要素はほかの外国語より少ない。そこに独学可能のまず第一の基礎があると思うけれどもね。そういうところにまず可能性があり、そのほかに同じ東洋人としてわれわれの感情と近いところがある。それに詩ではアナザーワールド、他世界への関心というものも、西洋の詩のように多くないわけです。『ファウスト』というものは大へん近づきにくいですよ。ダンテでもそうです。それはやっぱり他世界への関心の上に文学ができている。中国のものはそうではなく、すべて地上のものが題材になっている。そういうところが近づきやすい。中国人に非常に近い世界観を持っているわれわれ日本人には、殊に近づきやすい。そういうことが内部的にある。外部的には、さっきいった言語の形態が直観で読みうる。こまかい文法の知識がなくても大体わかる。そういうところに可能性があると思うんですがね。それで、いま言おうとしていることの結論は、そういうことが次の世代にも続くことを希望するし、また続くであろうというようなこと、そのへんどうお考えですか。

中野　ぼくがさっき言った、われわれの世代が最後であろう、最後かも知らんと言ったことの足りなさ、それはぼくもそう思いますね。この間、武田泰淳《たいじゅん》(6)君が言っていたが、将来日本はローマ字になるだろう、それから中国がローマ字化されていくというふうなことになった場合、またちょっとほかの要素が加わってくるんじゃないかとも思う。しかしそうなっても、それは漢詩、漢文がローマ字化され、日本のことばの表現形式がローマ字化されるだけであって、やっぱり続くと思いますよ。だからいまあなたが言ったように、われわれのジェネレーションで終りとなるかも知れんと言ったのはちょっと言いすぎだと思いますが、自分の感じから言うと、ぼくの言いたかったのはこういうことだ。

いま新しい人の間にああいうものが迎えられ、専門にやっていこうとする新進気鋭の人も出ている。けれどもそれは、証拠はないけれども、ぼくらのように一文不知の尼入道でもなんとなくくっついてきて親しみを感じてきたというような、そういうふうなジェネレーションは終って、もうすこし違ったニュアンスで接していく、そういう新しいジェネレーションが生れてくるということでしょうね。それからぼくなんかが、ああいうものを読んできたっていうんじゃなくて、目にして触れてきた関係からいうと、ぼくらの子供のときは、忠君愛国が佐藤内閣(7)ほどやかましくなかったですよ。おのずからな点がありましたよ、子供の受取り方としては。それで、これはよく考えてから言うことかも知らんし、考えてないからわからんけれども、これからの人はもっと違っていくでしょうね。違った態度で接していくでしょうね。私なんかは、やっぱり昔の村の小学校の生活――そのころ、つまり明治の終りの時期に「戊申詔書《ぼしんしょうしょ》」(8)というのが出て、このごろぜいたくだからもっと倹約しろっていうあれの出る以前の生活ね。

吉川 戊申といえば今年も戊申でしょう。六十年前になります。

中野 そうすると、「戊申詔書」のことは、出たときは子供で知らなくて、小学校へ行ってから聞いたのかな。

中野 君はぼくよりいくつ上かな。

吉川 二つぐらいでしょうな。寅《とら》年だから。

中野 二つ上ですね。

吉川 その「戊申詔書」というのは、要するに明治の終りから大正のはじめにかけてデモクラシーというのが出てきて、生活の若干の面がブルジョア化されてきて、人心軽佻浮薄華美《けいちょうふはくかび》に流れるってなことで、上からの引締め緊縮政策の勅語ですね。

中野 幸徳秋水《こうとくしゅうすい》(9)の事件とどっちが先かな。

吉川 幸徳秋水はもっと前ですよ。

中野 その後?

吉川 だいぶ後ですね。幸徳秋水は明治四十四年ですからね。

吉川　「戊申詔書」が出たのはぼくの五つのとき、あなたの七つのときの話ですよ、数え年で。今年から六十引きゃあいい。戊申は一九〇八年ですよ。幸徳事件は一九一〇年じゃなかったかな。戊申のほうが前だな。

中野　それでそのへんのことは子供だったから後先なしですが、後から考えてみると、といってもかくべつ考えたわけじゃないけれども、そんなものが出るような、あるいは幸徳事件が発生するようなそのころの空気で吸いこんだ。そのときは、漢学ということばも知らないけれども——吸いこんだ、そして体質化された、そういうものと違ったものが出てくるでしょう。

それからぼくはこういうことを感じますね。このごろの若い人がまたそういうこと感じるかも知らんけれど、こないだも日本語、日本文のことを考えていて、「軍人に賜わりたる勅諭」というやつと「教育勅語」と、あれははさみうちの態勢ですが、子供のときからのことを考えても、「軍人に賜わりたる勅諭」というのは日本語ですっとはいってくるんですよ。ところが、「教育勅語」は実にわけのわからんことで、ちっともわからん。そしてぼくは、日本の兵隊はあんなにひどい仕打ちを受けて、「お母さん」と言って死んだ人もいるけれども、「天皇陛下万歳」と言って死んだ人も随分いると思いますが、あれは軍人勅諭でやられてると思うな。「教育勅語」では、どうも天皇陛下万歳にいかない。軍人勅諭の、「朕は汝《なんじ》ら軍人の大元帥なるぞ」という日本語の発想、それから日本の帝室がいかに貧乏で、蹴飛ばされ踏みつけにされてずうっとやってきたか、自分たちがいかに弱かったか、不義の或《あ》る者がいかに強かったか、それがやっとここまでこぎつけたという弱さを訴えてひきつける、そういう発想ね。あれは日本語、日本文学の発想の原型の一つだろうと思う。ああいうところにいくと、「戊申詔書」とか「教育勅語」とかってものは、教育勅語縁起とか、戊申詔書謹解とかっていうものでプロパガンディストがいろいろ日本語にやわらげていったからしみこんだけれども、あれ自身としては、日本人には体質的にしみこんでこない性質を持っていた。しかしそれをぼくは漢学というわけじゃないですよ。「四十にして悪《にく》まる。其れ終るのみ」とか、それから『唐詩選』とか、いろんな詩とかはずっと来て、そしてそのほうに漢文学、漢学の源流があるとすれば、「教育勅語」や「戊申詔書」のああいう体でわれわれに与えられたものは、少し違うんですね。そしてあれは、和様漢学かなんか知らんけれども、全くまずくて、それの影響はもういまはあんまりないだろうな。

吉川　つまり要約すればこういうことになりますか。漢学というものはすぐ「教育勅語」なり「戊申詔書」とコレスポンドする、連なるものとして理解される。したがってそれに対する反発が出る。そういう嫌悪されていた時代が過ぎ去って、いまはまた別の意味で中国のものが読まれるような時期に来ている。あるいは来るだろうと思う。そういうふうなことですね。「戊申詔書」ってのはぼくはほとんど知らない。これは小学校でもあまり習わなかった。「教育勅語」はしょっちゅう習いましたけれども。

中野　地方によって違うかも知れない。「戊申詔書」ってのは、「人文日に成り月に進み……」というやつですよ。

吉川　それをぼくはよく知らないんだな。

中野　つまり文明が進んで浮薄軽佻になるでしょう。ここで引締めなきゃいかんというわけですよ。

吉川　二年かあるいは三年の違いだけれども。政治というものは早く変るからかも知れない。

中野　あんたは神戸でしょう。ぼくは福井県の田舎だからね。神戸あたりで、「人文日に成り月に進み」、それがいかんなんてのはぼくは通用しないと思うんだな。（笑）神戸やなんかで船成金ができたり、いろいろやって、——船成金はもう少しあとだけども、日本が隆盛になったんだから学校でもあまりやらんかも知れん。そうすると、あれはブルジョア的なものでなくて、農奴的なものだったんですかな。つまり農村ではやられたですよ。ところがぼくらの日常生活は、子供をはじめ中学生にいたるまで、ちっとも人文日に成り、月に進んでいない。批判能力も何もないですが、身にそぐわないですよ。

吉川　これは中野重治の精神の形成に大へんおもしろい資料かもしれないね。（笑）

「戊申詔書と中野重治」ってのは。
ただぼくの学問の出発点は、そうした明治の漢学とは無縁なところから出発したと思う。これは私どもの先生が大へん優れた人だったわけでしょうけれども、中国自体のものは日本の漢学とは大へん違う。殊に明治の漢学というものは、極度にそれを明治の体制にくっつけようとするのが一般の風潮であったでしょう。私どもの先生はその外にいた人たちであったということがぼくの学問の出発で、大へん有難かったと思いますがね。

中野　中村正直《まさなお》(10)という人がいたでしょう。『西国立志編』というような名前は子供のころから知っていたけれども、読んだのは大人になってからですがね。それからあの人の文集がありますよね。全部は知らんが、ぼくはそのうち六冊ほど古本屋にあったから買って読んでみると、非常にいい人だと思いますね。その書いてる文章はみんな理屈がちゃんと通っている上に、あの人自身がどうも非常にまっすぐな正直な人であったらしく、そのこともわかりますよ。けれども、これをただ文字だけ拾って読むと何の詩的感興も来ないですよ。ところがそういう道徳でも訓戒でも説教でもいいけれども、それがポエチックなときだけ人に感化を及ぼす、それはぼく一個の場合だけれども。ぼくはいつかカントを日本語で読んでいたら、ちょっと忘れましたが、「自分の心が晴れやかなときに人は善に向う」というような意味のことを言ってるんですよ。

だから、非常に陰険な、たとえば復讎《ふくしゅう》心に燃えているようなとき、——カントが書いてたんじゃない、ぼくの解釈だけれども——人を恨んでいたり、あの野郎いつか仇《かたき》を討ってやろうというふうな気持でいるときは善に進めない。もっと朗らかな、晴れやかな気持でいるときに人はいわば手軽に、スラリと善の道へ行くことができる、というような意味のことを書いてます。ぼくは感心して、おれのようなのはいかんと思ったですがね。ところが中村正直先生なんかの文章を読むと、書いてあることは全くもっともで、ぼくなんかにはひしひしとこたえることばっかし書いてあるんだけども、ひしひしとこたえない……。

吉川　それはポエジーの不足ということだな。

中野　ぼくら中学校で漢文を教わったとき、そんなものがかなり強くあって、そこへヒョイと例えば「胡笳《こか》の声」なんてのが出てくると、するするっとそっちへ持っていかれた。

吉川　江戸時代の漢学というものは常にポエジーといっしょにあったわけですよ。ポエジーを抜きにした漢学というのはなかった。(荻生《おぎゅう》)徂徠《そらい》はその一番の極端なものです。ところが明治の漢学というものは、ポエジーを抜きにしても漢学は成立するかという可能性をためすみたいなところがある。むしろ倫理、道徳の学として、それを故意に抜いちゃったわけですね。あれは実にかなわないですね。私などもけっきょくその反発から学問をやり出したようなものでね。

中野　だから徂徠はわれわれはあんまり教わらなかったですよ。つまり徂徠っていうのは、あいつは不埒《ふらち》なやつだ、漢学を勉強して勉強の方法論を誤った、孔子が攻めてきたらどうとかこうとかっていうのは徂徠じゃなかったですかね。

吉川　あれは（山崎）闇斎《あんさい》(11)ですよ。闇斎は、孔子を大将にし、孟子を副将にして日本へ攻めてきたらどうするか。そのときには敢然として戦う。そうしてこそ孔孟の道に反しないと言ったのが闇斎、徂徠だとそうはならない。

中野　闇斎ならばこう言ったのに、徂徠っていうのは親からもらった名前まで変えて不埒なやつだ、とそういうことはどっかで教わったですよ。だからぼくらの教わった漢学というものは――教わったというより教わらなかったわけなんだけれども――そういうもので、こと道徳に及んでも何のポエジーをも伴わないから、けっきょく身に着かなくて、それであれいうことに対する軽蔑だけを教えこんだようなものですね。

ただ、高等学校でやっぱり漢文というものがあって、何先生といったか、その人は『韓非子《かんぴし》』を教えていらっしゃった。あれどういうわけかな、『韓非子』から自分で抄出して一冊本を作って、そしてそれを講義するんですよね。しかしその人は非常に古いタイプの人で、韓非子の、――と言ったってぼく知らないですよ、韓非子ってどんな人か。しかし韓非子って人は、ちょっとマキアベリズム的なところがありますか。

吉川　大いにあるでしょう。ぼくもよく知らないけど。まあ中国のマキアベリでしょうね。

中野　で、その先生が、自分で韓非子抄の立派な本を作って、それを教科書にして教えながら、あるところまで来ると、ここはぼくは嫌いなんだというわけですよ。書いてあるから諸君に講義はするが、おれはここは嫌いなんだ。おもしろい人で、ぼくはその人が好きになりましたよ。

吉川　四《し》高《こう》[12]だね。

中野　ええ、四高。その人なんかは金沢の旧藩系の人ですよね。そいじゃつまり国家主義的な漢学者かというと、そうじゃないですね。さっき言ったような明治の漢学の流れの中では、わりに不遇であった人でしょうね。

吉川　江戸の伝統を守っていた人は不遇だったでしょうね。

中野　そうでしょうね。ぼくら教わったことを不真面目にしか聞かなかったんでまずいけれども、感じからいうと、漢学者とはこういうものであるべきだと思ったですよ。その印象のほうが強いですね。

吉川　やっぱりあなたの詩人的直観は正しいんで、中国の文明というのは思想が常にポエジーとともにあるということが特徴だと思います。『論語』だって言ってることはごく普通のことなんですよ。「学んで時にこれを習う。また説《よろこ》ばしからずや」。これ学問のすすめです。孔子が生きていた時代の社会情勢は、いまと違っていたでしょう。いまのように、学問をだれでもするようになっていずに、学問は孔子のころまではまだ特権階級のみがするもんだったでしょう。ところが孔子の弟子にはいろんな人間がいる。子路《しろ》みたいな暴力団上りもいるし、子貢《しこう》みたいな商売人がいるし、[13]従来は学問と無関係であった階級が自分の弟子の中にはいって来たということが「学んで時にこれを習う。また説ばしからずや」。学問のすすめとして、いまとはまた違った意味でそのことばが存在してたでしょう。

　しかし、要するに普通のことばですよ。ただしかし、それを「学而時習之、不亦説乎」というのは、いまの中国語で大へん美しいリズムですよ。ことに「亦《ま》た説ばしからずや」という言い方は大へん含蓄のある言い方で、これはぼくのあの本（中国古典選『論語』）を見ればわかるけれども、「亦」という字があるから、楽しいことの一つじゃないか、という解釈もあることはあるんです。しかしそれではいけないんで、芝居もおもしろいだろう、映画もおもしろいだろう、相撲もおもしろいだろう、学問もその一つじゃないかというふうなことでなしに、それは大へんおもしろいこととお前思わないか、という柔らかな、しかし強い説得のことばですよ。言い方が巧みだね。自分のことがらだけれども、本当に人を説得するような言い方をする。これはぼくはやっぱりポエジーの精神だと思う。ところが、明治の漢学というものは一応そのポエジーを抜きにして、それを単に倫理道徳として教えた。だからおもしろくないし、これがはやらなくなったのは、ぼくはある意味で当然だと思う。

中野　だから逆に言うと、そこに日本人の、われわれの側の健康があったわけね。あんなものは迎えられないということは……。入学試験なんかで答案書くときはそのとおり書くとしても、しかし自分では受入れないということは、日本人の感受性がある健全性を保ってたからでしょう。

吉川　つまり、それを受入れなかったということが健全性を保っていたわけだね。

中野　ぼくはそう思いますよ。それで、また高等学校のときにかえるけれども、その前に中学で——ぼくたちは中学と高等学校で漢文が教科書にあった以外は、漢学に接したことはないんだから——中学の先生で勝屋という人がいました。漢文を教えていて、忠孝仁義の士なんだけれども、あるとき漢和辞典の話が出て、服部と言ったか小《お》柳《やなぎ》と言ったか、そんなような人の漢和辞典(14)にはこうあるじゃないか、と生徒が逆質問したわけですよ。われわれの先生の解釈とは、だいたい同じだけれども少しニュアンスが違うんですよね。そしたら、「服部あたりがハッ、ハッ、ハッ……」と言ったですよね。それは子供ながらにも二通りにとれましたね。服部文学博士なんてのは偉いだろうけれども、語のほんとの解釈についてはどっかに欠陥があるんだろうという点と、それからそうじゃなくて、逆襲してあいうやり方で吹飛ばしてしまおうとしたんだろうと、両方感じられたですよ、子供ながらに。その人は別に反体制的でもなんでもなくて、忠君愛国の権化のような爺《じい》さんでしたがね。しかしそのときにあれが出てきたんですよ、さっきの「胡笳の声」が。それを朗読して、涙を催したわけでもないでしょうが、「いいなあ」とか言って、そしてそれを隠すんだ、生徒の前に。爺さんでしたがね。

そんなようなものが一方にあった。それから高等学校へ行くと、さっき話したような先生と、もう一人いましてね。もう一人の方は、ぼくは恨み骨髄に徹してるから名前を覚えているんだけれども……それが全く、中村正直先生ならまだいいけれども、その流れの下の下ですよ。奴隷的官僚主義で、おべっか使いで、上にはおべっかを使い下には厳しく当る。それで口に言うことは漢学じこみの忠君愛国で、年はさっき言った先生よりちょっと若かったですけど、しかしそれほどは違わない。それほどは違わないけれどもそういうふうなのがいましたね。だから明治政府が、ああいう維新から出て来たことは非常によかったんだけれども、それにもかかわらず、徳川まで蓄積されてきた漢学の学問が、絶えなかったわけですね。実際は絶えなかった。けれども表向きはちょっと押えられたでしょう。

吉川　あるいは絶えたと言えるかも知れませんね。そうしてひん曲げられた明治的な漢学というか、それからいわゆる東洋道徳、そっちへひん曲げられたと思いますね、明治は。

中野 あれがひん曲げられなかったら、もう少し違った面も出てきただろうと思いますね。ぼくはしかし、変えたけれどもひん曲げられなかった点もあったと思うのは、これはでたらめになるんですが、民権運動ね。ぼくは幸徳秋水の文章なんか見ると、中江兆民との関係もあるかも知らんけれども、そしてけっしてあれが正統の漢学だと言うつもりも資格もないけれども、漢学、漢文学の中のある本質的なものが、あのへんにどういう形でか伝わっているといってもいいんじゃないか、これも無根拠にちょっと言いたいですよ。たとえば中江兆民を読んだら、読んだらってあまり読んでないけどね、やっぱり正直なところ、ぼくは昔、幸徳秋水の『兆民先生』という本を古本屋で買ってきて読んだです。あれ古本屋に売ってしまったんで、持ってりゃよかったと思う。最初のやつですよ。初版のね。いま岩波文庫ではあれに付録も付けたもっといいのが出てますが、あれでないもとのやつです。読めない字があったもんね。読めない字があったから偉いと感心したわけではないけれども、あれを読むと、あれはポエジーですよ。ポエジーというよりもポエムだ。それで本当に、まあ本当に心も背骨も動かされたですね。それで兆民をちょっと読むと、フランス文学のことを書いてね、兆民先生が、——あれ、だれのこと書いてたかな。とにかくここまで来ると、その文章がほとんど漢文に近い。そういって褒めた。

吉川　それはフランス語ですね。

中野　フランス語の文章の。ぼくは非常に感心したですがね。そういうふうなとらえ方がまた起きてくるでしょう。

吉川　つまり、いままで明治百年。そのあいだ西洋の文明の中から、日本人が摂取すべきものを発掘するのに一所懸命になっていた。そうして中国の方はしばらく忘れた。ぼくはそれは大いに結構だと思うんですよ、お互いにその一端にあずかっているわけですけど。しかしその長く忘れていた中国の中から、そういう発掘されるべきものが、これからまた別の目で発掘される。江戸時代の人は相当発掘したわけでしょう。あるいはその延長としてね。ぼくは中江兆民は明らかにその延長としてあると思います。それから幸徳秋水はよく読んでないから知らないけれども、おそらくそうでしょう。それからぼくは一ばん大きいのは夏目漱石だと思いますがね。おもしろいのは、漱石は江戸の漢学でも頼山陽《らいさんよう》なんかは嫌いなんだ。ぼくは頼山陽その人は偉いと思うけれども、明治の忠君愛国的な漢学と結びつくものを非常に多く内在していたことも事実で、そういうものは漱石とは違いますね。漱石が一番好きなのは徂徠なんだ。その点が偉いと思いますね。だから間接に漱石の文学には実は徂徠的な中国というものが作用しているということが、これからだんだん証明されていくんじゃないかと思いますね。

中野　徂徠のことをわれわれ素人にもわかるように書いた本はどんなものがあります

かね。

吉川　残念ながらない、と言うと少しさしさわりがあるんだけれども。このごろまあ、徂徠は研究されていないでない。まず丸山真男《まさお》君でしょう。自然の体系と人間の倫理の体系とは合致するというのが、（林）羅山《らざん》[15]にはじまる日本朱子学です。だから君臣の関係なんかも天地の如《ごと》くあるものであって、天地の存否は動かすべからざること君臣の如し、と羅山は言った。そういうふうな自然と人倫との合致を、徂徠に至ってはじめて分離した。人間は自然と同じじゃない。だから人間には強制的な法制が必要だ、ということを徂徠がはじめて言った。それは徂徠の功績だと言う。それはある程度当っているんです。それからまた加藤周一君がこのごろ徂徠を大いに何かやってるわね。ただぼくに言わすと、徂徠の一番肝心なとこが抜けてると思うんですよ。徂徠はそういう思想家でもありますよ。しかし思想は必ずポエジーを伴わなきゃいけない。あるいは、人間は文学がわからなきゃ完全な人間でありえない。政治家でもありえない。これは中国の文明の有力な論理であると、それを一番主張しているのが徂徠なんですよ。それがみな抜けてる。近ごろある人が『徂徠学の基礎的研究』[16]という本を書いた。名前はいまのご質問に対して推奨し得べき書物のように見えるけれども、やっぱしそこのところはどうもだめだね。第一、徂徠の全集ってのはないんでしょう。ぼくは日本人として恥ずかしいことないかと思うんですよ。

中野　ぼくはいまそれを聞こうと思ったんです。全集でなくても、選集でもいいですよ。

吉川　これは全然ない。(伊藤)仁斎《じんさい》の選集もない。ただ山鹿素行《やまがそこう》とか吉田松陰とかそういう明治性漢学(17)──これは明治性漢学と同じじゃないと思いますよ、もっとポエジーがあると思うけれども──それと結びつきやすい人の全集が出ている。西洋人の全集なんかは、いろんな人のが出ているわけだ。

中野　それで話はちょっと飛びますが、ぼくはあなたを徂徠の学徒とは思わんけれども、徂徠の全集はいずれ編まれるところに持って行くとしても、選集ね、そういうものを作る仕事なんかは、あなたの退官後の仕事に出てこやしないかな。

吉川　それ、お前の責任ではないかと言われるんですがね。

中野　ぼくは責任でないかとは言いませんよ。それじゃなんと言うかと言われると、適当なことばはないけれども……。

吉川　もうすこしお前熱心になっていいじゃないかということですね。

中野　まあそうですね。

吉川　こんなこと言うのなんだけれども、一番能力持ってるのはぼくもその一人なんだから、ぼくがやるべきことかも知れない。しかしぼくは、やっぱり中国自体のことをもう少し日本人により多く紹介するということが、残り少ない一生でやるべきことだと思いますから。

中野 それはよくわかりました。しかしつまり吉川君自身によってとはぼくは言わんけれども、あなたを含めた何人かの人がプランを立てて、スケジュールを組んで、徂徠選集を作っていくということも、現代日本が中国を理解する……。

吉川 中国じゃない、日本を理解する……。

中野 どっちでもいいですよ。そいじゃ日本のほうにしよう。日本が中国をちゃんと理解するための大きな仕事だね。その仕事を、もう余命少ないからその方をやろう。しかしその方をやろうってことの中には、このことも関係してくるんじゃないですか。

吉川 関係してくるでしょうし、もっとより多く日本自体を知るために徂徠全集は必要だと思い、まあいまあなたがおっしゃった程度では、ぼくは多少相談にも乗ってますがね。

中野 それは「朝日新聞」が考えてもいいんだな。

吉川 「朝日」が考えたらいいんだ。

中野 ぼくはそう思いますね。

吉川 実際おかしいですよ。サルトルの全集はいいですよ。ヴァレリーの全集もいいですよ。ただ西洋人ならもっと二流三流の人の全集も出てるんです。ところが仁斎の全集も徂徠の全集も持たない。これは大へんぼくは恥ずかしいことだと思いますね。

中野　今度のあなたの対談で、どれだけそういう問題が出てきたか知らんけれども、これを機会にそのことを考えてもいいんじゃないかと思いますね。

ところで話は飛びますが、狩谷棭斎《えきさい》(18)ってのはどういう人ですか。職人的な人ですか、あの人は、学者としては。

吉川　職人的というとまた少し気の毒で……。思想家じゃないでしょうね。元来、菓子屋ですがね。それはまあ無関係だけれども。(笑)

中野　ぼくは正宗敦夫《まさむねあつお》さんの『日本古典全集(19)』でちょろちょろっと知っただけですけど、あの職人的な点ね、あそこがぼくは非常に好きなんですよ。なんていうか、尊敬はしないが敬服するという言い方が成立つなら、敬服するんですがね。あんなふうなタイプの人はいまたくさんいますか。

吉川　漢学について？　それは大正年間にありました。あるいは大正の学問はみんな多かれ少なかれ、一応没価値説ですね、価値のいかんにかかわらず、従来の人がやらなかったものをやる、新規な材料をやろうという。これは内藤（湖南《こなん》）(20)さんにもありましたね。相当ありました。ぼくなんかむしろそれに反発して、だれでもが読む本を読み直してやろうということでしたね。だからぼくはあんまり狩谷棭斎に興味をもたない。狩谷棭斎ばかりでなしに、江戸時代でいうと安藤昌益《しょうえき》(21)、それから山片蟠桃《やまがたばんとう》(22)とか、富永仲基《とみながなかもと》(23)とか、こういう人は大へん特異な思想家でしょう。しかしこればかりがいまもてはやされて、一番大事な仁斎、徂徠が忘れられてるのがぼくには大へん不満ですね。

中野　富永仲基でも、山片蟠桃でも、もてはやされるのは政治的なにおいがくっつきますよ。政治的なにおいを払拭しても立派なのに、政治的なにおいのほうからこうかぶせていこうというあれが、ちょっとぼくなんかは気に食わないんです。気に食わないというのはほんとだけれども、本物を知らないのだから、これはまったくまずい。

吉川　本物をもう少し研究する必要はあるな。

（笑）

中野　だから売るテキスト――、それをどうしても作って、そしてそのうちどれを選ぶかは読者に任せるというふうにしたいですね。

吉川　徂徠全集はいまある出版社が多少やろうって言ってんだ。今までどれだけの本屋に勧めたかわかんないけど、不思議にどこもやらない。

中野　ぼくは徂徠なんかは知らないで言うんですよ。知らないで言うと、日本の二千六百年だか、千九百何年だかのうちで、片手で数えるか両手で数えるかは別として、数えられるべき人だと思いますね。

吉川　たしかにそうですね。

ちょっと別な話になりますが、さっき名前は知らないとおっしゃった人ね、上へは大へんおべっかを使って、下へは大へん厳しい、そういうのは中国語で言えば「小人《しょうじん》」の常としてあることだけれども、そうしたことへの指摘が中国の本には大へんうまいことがあるという例として、三世紀の魏《ぎ》の学者で、王粛《おうしゅく》(24)っていう学者がいたんですよ。陳寿《ちんじゅ》(25)の『三国志』に王粛の伝があるんですがね。その伝のしまいに――伝のおしまいにはみんな評論がありますね――その評論の中に、こういうことが書いてあるんだ。王粛には三つの矛盾があった。「三反あり」。一つの反は、上に仕うるには大へん折り目正しかった。「上に仕うるに方にして」、しかも「下の己れに佞《ねい》するを好む」だ。下のやつがおべっかを使うのを好む。それから二つめの矛盾は、「性は栄貴を好む」というのは、名誉欲は強かったんだね。しかも「苟合《こうごう》を求めず」、むやみに頭はさげない。それから三つめは、金にはけちだったが、あいつは金に汚いという評判は立たなかった、と言うんだな。うまく儲《もう》けた。「財物を吝惜《りんせき》するも、身を治むるに穢《あい》ならず」。これ第三の矛盾だ。そういうんです。

中野　上に仕えるに「方」で、下の自分におべっか使う者を憎むっていうのは、うまく言ってるな。ずいぶんデリケートだな。

吉川　そういう型の人間はいつどこにでもいる。それをうまくいっていると思いますね。

中野　ちょっと、あなたあとでその続きでしゃべられたことを覚えてて下さいよ。ぼくはいま非常に感心したのは、間違えたんですけど、上に仕うるに方にして、下の己れに佞するを憎むと、こう聞き違えたんだ。それで、いやこれは大した野郎だなと思ってね。こんなのは日本にもおれの知ってるやつにもいて、これは大した野郎だと……。「好む」ですか。（笑）

吉川　今もいるであろうそうした人物の、そうしたところを、実にうまいこと言ってるんですね。しかも大へんテキパキしたことばで言っているということが、やっぱり中国の文学というか、文献の特徴じゃないかと思うんですがね。

中野　いまでもわからんのだけれども、漢文はある読み方で読むでしょう。そうすると、日本語には「てにをは」がありますね。㉖それからヨーロッパのことばでは何か前置詞ってなものがあって、三格とか四格とかいうことになるでしょう。ぼくなんかどうもこういう漢字を拾って読むと、日本語的な前置詞なりかかり結びなりが、日本語として自分の体の中にあるから、それで読むわけですね。なんとなくね。「上に仕うるに方にして、下の己れに佞するを好む」というふうにね。あなたのいろんな著書なりなんかにもあるけれども、一方ではそういうふうにしてやわらげて読む読み方が自分の中にある。しかし他方では、これはまったく無知《むち》蒙昧《もうまい》なやつがこんなことというとおかしいんだけれども、棒読みしてる。棒読みないし、ひっくり返して読むにしてもなるべく「にして」というようなことをとって、これなんかで言うと、「上に仕うるに方、下の己れに佞するを好む」、まあなるべく、かなを、送りがなを少なくして読む、——中学生的衒学《げんがく》趣味じゃなくて、そう読みたい気持があるですよ。そう読むほうが、読むっていうのがすでに日本語的な読み方なんだけれども、かえってピタリと来る、こういうのはやっぱりだれでもそうですかね。

吉川　まあ、だれでもそうでしょうね。ぼくたち専門家はもはやひっくりかえって読まないけれどもね。しかし非専門家でも「てにをは」をつけて読みながら、もとの漢字だけを見ようと思えば見られるわけでしょう。そこがまたひとつの魅力じゃないかな。

中野　だから、「長安一片月《いっぺんげつ》」でしょう。しかしそれを、ぼくなんか「長安一片の月」、とこう読むわけですね。それからもうひとつは「長安一片月」と文字だけですね。「長安一片月」、これは存在ですよね。存在とその人間による認識だ。あるいはある個人によるそれであって、別に長安の町の上に月一片かかっていると、そういう意味じゃなくて……。

吉川　というと……。

中野　ここに長安がある。そうことばに出した人はここにいるんだけども、地上にいるんだけれども、天があって、月がそこにある。そういう客観的実在の主観的認識、それのそのままの修飾なき表出というのにとどまる。それだから、それが非常に強く響くんだというふうに受取りたい気持があるわけなんだ。

吉川　受取りたい気持、またそう受取れる形に中国語があるということだ。つまり「長安一片の月」と読みながら、やっぱり「長安一片月」という非常に凝縮したものが目の前にあるわけでしょう。それはあなたがさっきそれを分析したのを、あなたは詩人であるとともに散文家だと思ったけれども、長安が下にある、上に月があるというふうに分析したのは大へんうまいと思いますが、そういう分析はあとで出るわけだ。「長安一片月」を見てるときは、ただ「長安一片月」という五字があるだけですよ。

中野　客観的実在の主観的認識だ。しかしそれはどっかに、さっき何て言ったかな。客観的……。

吉川　これを客観的実在にまで解きほぐしても非常に確実なものがある、あるだろうという予想を持ちうる主観的認識がそこにある。この主観的認識、非常に確実な客観的実在へほぐしうるものだという安心をあらかじめ伴って把握しうるような、主観的認識が中国の優れた詩にはある、ということと違うかな。

中野　そうですよ。それはしかし世界中の偉い詩人はみなそうらしいな。われわれは一生涯、おっかなびっくりでいろいろ工夫しようとするんですよ。そうでなくて、彼らは偉いやつだというよりも、だから偉いんだろうと思うけれども。

吉川　あなたは元来ドイツ文学をやって、ドイツ語の詩でも、どこの詩でも、偉い人の詩はみなそれがあるわけでしょう。ただこういうことがあると思う。少なくとも日本人が、そういう詩一般に通ずる問題を最も感じやすいのは中国の詩でないかということ。

中野　それは一言にして言えばぼくもそう思うし、そこから先が問題だけれども。

吉川　ぼくは多少英語の詩は勉強したんです。英語の詩ではそういうことはむずかしいんだね。僕ていどの勉強では。

中野　外国語になるとぼくは全然だめなんだ。ただあなたの言うように思うけれども、ぼく個人としてみれば、中国の詩なりなんなりが、知らないけれども、知ればすぐすっと来るというのはどういう点かというと、現世的な点ですよ。ぼくは西洋の詩人ではダンテが好きなんですよ。あなたがさっきちょっと言ったけど。しかし詩を読んで好きだっていうんじゃなくて、なんとなく好きなんだ。これではあまりに荒唐無稽になるんですが、ダンテなんて人の好きなところは、どれほど抽象的な、高い、なんやらいろんなあの世のことを言ってるけれども、それらが現世的、物質的な点につながって歌われているってことがわかって非常に好きなんですよ。しかし、そうでない神学的なところはわからないし、あんまり好きでもない。しかし好きでもないというのは、ほんとのところわからない。中国の詩人は、よほど抽象的なことを言ってても何だかわかる。なぜわかるかっていうと、現世的なんですよ。あの現世的な点は、――ぼくもまったく現世的な人間だから、現世的でありすぎて失敗ばかり重ねてきたけども、失敗は一応棚上げして――現世的であるということは、ぼくは本質的なことのように思うんですよ。

それで一方では、ぼくは日本の思想世界がスコラ哲学、(27)――これはでたらめですよ。ぼくの独断で、まだ学者の検閲を経ていないんだけれども、――どうも一方、日本人には相当素質がありながら、いろんな歴史的関係でスコラ哲学みたいなところを通って来なかったと思っているんです。事実かどうか知らん。ぼくの感じですよ。あのスコラ哲学というのは、ぼくは嫌いだし肌に合わんし、まったく一語にして無用なものだと思いますが……。

吉川　結局はね。

中野　結局は。けれども、プロセスとして言えば、あすこを通ることによってどれほど論理訓練というか、ものごとをちゃんとできるかぎり整理して、できるかぎりつきつめて、論理に矛盾するかしないか、ああでもないこうでもないとやっていく、――あれを飛びこえた。何も向うでやったからこっちは飛びこえてならんということはないけれど、スコラ哲学の時期がいまに至るまで、一九六八年に至るまであんまりなかったんじゃないかな。ないんじゃないかな。

吉川　どこに。日本に？

中野　日本に。それでぼくは、ショラスティク[28]をやる必要があるというんじゃないけれども、その点をやってないために、西洋のああいうのはわからんのかも知らんという気も一方ではある。しかし日本でそれをやると、ヨーロッパでショラスティクが通過したのとは違ったもっと別のいい結果も得られるんじゃないだろうかということも思うことがありますよ。それで、そんならショラスティクでいくと、中国の文学の理解なんかは変なことになるんじゃないかと心配することもあるかも知らんけれども、さにあらず。どんなショラスティクな文脈をも受けとめえるものを、――受けとめえるじゃない、えるというと受身ですが、――じゃなくて、問題を提供してるんだというふうに、日本が中国文学をつかまなかったことが、いままでにあったのではなかろうか。あったとすれば、いくらかそれはマイナスではなかったろうか、と単純に、何の証拠もない……。

吉川　あんたの詩人的直観は完全に正しいと私は思います。中国は学問は常に何かスコラスティックな面をもってる。現世的ですから、どんな小さなものでも意味をもってる。これが日本の普通の儒学なり漢学と違うところなんです。日本の儒学ははじめから大義名分だ。こうした小さな、どんな料理を食おうと、そんなことは大義名分に関係しない。ところが中国は、ご馳《ち》走《そう》をどういうふうに食べるというようなところがすべて倫理に関係してるんです。五経の中の『礼記《らいき》』の「内則」――内の教えと書いてあるのは、ご馳走をどう食べるかということを書いた篇《へん》ですよ。時代によって波がありますけれども、中国の学問はそういう煩瑣《はんさ》的なものをいつも持つ。中国の思想なり文学は何ほどかそれを経過している。ところが日本の従来の漢学はそれを抜きにして、よく言えば精粋ですわ。悪くいえば大ざっぱなところしか取入れてない。その点でも徂徠は偉い。徂徠はその煩瑣なところをやったわけです。

で、ぼくなんかをも徂徠学とおっしゃるのはその意味で正しいんですが、煩瑣なところを一所懸命、勉強したわけですよ。その結果をポピュラーと言えばポピュラーなものに書いているわけなんですがね。ぼくのほうに多少従来の漢学と違った点があるとすれば、私がそういう明治性漢学と無縁な中で育ったということもあるが、ひとつはぼくはそういうスコラスティックをやってきたからということがあるんです。それで、これは普通の方がお読みになるものとして、そのスコラスティックを経たぼくが、今度はまたもう一ぺん大ざっぱに書いた。「朝日」の本もそうでしょう、『新唐詩選』もそうでございますけれども、専門家としてはスコラスティックをやらないと、本当の漢学にならないと思います。それと、あるいはまた広く学問の問題として、そういう中国のスコラスティックが、広くこれからの学問のやり方に対してある示唆を与えるものがあるんじゃないか。そう考えますね。あなたの直観は正しい。さっきの、中国の詩は表面は大へん大ざっぱに主観的認識だけを言っている。しかしその主観的認識に徹しようとするまでは、客観的実在だったかな、それのおそるべき視線があるんですよ。杜甫の詩はことにそうだ。

中野　その杜甫。しかし相手は天才だから、勝手にそんな風にいうてはならぬ点があるけれども、あの人はなんであんなにフレッシュなんですか。

吉川　しゃくにさわるぐらいフレッシュですね。

中野　モダニズムだとかなんとか言うけれども。ぼくは『国訳漢文大成』(29)本ではじめて読んだのです。ちょうど友だちが差入れてくれて読んだですが、あすこは一坪足らずの狭いところで、冬寒いときは、坐《すわ》って、体をできるだけ縮めて読むでしょう、机はこれぐらいですからね。読んでいると坐ってられないですね。立って歩くたって狭いところですからね。状況が状況だから、涙も出なければ笑いも浮ばない。つかまったネズミみたいに部屋を回るわけだ。

吉川　そうして読んだ？

中野　そうして読んだ。あの三冊本ね。鈴木虎雄(30)さんの。ですから、あの鈴木先生の解釈に誤りがあるかないかってことは問題じゃないですよね。杜甫っていう人はほんとにいい人だなって思ったですね。それから杜甫って人は偉い人だと思ったですね。それからもうひとつは、そのいい人だなと思うのと、偉い人だなと思うのとが先に立っちゃうんですよね。しかしなぜそう思うかってことを考えてみると、ほんとに詩的表現においてうまいからって言葉はちょっと使えないんですよ、あの場合は。ぼくの感じでは、うまいとか上手だとかっていうことばを使うと相手をけがすようで、なんというか、人と違うんですね、ぼくの知ってるかぎりにおいて。他人とは違う。かりにあの人が立派な人だなという点とか、偉い人だなっていう点がないとしても、その表現だけからみてもあの人は、なんと言いますかね、秀才がたくさんいて、その中であの人がずば抜けているというのじゃないんですよ、ぼくの受取った感じでは。あの人は特別でね。

吉川　ぜんぜん異質だ。

中野　そう、そういう感じでしたね。まったくモダンですよ。それゃあの人は、それ以前のものを全部、吉川幸次郎先生のいうように、索引も字引も備えないで腹の中へ入れちゃったということがあっても、いくら入れたってああは出て来ない。

吉川　そしてそれを出すときはすべてもとのままではないんだ。全部モダンだ。

中野　すべてもとのままでないかどうかは、ぼくは学問がないからわからんけれども、まったく新奇なってことだけは感じとしてわかる。

吉川　そこはぼくら学問をしているもののある意味での悲しさですよ。だからそういうこととは無関係に、杜甫が加えた新奇な面、古風なことばを使いながら、新しいものとして、鉄のようなものを金のようにきらきらさせて生返らせている、その生返らせている面だけで解いても杜甫の詩は解けるんですよ。しかしそこはぼくは学問の悲しさ、学者の悲しさで、これは金だけれども、この金はどこの鉄だということになるんだね。

中野　なるほどね。ぼくはそれがないから。

吉川　しかしそれはさっきの煩瑣哲学ですよ。

中野　それはもちろん大事なことですよ。

吉川　大事というか、ぼく自身にとっては杜甫に接近するたびに大へんいい勉強だと思っている。みなさんは多少ご迷惑かも知らないけれども。

中野　しかしこういうことがあるわけですよ。それにもかかわらず、そこまで知った人はほかにもあったかもわからんけれども、あれをああいうふうに表わした人はほかにはないでしょう。

吉川　ないです。

中野　あれはつまり、あの人が偉かったせいでしょうね。

吉川　偉かった。やっぱり歴史というものは、普通の歴史の条件とは思われない異常な人物を生むということだね。

中野　昔、改造社が『プーシキン全集』[31]を出したことがありまして、全集と言っても手がるなもんだけれども、しかし日本でははじめてのもので。それにチラシみたいなもの、——チラシじゃない、なんだったかな、……はさみ込みみたいなものですね。ぼくは大げさに言えばはさみ込み、腰巻き紙にも全力を奮って書くんだから。それにぼくは文章を五、六行書いたですよ。プーシキンの詩もそのときまでぼくは少ししか読んでいなかったんです。散文を少し読んだですね。あの人も、どうしてあんな人が生れたのかぼくにはわからんですよね。ソ連の学者のいろんなものも少し読んでみたけれども、よくわからない。要するに、天才っていうことばで言えば解決にはならんけれども感じは出る。そういうことで、「プーシキンと杜甫とあるのみ」というようなこと書いたんですよ。しかし原文が見つからない。プーシキンとか杜甫とか、ダンテはちょっと違いますがね。それからどっかぼくらの知らんアフリカならアフリカのまだ文字にならないところにも、そんな人がいたかも知れないと思う。そんな人が世界に十人ぐらいいるような感じですよ。そういう人はぼくらは一生涯読んで感心して、そのつど文学以前においていい刺激を受けて、感奮激励される。それでぼくは、おれは何も知らないであんなこと書いて悪かったなあと思う一方、いや杜甫とプーシキンについてあんなこと書いたことは、そう間違ってもいなかったんじゃないかなというふうに思ってるんですよ。

吉川　いや、何も知らない者が読んで感心するぐらいでなければ本当に偉い人じゃないのと違うかな。プーシキンについては、これは本題からそれるかも知れないけれど も、ぼくも書いたんですよ。この間、岩波の『人生の本』というのに解説でぼくはこういうこと書いたんです。君が杜甫について言えるよりぼくはもっとプーシキンについて知らないんですけど、『オネーギン』を読んでこれまでも少し感心してたことをはっきりさせたんです。これは、間違ってもかまやしないと思って書いたんだけれども。それまでは、自分と自分の周辺というか、個人と社会の間にある矛盾というものが文学の主題であった。ところが矛盾、分裂が自己の中にもある。そういう自己の中のものが戦い合ってるということが、はじめて敏感になったのはプーシキンでないか。はじめてというのは、ここに選んだ十何冊の中ではプーシキンがはじめてじゃないか、ということで、それはぼくはいまのところ全然間違いではなかろうと思うんですよ。偉い文学者は何も知らない者にもそういうことを感じさせるだけのものを持っている。それどうですか。たとえばゲーテでも、そういう自分の中の分裂というものはどうですか。

中野　ぼくはそこはゲーテに不満なんだ。ゲーテは偉いと思うけれども、ゲーテの偉さとプーシキンの偉さ、あるいは杜甫の偉さと比べると、ちょっと違うように思うんだ。ぼくはいまごろになって、ゲーテの偉さがもし勉強すれば少しはわかるかも知れんと思うようになったけれども、もうゲーテを読む元気はないです。プーシキンでも杜甫でも、悪条件のもとで仕事をした人ですよ。ゲーテももちろん悪条件はあったけれども、しかし俗学的に言えば、結果から見ればゲーテはわりに好条件のもとで仕事していたですよ。もちろんいかなる世俗的好条件といえども、偉人、天才にとっては悪条件の集積だったろうけれども、それにもかかわらず、プーシキンと杜甫の場合と、ウォルフガング・フォン・ゲーテの場合とはちょっと違う。と言っても、何もゲーテをおとしめることにはちっともならない。ぼくもそうするつもりじゃないけれども、やはりごく小さくかぎって、限定してぼく個人の主観から言うと、杜甫やプーシキンのほうが理解しやすくて、ゲーテのほうは理解しにくいと言ってもいいですよ。つまり、杜甫やプーシキンは端的にわかる。ゲーテはなかなかわかりにくい。むずかしいということですよ。ぼくは何も自分の認識能力の無体系を弁護するつもりじゃないですよ。ぼくの理解力の弱さを認めたうえで、杜甫はじかにわかる。しかしゲーテの場合は、じかにわからないとは言わないですよ、けれども……。

吉川　ゲーテとしてはこうだったろうということでわかるということですか。

中野　まあそれにはいりますね。それだけだとは言わんけれども……。

吉川　つまり杜甫だからということでなしに、おれもついていける……。

中野　そうそう。あのおっさんとはすぐ話ができる。そういう感じですね。そこへいくと、これは時代も違うし、何も読まないということでまったく乱暴でしょうがないんだけれども、ゲーテよりも、むしろダンテ——玄関払い食わされたかどうか知らんけれども、ダンテのとこへ行きたいな。行った結果は、話はダンテのほうはうまくいかなくて、ゲーテのほうはうまくいったかそれは知らないですよ。しかしどこへ行くかというと、ぼくはゲーテのうちへ行くよりもダンテのうちへ行くな。どこにあったか知らんけれどもね。杜甫ならば、もう行きますよ。玄関払い食わされても帰って来るさ。

吉川　そっけなく扱われるだろうと思うけれどね。(笑)

中野　それはわからん。杜甫はそっけなく扱うかも知らんけれども、「そうか、お前それじゃ飯を食っていけ」とか言ってくれないともかぎらない。(笑)それは吉川さん、大先生だけれども、決めてしまわないでほしいな。(笑)杜甫ならば、ぼくはへこたれるだろうけれども、先生の荷物ぐらい担いでいく。五里や十里——五里や十里じゃない、百里や二百里は歩いても山を越せる。かなわなくなったら、ここで勘弁して下さいと言って……いまでも行きますよ。杜甫ならば。

吉川　ぼくは杜甫という人は、気むずかしい人だったと思う。

中野　ぼくもそう思う。まったく賛成だ。

吉川　でないかと思うけれどもね。

中野　杜甫が家に帰ったら、細君はぼろを着てるし、子供はぼろを着て、おしろいがないから何かこんなものでもこんなとこへつけてまねしてみたり、杜甫の白くなった髭《ひげ》をひっぱったり、……あんなところを読むと、まああれは夫としては悪い夫ですよね。けれども……。
吉川　そうかね、ぼくはいい夫だと思うけれどもな。
中野　ぼくもそれを言いたいんだ。むげに玄関払いを食わされないような気がちょっとするんですよ。それで杜甫はなくなったときは年いくつでしたかね。
吉川　五十九ぐらいでしょう。われわれの年には死んでたんだ。
中野　この入歯が折れたのが二、三日前で、それでだんだん歯がとれたってなことをどっかで言ってますね。
吉川　耳も遠くなった。
中野　そうそう。いまぼくの言ったあの歯の詩では、もう著しい老人のようですよね。しかしそれはまあ歯医者もなかったし、歯の治療もしなかったからそういうことになったけれども、あのとき下の子供がまだ小さいですからね。だからあれは五十歳代でしょう。
吉川　『北征』ならば、あれはまだ四十歳代ですよ。
中野　四十歳代ですか。

これはまったく文学観から言って悪いんだけれども、（斎藤）茂吉《もきち》が（柿本《かきのもとの》）人麿《ひとまろ》のことを書いている。人麿像というのが方々にあるんですよ。岩佐又兵衛(32)のものから、いろいろある。それを、斎藤茂吉、島木赤彦、伊藤左千夫(33)、こんな連中が、柿本人麿ってのはどういう容貌体格の人だったろうかってこと話合うことがあるんです。そうするといろいろみんな主張する。根拠は何もないんだから、伊藤左千夫は、でっぷり肥えていて堂々とした悠揚迫らざるような人だったろうと思うと、こういうふうに言うんですね。島木赤彦は、いやふとっちょじゃなくて痩せていたろう。骨太で頑丈な人だったろうと、そんなことみんないろいろ主張する。けっきょく茂吉から見ると、茂吉もいろいろ考えてたけど、左千夫は自分のこと言ってるわけだ。赤彦も。そういうことがある。それで、杜甫先生のこと考えると、ぼくは杜甫という人は軀《く》幹《かん》長大であったかどうかは知らんけれども、非常に骨の太い、からだの丈夫な人だったろうと思うんですよ。そして病気なんかにもあまりならないで、病気になっても医者にかからないで、それであんなに苦労してわれわれの年かっこうになると死んでしまった。当時の平均寿命からみるとそれほど短命というわけではなくて、あのころの条件としてはせいいっぱいやった人――せいいっぱいやったって言うと悪いけれど、そういうもんだったろうと思うんですがね。家族は別として、友だちとか、李《り》白《はく》ですか、離れた人でそれぞれ文学を持ってる人は別だけれども、直接の関係でいえば弟子なんかもあったかどうか知らん。弟子なんかを持って、日本流に言うと、短歌が結社を作るというふうなそういうことには到底がまんのできなかったおっさんだろうと、こう思うんですがね。

吉川　それはそうでしょう。弟子は事実いなかったろうし、そして彼の詩は新しすぎたから当時はいまほど名声のあった詩人かどうか。むしろ変な歌を作る男だという……。

中野　しかし、そうであったろうにもかかわらず、どうしてもひかれる人間がある量いたわけでしょう。

吉川　ある量いた、そういうのはパトロンだったのでしょうけれどもね。王維《おうい》ほどポピュラーな詩人ではなかったろうという感じがしますね。王維なんかはポピュラーです。それから李白もそうだったろうし。しかし病気は、常にわしは病身だと言ってますがね。

中野　病気もいろいろしたろうと思いますよ。肺結核なんかもやったかも知れんと思う。けれどもあの人はとにかく骨太の人ですよね。

吉川　中野君にだんだん似てくるね。(笑)

中野　ぼくは物理的な骨が太いだけで、心理的な骨は太くないですね。杜甫って人は、とにかくわれわれが飛行機で飛ぶところを歩いたり、驢馬《ろば》に乗ったり、舟に乗ったり、大変ですよね。ですから非常に頑健な、いろいろ病気もしたかも知らんけれども、非常に強健に生れついた人だろうと思いますね。そして非常に無愛想だったかも知らんけれども、関所なんかでぽろっと一口言えば関所の番人があごをとくような、それはユーモリストという意味じゃなくて、まったく無骨であるために非常に風流であるような、そんなような人じゃなかったかとも思うんですよ。これわかりませんがね。

吉川　俗人からは嫌われた人物でしょうね。

中野　そうですか。しかし、俗人から嫌われなきゃ詩は書けん。そこが本当にモデルン㉞という感じがしたね、はじめに読んだとき。当時必ずしも迎えられなかっただろうし、わけのわからん……。

吉川　ぼくがはじめて杜甫の詩というものを読んだのははたちぐらいです。それまで詩というものは、ああいう詩吟のような詩ばかりだろうと思ってたんです。そうして杜甫を読んでびっくりした。こんな繊細な感覚を持ちながら、しかも強いことばで、確実なことばで表現している漢詩もあるのかと思ってびっくりした。そういうことがぼくの中国文学へのやみつきでございますがね。しかしぼくと同じような、大へん予想していたのとは違った、違うだけに一層新鮮だという驚きがいまの若い世代にはあることが、やっぱりだんだん中国のものが再び読まれていく気運にある一番の原因だとぼくは思うんです。『論語』をはじめて読んだときもぼくははたちだったけれども、びっくりしましたよ。『論語』というのは忠君愛国の本だと思ってたけど、そんなこと一つも書いてないんですね。ただ人間を愛せよということをまあ書いてあるだけですね。人間の中には階級的秩序が必要だということはちょっと通用しないかもわからないけれども、とにかく一番大切なのは人間の愛情だと。予想を裏切ったから、一層それにびっくりしてやみつきになったということですね。

中野　そうですか。それはおもしろいね。さっき子路の話が出ましたね。子路というのは大体どんな人だったんですか。

吉川　子路というのはもとは与太者だったんですね。町の暴力団の兄いだったんです。それが何かのことから孔子に感心して弟子入りをした。だから弟子の中で一番とっぴなことをする。それだけに、孔子は一番可愛かったんじゃないでしょうか。一番叱られてるのは子路です。あっちでもこっちでも。ということは一番子路が可愛かったんじゃないか。孔子が「敝緼袍《へいおんぼう》を衣《き》てしかも狐貉《こかく》を衣《き》る者と立ちて恥じざる者は、其れ由《ゆう》か」と言うでしょう。ぼろぼろのマントを着て、しかも男の外套《がいとう》で上等な毛皮の外套、女ならミンクだけど、上等の毛皮の外套を着ている紳士といっしょに立っても平気な顔してられるのはあいつだけだ。実にうまいこと言ってると思いますね。

中野　子路は冠をどうやらして殺されたあれですね。

吉川　ええ。最後は殺された。

中野　ぼくも子路という人はどういう人ですかと聞きながら、子路って人はなんとなく好きだっていうとおかしいでしょうが、ああいう人はぼく個人には人気があるんですよ。ぼくは子路のとおりやろうと思うわけじゃないけれども……。

吉川　またできませんわ。中野君は子路よりだいぶエレガントだから。（笑）

中野　いやおそれ入ります。それはぼくは反省のあれとしますが、しかしああいうタイプといいますか、ああいう人間の気持の動きというか、変遷というか、ああいうものはやっぱりなにも中国的とか日本的とかというのじゃなくて、人類的じゃないですかね。

吉川　と考えたいですね。

中野　シラノ・ド・ベルジュラックなんかはいつまでも日本人に人気があるでしょう。あれと子路とは違うけれども、通じるものがあるでしょう。

吉川　少し大きい問題に持っていけば、ある時期、[35]中国のものが不人気だったのは、なんか中国は日本とは違うっていうことがアプリオリになっていた。

中野　それ、いつごろのこと。

吉川　まあ大正年間か、われわれの若いころ。これはわれわれと無縁のものだという、そうした感覚を持った時期があったんじゃありませんか。その根本には、ここに人類共通のものに寄与するものが何もない。非常に特殊な地域だと、これをネグレクトしても将来の世界の文明は成立ちうる。また日本もやっていける。そういう速断のあった時期が過ぎ去って、中国的という特殊なものがあるんじゃない、中国のことばは非常に普遍なんだ。それは事実でしょう。そういうことへの感覚がよみがえってきたということじゃないのかな。

中野　そういうことはあるでしょうね。ただぼく個人として言うと、そういう時期がぼくにはなかったんですね。しかしそれは、中国が集中表現しているようなインターナショナルなものを認識していたということではありませんよ。中国はああいうものであって、われわれの仕事は、むしろヨーロッパ的なもの即《すなわち》世界的なものを日本と接合させることだと考えていたので、ちゃんと有力な反撃力を持って中国をとらえていたというわけじゃないんです、ぼくは。そしてそれはコミンテルン(36)との関係もあるんですよ。コミンテルンが植民地の問題を非常に強く取上げていて、もちろんその中には中国の力がありますが、しかしあのころアフリカや東南アジアが今日のような変貌を遂げるだろうということを論理としては大きくとらえていても、具体的な現実としてはないんだから、とらえようがないですからね。やっぱり影が薄いですよ。そういう意味でコミンテルンの動きが、わりに進んだ国々の状況を材料としてふまえていたということはあると思います。しかし文学なりなんなりをやる人間としてみれば、いま言った中にすでに立上がりつつある中国ははいっているんだけれども、それにもかかわらず中国はコミンテルンでいくらか手薄に視《み》られていたんじゃないかと思うんです、無責任になりますが。そしてそういうことはありましたが、ぼく個人について言うと、必ずしもそうでもないですね。それは滑稽だけれども、いや必ずしも滑稽じゃないけれども、ちょっと話としては無理になりますが、たとえばこういうことがありました。

あのころ、ドイツかどっかで出していた「絵入り労働者新聞」[37]という写真新聞がありました。中国の国民党が、[38]あれは一九三〇年ごろでしょうね、共産党を皆殺しにしたことがありますよね。張作霖《ちょうさくりん》が二八年ですから、あのちょっと前ですが、いろんな写真なんかがそれに出ていて、宋慶齢《そうけいれい》[39]の写真があって、中国共産党がありまして、なにかビラの写真がありました。それ見たら宣伝文の写しがあって、それが五字ずつか四字ずつかで書いてある。われわれはビラなんかそのころ書きましたが、書きたいことはあるんだけどうまく書けない。中国のは韻文だかなんだか知れないけれど……。

吉川　リズムのある……。

中野　とにかく文字の数が詩のように一定してるんですよ。ヘエーと思って。それからだれかの書いた字があって、その字がわれわれ日本人の字とは全然、格、格というより品が違いますわね、品格が。それでハアーと思って。たとえば釐金《りきん》税とか、塩の税金とか、[40]日本があのころどれだけ割前を取るとかいうことがあって、いろいろ聞いたけどなかなかわからないですね。釐金税ってのはなんだったかね。

吉川　国内の関税みたいなものと違うんですか。

中野　ええ、そう。中国国内の関税に日本がタッチして、ある発言権をもって、金をとったんでしょう。一厘銭の厘の字、あのむつかしい字がありますね。あの字がはいってくる税金ですよ。武漢政府ができるちょっと前で、くだらんことをやってるなと思うこともあり、しかしそれを通してイデオロギーもやっている。あのころの中国内の諸軍閥、それからブルジョアジー、それから外国のイギリス、ドイツ、日本、アメリカ、フランス、いろいろこう渦巻いてたでしょう。あの中で釐金税をどうするかってことはちょっとわかりにくいんですよ。われわれ青年には。しかし、あんな中でいろいろやってる偉さというか何というか、まだ自分が手出しすることもできない、手出しする能力もないながらに……、偉いもんだなと思いましたね。そういうものと、そいじゃ自分の中学校や高等学校で学んだ——学ばなかったんだけれども——その漢文学とはどういう違いがあるのかということにいけばよかったんだけれども、いかなかったですよ、ぼくは。もう少しそこいらを勉強すればよかったと思うけれども、勉強するとすればこれからだ。

吉川　これからだけれどね。だいたい大正年間の普通の日本のインテリの平均した態度っていえば、中国は無視してよろしい。そういうのが平均した態度だった。あなたはそうでないとおっしゃるけれども……。

中野　ぼくはそうでない。必ずしもそうでない。けれども大勢としては……。

吉川　いや、あなたはそうだというんでない。

中野　大勢としては右翼に任しちゃったですよ。あれはまずかった。ぼくはそう思いますね。足もとの問題を右翼に任して、そして向うのあれを取ろうとした。それは誤りだ。

吉川　穏やかなことばを使って一番進歩的といってた人たち、そういう人たちだってそうだった。ぼくが中国のことをやり出したのは、多少それに対する反発があったからですがね。

中野　いまからでも遅すぎはしないんで、ほんとに大事なことだと思いますね。いまでも日本の大学生で、気のきいたやつが朝鮮語を覚えないんだから。戦後二十年になるが、ぼくはそれをずいぶん方々で言ってきましたがね。藤島宇内《うだい》[41]君でも、「君は朝鮮語を話すこともできるのか。電話もかけられるのか」と聞いたら、「いや、できない」と言ったですよ。しかし、藤島宇内君の書いたもので、ぼくらは朝鮮のこと知るわけですからね。ほんとにその点はぼくは大問題だと思うんですよ。

吉川　大問題というより、ぼくは恥ずかしいと思う。ぼく自身朝鮮語を知らない。ぼくはそれを恥ずかしいことと思ってますよ。ぼくいつかそのことを書いたんですよ。するとぼくのとこへ葉書が来た。「お前はなんという馬鹿なこと言うか。われわれは英語さえ知ってればいいんだ。そんなシナ語㊷や朝鮮語のようなものを勉強する必要があるとはなんたることを言うか、バカヤロウ」と書いてありましたね。むろん無署名ですから、バカヤロウというのは、ぼくはその葉書の差出人の署名だと思って受取りましたけど。

中野 ぼくなんかもやられます。ぼくは朝鮮語をやらなかった、やりかけようと思ったことはあるけれども。朝鮮語は日本語と構造は同じですからね。やればよかったんですが、なかなか年取ってからはできないですね。日本に一番近い隣国は朝鮮だってことの認識がほんとにないですよ。朝鮮のいろんな昔からの話。漢文で書かれてるんですね。近年聞いたんですが、ほんとにおもしろくて、翻訳すればいいんだけども、してないですね。両班《ヤンバン》㊸っていうのがあったでしょう。両班物語というようなものがあって、リアリスティックなものとファンタスティックなものとがある。人民共和国というふうなことばはないけれども、そんなとこへ行くような話がある。そんなものがいろいろある。全然知らなかった。あの半島の特殊な地理的、歴史的文明、その中での反抗、ある辛《つら》さがある。ある意味ではみみっちい。しかしみみっちさの究極はファンタスティックになってくる。すると、これはウニヴェルザール㊹なものになるんですね。そんなことをわれわれ知らずにきて、孔子が攻めてきたら攻め勝つと言ったというふうなことで……。ですから私は、漢学にしろ、漢文学にしろ、中国文学にしろ、この品物ね、これをやろうじゃないかということは徹底的にやりたいと思うんですよ。このごろ新聞などでは、どうしてうまくめしを食うか、インスタント料理をどうするかとかいうことを一所懸命やってるでしょう。あれも結構だと思いますが、しかし種をまくと芽がはえて、下に根が出て、その根が食えるというふうな、――農耕文化を云々《うんぬん》するわけじゃありませんし、ジェット機でもなんでも歓迎するけれど、それを処理していく基本には、いま言ったことがないと、ぼくはまずいと思うんですよ。

吉川　あんまり高遠なことばっかりやらずに、もっと日常に気をつけて日常から出発しよう。中国の考え方のうち、僕の一ばんすきなのは、それです。

中野　実はきょう京都へ来て、吉川さんと話をしなきゃならんというので、恐慌を来たして、君山先生のあの本㊺、最初の「儒」という論文ありますね。あれ読みかけたんですよ。ところが読んでるひまがない。あれに「師」と「保」とあって、「儒」がいつごろ文献に現れたかということがあって、いま残ってるものには現れてないからとて、なかったとは言えん、しかし片一方のなんやらというのはずっと出ているというようなのを読んで、それから「道を行う」ということがあったかな。とにかくあの章だけでも、「道を行う」というのは何を道とするかが問題であると、そういう言い方が成立つけれども、わかったものといえば、「道を行う」ということと道について云々することとはちょっと違うらしい。しかし道について云々すること自身が道を行うことと結びついていなきゃならんし、云々しなくてもその人自身は道を行ってなきゃならんので、あんなとこちょっと読んだら、ぼくは京都まで行く資格がないんじゃないかと思う一方、ぼくは現実的で世俗的ですから、哲学の素養のないのは困るけれど、通俗的に言えば、つまり畑を作って自分も食い、人にも食わせる、雪が降れば雪《ゆき》除《よ》けをして汽車のポイントを守るとかってことが大事なことだと思うという、信念じゃありません、思いですがね、——それはちょっと動かせないんですよ。そういう考えはそうは間違ってないように思ってるんですが……。

吉川　だからぼくも、中国の本を日本の人に読みやすくするようにという一つのポイントを整備することをやってるわけです。

中野　それでぼくもこの前、三好《みよし》（達治《たつじ》）君の『新唐詩選』のあなたの解説について、ことば忘れちゃったけれども、カーテンの生地のことやなんかで、ちょっと文句をつけたですね。あれはとり消せないけれども、現世の問題で、ああいう問題をみんなにわからせる、親しませるには、いろんな方面から言わなきゃなりませんよね。万能者が出てきて、一挙にどうってことはできないんだから。お前は吉川幸次郎に自分の好みに即して文句をつけたのであって、日本の広大な読者と中国文学との関係の仕方についで文句をつけたとは言えんなと、こう反省したわけですよ。自分のことを考えてみますと、文学なんていうものに関係のなかった環境に育って、なんで文学が好きになったかといえば、ちょっと調べるよすががないですが、たとえばぼくの子供のときなんかは、女の子とはきれいであっていいけれども、男の子はきれいであってはいかんということになってたですよ。文句は言わないけれども、男の子は朝起きたら口洗って顔洗わなくちゃいかんけれど、それは礼節の問題であって、美の問題ではないところが……。

吉川　道徳の問題であって美の問題でない。

中野　ところが、大きくなって小学校五年生ぐらいになると、きれいな子がいる。男の子でもね。美少年が。そしておれはみっともなくて、それはどうしてもわかるんですね、そういうきれいな少年が悪いという証拠がどこにもない。それで、美を感得するというところから剛健ということもほんとにわかっていくんで、美から逃げた剛健ということはないわけだ。

それですこし飛躍して、ぼくはあのときあなたの、ことに中国の辺土と、サラセン、あっちの方ね、天山の向うのほうの国、ウズベックとかあっちのほうね。あの辺との関係なんかについても、中国の都の人々の感じ、ことに旦那さんを向うにやった奥さんの感じ、それから奥さんを連れて向うへ行った旦那さんの感じからいうと、つまりぼくが文句言ったのは逆なので、あなたの、解釈じゃなくてことばに表わすそのことばのほうがかえって妥当なのかも知れんなとも思ったり、それからいくらかぼくのほうにも一分の理があるとしても、あの辺のことをいまの日本人に親しませるという、そういうことだけからいっても、おれのあのときの文句のつけ方は、非常にエゴイスティックだったとは言わんけれど、美的にはエゴイスティックで、人間的には狭かったと思ったりしてきてるんですよ。この前もおたずねしたように、ぼくは、向う側から、ウズベックやタシケントからあのころ中国を見てどんなふうに見えたか。そういうものの記録なりがあったらほんとに知りたいと思う。

吉川　それにはぼくは答えられない。

中野　井上靖君なんかもいろいろ書いてるけれども、向う側からは書いてないですよね。あの人は勉強家で一所懸命やってますがね。

吉川　やっぱりあなたが詩人的直観で何か書くことがあたってるかも知れないな。

中野　戦争中、京都大学で出した、文献のほうは写真版にして別冊をつけた『西域記』、『大唐西域記』(46)――あれをぼくは友達に借りた。ぼくは本文のほうだけ借りてたんですが、返さなくちゃならんと思いましたから写したですよ。ところがなかなか手間取ってね。筆写するとなると、漢字ってのはむずかしくて読めないですよ。読めないけれども、写しながらいくと、砂漠のとこへ行くでしょう。玄奘《げんじょう》法師が行った前にもう何人も行っていて、道があるんですね。それからシャレコウベがあったり、驢馬の骨があったり、それから大きな河があって、それにちゃんと鉄柵があって渡れるようになってる。そうすると、人間の交通ってものは玄奘法師の行ったずうっと前からあって、生活があり、商業交易があって、仏典を求めに行くっていうようなことはその積重ねの上のだいぶ後であったらしいことがわかる。それは、読めないけれども文字だけでもわかる。ずいぶん昔からあったもんだなと、こう思いましたがね。それがそこに漢文としてある。そんならそれは漢文学じゃないかというと、ぼくの感じでは漢文学です。それが仏典としてだけあって、日本にも仏典として伝えられて、漢文学としての平城、平安、戦国時代、徳川、明治と来たかというと、それちょっとないんですね。ぼくは宗教のことはわからんし、知らない。ですが、文学として見ると、頭が下がる。全文読まないで、断片的に読んで頭が下がるんです。宗教上はくみせずとも、人間の学としての漢文学、日本漢文学として、どうしてあいった仕事を集大成しないか。岩波が日本古典なんやらで二期に分けて少し入れましたがね。富士川英郎《ひでお》[47]君が徳川時代の漢詩をやっているが、あれは非常にいい仕事ですが、もう少し包括的に、もう少しふくらます、――ふくらますんじゃなくて、富士川君の真似をして、だれかが別のあれをやるとか、そんなことをやる必要があると思う。富士川君のような、ヨーロッパを知ってる人がやるのがいい。目があまり悪くならんうちに、そんなのをたくさん読みたい。

吉川　中野君自身もなんか書いて下さいよ。ぼくは明治百年というのは大へん忙しい時代だったと思う。すぐ役に立つことばかりをやってきた。すぐ役に立つものは大体できたから……。

中野　すぐ役に立たなくなると……。

吉川　そうはぼくは思わんが、これからも役に立つでしょう。けれどもそれはあまり高級な役には立たんように思う。これからわれわれは、もう一度過去に生れたすべてのものを再検討して、その中から役に立つものを見出《みいだ》すべき時期にあるんじゃないか、そういうことを感じますがね。

中野　まったく賛成です。このへんで終りとしましょうか。

(1)吉川幸次郎の『論語』吉川自身の監修による「中国古典選」の第一・第二巻として書かれたもの。一九五九・六三年刊。現在は角川ソフィア文庫にも収録。「四十にして惑まる」は陽貨篇。角川ソフィア版上巻所収。
(2)長安一片の月　李白「子夜呉歌」其三の冒頭の句。
(3)月天心…（与謝）蕪村の名句。『蕪村句集』巻下。
(4)『中国古典選』一九五五〜六四年朝日新聞社刊。『新訂　中国古典選』は一九六五〜七四年同社刊。
(5)『詩人選集』『中国詩人選集』。岩波書店刊。一集は一九五七〜五九年に、二集は一九六二〜六三年に刊行。

(6) 武田泰淳　小説家・評論家。一九一二〜七六。代表作に『司馬遷』『ひかりごけ』『富士』など。

(7) 佐藤内閣　自由民主党の佐藤栄作首相による一九六四年から一九七二年までの長期政権。一九六五年に文部省中央教育審議会が中間報告として出した「期待される人間像」は「忠君愛国」を基調とするものだった。

(8) 戊申詔書　一九〇八年（干支は戊申）に出された詔書。体制側が日露戦争後の民風矯正を企図したもの。学校教育でも教育勅語と並んで重視された。

(9) 幸徳秋水の事件　一九一〇年、幸徳秋水（一八七一〜一九一一）ら多数の社会主義者・無政府主義者が、天皇暗殺を企てたとして投獄された事件。大逆《たいぎゃく》事件。秋水は死刑となった。

(10) 中村正直『西国立志編』　中村正直（一八三二〜九一）は幕末明治の啓蒙思想家、教育者。号は敬宇。S・スマイルズ *Self Help* を訳した『西国立志編』は一八七〇〜七一刊。

(11) 山崎闇斎　朱子学者、神道家。一六一八〜八二。はじめ比叡山、妙心寺で僧となったが、一九歳で土佐吸江寺《ぎゅうこうじ》の住持となり、ここで南学派朱子学を学んで還俗、儒者となった。京に私塾を開いて門人を集め、崎門学派を形成した。孔孟と戦う話は原念斎『先哲叢談』に見え、諸書に引かれる。

(12) 四高（旧制）第四高等学校。一八八六年創立。金沢大学の前身。

(13) 子路・子貢　『論語』等に登場する孔子の弟子。子路・子貢は字で、姓名はそれぞれ仲由《ちゅうゆう》、端木賜《たんぼくし》。子路は武勇に、子貢は弁舌と貨殖に優れたとされる。

(14) 漢和辞典　小柳《おやなぎ》司気太《しげた》・服部宇之吉『詳解漢和大字典』（一九一六年初版）を指す。

(15) 林羅山　朱子学者。江戸幕府儒官林家の祖。一五八三〜一六五七。藤原惺窩《せいか》に師事。惺窩・羅山とも京都五山の僧から儒者に転じ、五山禅儒の朱子学受容から近世の朱子学者への転換点に位置する人物。

(16)『徂徠学の基礎的研究』　今中寛司著、一九六六年吉川弘文館刊。

(17)明治性漢学　山鹿素行（一六二二〜八五）は江戸前期の儒者、兵学者。吉田松陰（一八三〇〜五九）は幕末期長州の思想家、教育者。明治性漢学は、「ポエジー」を抜いて倫理道徳だけにしたもので、素行や松陰がそれに利用されたと吉川は認識する。

(18)狩谷棭斎　江戸後期の考証学者、和学者。一七七五〜一八三五。松崎慊堂《こうどう》、屋代弘賢《ひろかた》らに学び、考証、資料収集、校勘、書誌学に活躍。著作は『古京遺文』『箋注倭名類聚抄』『本朝度量権衡攷』など。

(19)正宗敦夫『日本古典全集』　正宗敦夫（一八八一〜一九五八）は国文学者、歌人。作家正宗白鳥は兄、洋画家正宗得三郎は弟。井上通泰（一八六六〜一九四一、柳田国男の兄）に師事。

(20)内藤湖南　中国学者、評論家。一八六六〜一九三四。中国問題に精通するジャーナリストとして出発。一九〇七年京都帝大に迎えられ、のち教授。唐宋変革論など大胆な立論と、敦煌文献を含め幅広い史料の活用で知られた。日本文化史にも一家言をもつ。能書家で、中国絵画史研究の先駆者でもある。全集一四巻（筑摩書房）がある。

(21)安藤昌益　江戸中期の思想家。一七〇三〜六二。主著『自然真営道』『統道真伝』。近代に入ってから狩野亨吉《こうきち》により再評価された。

(22)山片蟠桃　江戸後期の町人学者。一七四八〜一八二一。大坂の人。懐徳堂出身。蘭学をも学び、傑出した合理主義者として知られる。主著『夢の代』全十二巻。

(23)富永仲基　江戸中期の町人学者。一七一五〜四六。大坂の人。懐徳堂で三宅石庵に就き、のち徂徠の友人、田中桐江に詩文を学んだ。著作に『翁の文』『出定後語』など。

(24)王粛　三国魏の政治家、学者。一九五〜二五六。経学上、鄭玄説をことさらに批判し新説を立てたことで知られる。『孔子家語』はその偽作と言われる。

(25)陳寿　西晋の歴史家。二三三〜二九七。著書の正史『三国志』は厳密な史料批判に基づく簡潔な文章で史料的価値が高い。

(26) 三格とか四格とか　ドイツ語は名詞や代名詞などの語形変化によって、主格（～ガ・一格）・属格（～ノ・二格）・与格（～ニ・三格）・対格（～ヲ・四格）といった文法機能を示す。語順よりも格変化によって文の構造を示す類型は古く印欧語諸語に見られる特徴。中野重治は東京帝大独文科卒。

(27) スコラ哲学　中世キリスト教神学・哲学の諸体系。スコラは「学校」の意で、大学発生以前の神学校をさす。聖書と教父の著作というキリスト教聖典と、ギリシア・ローマ哲学者の著作とを統一的に理解する学。トマス＝アクィナス『神学大全』がその集大成として知られる。

(28) ショラスティク／スコラスティック　スコラ学。スコラ哲学。scholastik（独）、scholastique（仏）、scholasticism（英）。

(29) 『国訳漢文大成』　大正末～昭和初期刊行の漢文・漢詩の訳注叢書。「国訳」は訓読による訳。鈴木虎雄『杜少陵詩集』（全三巻四冊）は『続国訳漢文大成』所収。

(30) 鈴木虎雄　中国文学者。一八七八～一九六三。漢詩人としての号は豹軒。京都帝大教授。著に、中国詩評・詩論の通史『支那詩論史』、賦の文体の通史『賦史大要』、『駢文史序説』など。各詩人・詩集の訳注も大変多い。

(31) プーシキン　ロシアの詩人・小説家。一七九九～一八三七。近代ロシアの国民詩人と称される。ロシア語の文章語を確立し、小説に『エフゲーニー・オネーギン』『スペードの女王』などがある。改造社版『プーシキン全集』は一九三六年より三七年まで全五巻で発刊された。

(32) 岩佐又兵衛　岩佐又兵衛（一五七八～一六五〇）は江戸初期の画家。武将荒木村重の子。和漢の画法を融合させつつ、特異な顔貌描写と激越な表現による人物・風俗画で知られる。中野の言及に近い作に、MOA美術館現蔵の「柿本人麿・紀貫之図」双幅、仙波東照宮蔵「三十六歌仙額」がある。尚、辻惟雄《のぶお》『奇想の系譜』のもとになった文章が『美術手帖』に連載されたのは一九六八年七月から十二月のこと。
(33) 斎藤茂吉、島木赤彦、伊藤左千夫　いずれもアララギ派の歌人。『アララギ』は大正・昭和の代表的な短歌結社雑誌で、伊藤左千夫編集により一九〇八年に創刊、島木赤彦の経営と編集のもとで大正中期には歌壇の中心的存在となった。正岡子規の流れを汲み、「万葉調」を標榜した。
(34) モデルン　ドイツ語の modern（現代的な、モダンな）。
(35) アプリオリ　ラテン語（a priori）の原義は「より先のものから」。西周《にしあまね》は「先天の理」と訳している。カントの認識論では、経験や認識に先立つ条件のことを指す。ここでは前提になっていたという程の意。
(36) コミンテルン　共産主義インターナショナル（Communist International）の略。一九一九年レーニンの招集により、モスクワに設立された各国共産主義政党の国際統一組織。ロシア・ドイツの共産党などが参加。四三年にソ連の政策転換と各国共産党の自立化により解散。第三インターナショナル。
(37) 絵入り労働者新聞　Arbeiter Illustrierte Zeitung（AIZ）。一九二一年にベルリンで発刊されたロシア共産党・ソ連共産党系の新聞。
(38) 国民党が…　一九二七年四月の上海クーデタを指すか。
(39) 宋慶齢　中国の政治家。一八九二〜一九八一。中華民国建国の父、孫文の夫人。孫文没後、国民党左派として国共合作等に尽力。中華人民共和国成立後、国家副主席となる。
(40) 釐金税・塩の税　一八五三年に清朝が設けた内国関税の一種。名称は税率が一釐（1／100）であったのによる。太平天国鎮圧のための臨時課税であったが、のち恒常化。一九三一年、関税自主権の回復とともに廃止。
(41) 藤島宇内　詩人・評論家。一九二四〜一九九七。朝鮮半島の植民地支配についての著作でも知られる。

(42) シナ語　明治以降、日本は自らを西洋列強の側に置き、それまで音訳語として使われていた「支那（China, Chine）」という呼称が一般に広まり、遅れた国として侮蔑的に用いる態度が見られた。戦後は、侵略の反省とともに、中国という呼称が公文書や報道でも用いられたが、この葉書は、あえて侮蔑の意をもって「シナ」を用いている。不適切ではあるが、吉川の切り返しとともに、そのままとした。

(43) 両班　朝鮮の高麗・李朝時代の知識階級。文官と武官の東西二班に分けられていたところからの称。中国の士大夫同様、科挙を通じて登用される官僚およびその子孫が構成する特権階級で、多くが地方の有力者を兼ねた。文官優位の点も中国に同じ。『両班物語』は広く両班階級が著した朝鮮古小説を言うのであろうが、或いは朴趾源《ぼくしげん》（一七三七～一八〇五）の『両班伝』のことか。

(44) ウニヴェルザール　ドイツ語の universal（普遍的な、全般的な、世界的な）。

(45) 君山先生のあの本　狩野直喜『支那学文藪』（一九二七年弘文堂書房刊、一九七三年増補新版みすず書房刊）所収「儒の意義」のこと。

(46) 『西域記』『大唐西域記』　玄奘（六〇二～六六四）は唐の高僧、三蔵法師。俗名は陳褘。インド留学と仏典の招来・翻訳で有名。『大唐西域記』は太宗の諮問に応じ、その西域・インド旅行（六二九～六四五）中の見聞をまとめたもので、弟子の弁機の編集により六四六年に成る。略称『西域記』。

(47) 富士川英郎　ドイツ文学者、日本近世漢詩文研究者。一九〇九～二〇〇三。東京大学教授。医学者・日本医学史家富士川游の子。著作に『江戸後期の詩人たち』など。

中国文学の世界性

桑原　武夫
吉川幸次郎

桑原武夫（くわばら　たけお）
一九〇四年生まれ。仏文学者。第三高等学校、東北大学などを経て京都大学人文学研究所名誉教授。スタンダールやアランを日本に紹介したほか、「第二芸術」を提唱し、戦後近代文学における封建制批判の理論的支柱となった。人文研の学際的共同研究の積極的推進を通じて〈新京都学派〉の中心的人物として活躍した。一九八七年文化勲章受章。一九八八年没。

吉川　あなたとは四十年以上の長いお付合いですが、あなたはたいへん中国のことに興味を持っている。単に興味を持っているというんじゃいけないので、いま中国は相当アプリシエートされて人々によって尊敬されているけれども、お互いに学問を始めたころは、中国というものは日本人が決して尊敬する対象でなかった。当時は、現代の中国のみならず、過去の中国の文明に対してもだいたい否定的な見方が多かった。そういう中で、あなたはそのころから中国に対して、むしろ尊敬を持っておられた。これはお父さんの学問の影響であるかもしれませんが、あなたの中国に対する興味なり尊敬というのはどういうところにあるのか、そういうところからまず話をしてくれませんか。

桑原　あなたも関係していらっしゃる筑摩書房の講座『中国』の第五巻の「日本と中国」という中に、僕は「私の中の中国」というものを書いているんです。だから繰返しは避けたいのですけれど、私のおやじは京大の東洋史の教授をしていたので、私は中国というものに幼いときから何となく関心があったと思います。夏になると、家で漢籍の虫干しをやりましたが、私のおやじは大へんな蔵書家で、一万二千余冊で京大第一といわれていた。まあ、書巻の気の中で育ったといえるかもしれませんね。そしてうすい紙の漢籍を美しいものだと感じていましたね。もっとも、おやじには本は内容が大切で、美しさといったことは禁欲しようという姿勢がありましたが……。

吉川 そういう外面的な枝葉末節のことはいかんというのですね。

桑原 そうです。高等学校に行くようになると、おやじは僕があえて東洋史でなくてもいいんですけれども、中国学をやってほしいような顔をしていたわけですよ。それに僕は抵抗した。なぜそんなにがんばったのかわかりませんけれども。

吉川 口に出しておっしゃったですか。お父さんは。

桑原 言いましたね。いつだったか、一番はっきり言ったのは、中国の法制、法哲学、そんなものを恒藤恭《つねとうきょう》君(1)にでもついてやったらどうか、やりがいがある仕事だといいましたね。おやじは恒藤さんの本をどれだけ読んでいたのかわかりませんが、高く評価していたようです。

吉川 お父さんは日本での中国法制史についてはパイオニアの一人ですからね。

桑原 それも峻拒《しゅんきょ》して大学はフランス文学にはいりました。そうすると、中国のことを専門でやらんでもいいという保証を得たみたいなもので、そのころからかえって中国のことが前よりも好きになりましたね。(笑)

吉川 つまり、自由の立場でやれたわけですね。

桑原　中国学のアマチュア、というよりファンとしてね。僕がフランス文学をやった原因の一つは永井荷風《かふう》です。荷風は、中学校を出るまでに、普通の学生として手にはいるものはほとんど読上げていました。その荷風の中には中国詩文愛好の趣味がしこまれているでしょう。荷風は相当実力があったんじゃないですか。

吉川　あれのおやじさんは永井禾原《かげん》久一郎(2)といって漢詩人です。しかもその漢詩も、幕末から明治にかけて漢詩壇で一番有力だった大沼枕山《ちんざん》(3)、森春濤《しゅんとう》(4)、その系列にある人なんですよ。『来青閣集』という漢詩集もある。官吏としては逓信次官(5)もしていたし、郵船会社にもいて上海にいたこともあるんです。そのとき荷風は二十前ちょっとですけれども、上海につれていかれた。そういうこともあったが、短期の旅行よりも家の学問として、おやじさんは荷風にやっぱり漢学をやってもらいたいと思っていたらしい。

桑原　おやじが東大で教わった島田重礼《ちょうれい》(6)先生の息子の翰《かん》が、荷風の親友ですね。本気違いの秀才で、二人で禾原先生の本を売払って遊びにゆく話がありますね。

吉川　最後は自殺した人でしょう。あなたのお父さんは島田篁村《こうそん》という人をあまり評価されなかったということはありますか。

桑原　島田さんも、根本通明(7)という人も、あまり評価してなかったようですね。

吉川　あなたのお父さんは、東洋史学科なんていうものはまだないころに東京大学を卒業されたんですね。悪く言えば雑学の漢学科を卒業された。あなたのお父さんは、そのころから科学的な中国史をやろうとしておられたが、当時の先生たちはみんな旧来の漢学風の講義しかしないということで、たいへん不満であった。私の先生の狩野《かの》直喜《なおき》先生とあなたのお父さんの桑原隲蔵《じつぞう》(8)先生は親友だったが、狩野先生の下宿へ桑原さんが来ると、口を開けば島田先生とか根本先生の悪口ばかり言うとった。私の教えてほしいというようなことをちっとも先生たち教えてくれない。「しかしね」と狩野先生はことばをつがれて、「桑原のえらいところは、悪口の言い放しでなしに、自分で『中等東洋史』を書いたことだよ。あれこそ空前絶後のものだ、そこが桑原のえらいところだ」ということを言っておられましたね。

桑原　僕は荷風に教わって『情史』(9)という本の和刻本を見つけてきて、高等学校のじぶんに全部読みました。京大の一年生のとき、鈴木虎雄（豹軒《ひょうけん》）先生の「魏晋《ぎしん》南北朝の文学」という講義をききました。それがたいへん面白くて、『文選《もんぜん》』(10)をひろい読みしたりしましたね。私のおやじは中国の美的な面をことさら否定して、研究対象とだけ考えようとしたが、(11)僕は中国学者になるんじゃないから、知的享楽の対象……。

吉川　エステートとして、中国のもの独特な特殊な美というものへの感覚が、意識的にはお父さんへの反発として、無意識的にはお父さんの継承としてあったということだね。

桑原　変な言い方をすると、私の中国への興味は弁証法的といえるかも知れませんね。おやじは僕が大学を出て三年目に死ぬ。そうなるとすべて自然になりましたね。

吉川　いまのあなたの話、たいへん私的なことになるけれども、もはやそれは当時の知識人の歴史の一面を示す資料にもなると思いますね。

一つは、私はあなたのかわりにあなたのお父さんに叱られたことがあるんですよ。（笑）ちょうど『支那の孝道』[12]を書いておられた時分で、私の先生の狩野直喜先生があなたのお父さんよりも二年ほど早く定年退官された。その記念論文集にお父さんもお書きになった。それがすなわち、『支那の孝道』ですが、僕は記念論文集の編集兼校正をやっていてお宅へ伺って、回数は二、三度ですけれども、何時間か非常にあたたかい謁見をたまわったんです。そのあるときに、話している間に僕があなたと同年配で友人であることを知っておられる。そういうことから、だんだん僕があなたに見えてきたようなことがあったらしいですね。それで、つまり親は子供を無条件に愛し、それがために子供も親に対しては無条件にしたがう。それが支那の孝道である。お前は親の同意を得て中国文学をやったのか。得てはおらんということを知っているんですよ。私のおやじは反対なんです。私のおやじは私に法学部か経済学部にはいってもらって役人か財界人になってほしかったんですよ。だからなかなか葛藤があったんですね――、僕のおやじは内藤（湖南《こなん》）先生のところに相談にいったんですよ。それから狩野先生も知っている。それをお父さんが詰問されて、どうも私が多少学問ができるということは認めて下さるけれども、同時に親の言うことをきかなんだのは賛成しないような口ぶりでした。そしてついでにあなたのことが出て、そのほうもはっきり言われなかったけれども、とにかくこのごろの若いものはおやじの言うことをきかない、といってだいぶ訓戒された。（笑）

それからもう一つは、いまあなたは荷風が媒体として働いているといわれたが、僕の場合は芥川龍之介なんですよ。僕はあなたみたいに学者の家に生れたのでないし、私が中国文学に興味をもったのは芥川龍之介および佐藤春夫を数えていいでしょう。

桑原　僕も佐藤春夫は影響を受けた。

吉川　そういうことで荷風とか芥川、それから佐藤春夫、それから谷崎潤一郎も加えていいでしょう。中国の従来日本人が見落していた美しいもの、それを発見して日本人に示した最初の人とはいえないけれども、その点で功績はあると思います。そういうことが二番目。

それからもう一つは、僕なんか中国の美しいものばかり知ったわけです。従来の日本人の紹介した中国はもっと窮屈なものでしょう。厳格な教条主義的な「三尺下って師の影を踏まず」とか「男女七歳にして席を同じくせず」とか。前者は僕がたびたび言うように、中国のきちんとした本には見えないんです。それは中国の何の本に見えるのか、何十年か苦労してやっと発見したんですけれども、お坊さんの本にあるので、普通の中国の本にはない。「男女七歳にして席を同じくせず」も、これは『礼記《らいき》』の「内則」といって育児法を書いた本にあるので、七つになったら同じふとんに寝かしたらいかん。そういうことが非常に厳格に祖述されたようなのが日本の儒学です。一般のひとはそのへんの事情を知らなかった。だからそれに対する反発をもった人がだんだん中国ぎらいになったと思う。あなたのお父さんもそういう日本風の漢学ではなかったけれどもね。

桑原　僕のおやじには本質的に儒教精神ははいっていた。しかし、そういう日本儒学には反発していた。いまの人ほど徳川の儒者を尊敬してなかったように思います。新井白石⑬における合理主義はたいへん尊敬していたが……。

吉川　（荻生《おぎゅう》）徂徠《そらい》も（伊藤）仁斎《じんさい》も尊敬してなかったんですか。

桑原　よくわかりませんけれども、徂徠は好きでなかった感じがしますね。中国崇拝はきらいでしたね。

吉川　全部同じじゃないですけれども、私の習った諸先生、あなたのお父さんや京都大学の諸先生は、みんなそうした日本の、従来の普通にいう厳格流の儒学に反発した。狩野先生はじめ内藤先生、鈴木（虎雄）先生、全部そうです。あれはどこからくるんでしょうね。

桑原　僕は西洋思想の影響だと思います。直接西洋学をやらなくても、間接的に強い影響があったと思いますね。それに西洋語ができたこと。狩野先生のフランス語の話し方はじつに堂々たるものでした。英会話はたいへんお上手だったと落合太郎[14]先生がいってられます。

ところで、ヨーロッパの文化は私はやっぱり世界的な文化だと思うのですが、それだけに日本人がいきなりこのヨーロッパの文化に接すると、いかれてしまうおそれがあるように思いますね。ヨーロッパのことを少し勉強してみると、ここの文化には世界性のあるものがある。なるほど立派なものだと思う。そしていかれてしまうのです。それに対して、日本の文化はすぐれたものではあるけれども、ナショナルであり過ぎる、国民的でありすぎる、それを超越した世界的普遍性にとぼしい、地方的な文化じゃないか、と考えたのです。

吉川　僕的にそれをいいかえれば、日本文明は非常に独特なものだ、しかし、あまりにも独特であり過ぎる……。

桑原　僕はそうは考えなかったんだな。地方的なものであると考えた。ところが中国文化は、当時日本のインテリのあいだでは評価は低かったけれども、そこには世界性、普遍性につながるものを持っているのじゃないか。漢民族のつくったものだけれども、アジアの諸国に光被した。そういう普遍性がある。だからヨーロッパ人が、世界文化はヨーロッパ文化だけだという顔をするのには、僕は最初から反発していましたね。

吉川　それはほかにそういう世界性のある可能性をもっているものを知っていたから……。

桑原　中国文化を知っていたというとおこがましいけれども、触れていたことは大へんありがたいことだと思うな。

吉川　日本文明というものに対してあなたはシビアだった。私も同じ傾向がありますけれども、これは日本文明の発生の最初から対立するものを意識した、それは中国文明だ。だから自分自身で普遍性のある文化をつくるということ、それはよその国に預けて、つまり中国に預けて、自分自身で独特なものをつくろうとしている。『古今集』の歌だって、『源氏物語』だって独特なものです。それは中国を先んじているわけですよ。しかし普遍なものは中国にまかして、独特なものをつくろう、それが日本文明の性質だと思う。芭蕉にしたってそれがあるかもしれない。非常に独特ですけれども、普遍性はすぐにはそこから出てこないということはある。

桑原　それはようやく戦後の今になって実現しかけてきた。谷崎、川端（康成）、野間（清治《せいじ》）、三島（由紀夫）などの作品のすぐれた翻訳が出てきた。大江健三郎の『個人的な体験』⑮が十二カ国語に翻訳されるといったことは、大へん象徴的です。これらの作品が十分に世界性、普遍性をもっているかどうか、いろいろ問題があると思いますけれども、世界性につながるものが生れつつあることは疑いないと思うんです。

吉川 いままでのように国内に向ってだけものを言わずに、国外に向ってものを言うといいね。ところが中国のものは、初めから現実的には中国本土という限られた地域しか知らず、それを世界全体と思っているのだけれども、しかし意識としては世界のための言語ということで書かれている。これはたびたび書いたことだけれども、『論語』の中で僕の一番好きなことばの一つは、孔子が川の水を見て、「逝く者はかくのごときか、昼夜を舎《す》てず」と言った。孔子の地理の知識は制約を受けている。中国では、川の水はみな東に流れる。そういう制約を受けているんですよ。しかし「逝く者はかくのごとき」は、詠嘆のことばと希望のことばと両方の解釈がありますが、私は両方含めたものだと思います。それはともかくとして……。

桑原 それはパンタレイ[16]にもつらなるわけでしょう。

吉川 水が東に流れない地域にも通用することばなんですよ。そういう点で世界性、普遍性がある。

桑原 「万物流転」の感じはありますか。

吉川 ありますね。そういうものを含み得ると思いますね。井上靖君の『化石』はそれがモチーフになっているんです。とにかく中国のものを読むと、真理は西洋のみにあるんでないということを人にたいへん感じさせる。そういう自信の核みたいなものをつくるものが中国にあるということですね。

桑原　それは深く考えれば、日本のものにもあるのでしょう。しかしインダイレクトにあらわれている。フランスのなんといったか大きな会館に壁画があって、そこに日本人が書いたんだろうと思いますけれども、「五月雨を集めて早し最上川」と書いてあった。これは国際的協力の必要性を含蓄しているのでしょうが、そのことば自体に僕は普遍性はないと思うんですよ。最上川という固有名詞から説明しなければわからん。「逝くものはかくのごときか」というわけにはいかん。これには黄河《こうが》とか揚子江《ようすこう》とかと書いてない。

吉川　僕はもう少し最上川を買うんですけれどもね。インダイレクトであるということは認めます。このごろ僕のほうが君より民族主義だから。(笑)

ところで、これはずっと戦前のことで、あなた自身覚えておられるかもしれないけれども、僕はあなたのことばをそのまま覚えている。それは「中国はいい。しかし中国のことをやるには、おまえのような通人ならいい。通人というのはコネスール(17)。中国以外、いろんなことに対してある感覚を持っている。知性とまでいかなくても、感覚を持っている人間ならいい……」。

桑原　感覚ということで僕が多分言いたかったのは、オープン・マインデッドということ。

吉川　そういうことでない人間がやると、たいへんつまらない結果を生むということを言われたのを、僕は覚えてますけれども。

桑原　どの文化、どの学問についても、それは言えることなんですが、とくに中国の場合は、日本側に受入れの長い伝統がありますからね。この間、中国について小田実《まこと》(18)君と話したとき、彼は日中友好の必要はまったく賛成だが、日ソ、日印も大切なので、中国だけを特殊あつかいするのは困る。とくに二言めには『論語』とか、『唐詩選』を持出されるのは、かえって若い世代の反発を招くといってましたが、これは一理あると思うんですよ。

吉川　一理あるだけじゃなしに、僕も『論語』にこうあるから、『唐詩選』にこうあるから、だから中国がいい国だといわれたら、中国をほめすぎて日中友好をさまたげても困るのだが、僕の中国古典の好きなところは、独特の論理があることです。アリストテレス以来の西洋の論理とはちがうが、筋を立てて話をするところがある。日本にはロジック・ド・サンチマン(19)といってよいものがあります。しかし、それは直観的なもので推論的ではない。ところが中国には、それよりずっと西洋論理学に近いものが確かにある。たとえば『史記』の「留侯世家《りゅうこうせいか》」に、張良《ちょうりょう》(20)が漢の高祖にむかって酈食其《れきいき》の献策を打破するところがありますね。高祖がめしを食っていた箸をとって、それで何かをさし示しながら、酈の策略のよくない理由を、「その不可なることの一なり」といった調子で、第八まであげて高祖を承服させる。もう一つ思い出すのは、『三国志』の中で、蜀《しょく》の馬超《ばちょう》が曹操を斬ろうとして追っかけながら、曹操の罪業を十ヵ条だったか数えあげるところがありますね。日本だと、お前は憎い、悪人だとか、朝敵だと罵るのはありますけれども、なぜ悪人か、朝敵かという理由をあげずに、いきなり断定するだけですね。しかし中国では第一、第二、第三、第四と推してゆく。これが僕は好きなんですよ。

吉川　あの一には、二には、三にはという言い方を、私の文章にはしばしば使ってますが、それは直接には清《しん》朝の考証家の文章からくるんです。ところがあれは日本的な思考ではないでしょうね。

桑原　吉川幸次郎の文章は理屈っぽい、という批評があるのと、連関があるでしょうね。

吉川　ただ、私はそれに対して僕のほうが少し反中国になるけれども、あるおそれをもつんです。清朝の儒者で一番それをたくさんやったのは、ことがらは忘れましたが、何かを証明するのにその証一、その証二、その証三として四十七まであげたというのがあります。それは行過ぎで……。現象としてあらわれたものだけを指摘して、現象の背後にあるものがかえって忘れられる……。

桑原　それは中国文化についての、たいへん重要なポイントです。個物を枚挙するけれども、一つの原理をもって宇宙の森羅万象を解き明かそうというところが少ない。これは一神教ということとも関係があると思うのです。なぜなら、この宇宙をつくった神を科学的理性で置きかえれば、近代科学の世界があらわれることになる。中国に近代科学の起らなかったのは、いろいろ理由があるでしょうけれども、そういう個物的事実尊重主義とも関係するでしょうね。デカルトも枚挙ということを重要とするけれども、それは数えあげ尽すというところに力点がかかる。しかし中国のは、これも気がついた、あれも気がついたというふうにして、四十七まであげるだけじゃないですか。

吉川　実をいえば、事がらは四十七では終らないでしょう。四十七の上に無限にあるでしょう。無限にあっても同じ列にある。だから四十七で打切ったということになりがちなんだね。その裏にまた理は一つということを考えねばいかんのだが、階層的に一つの理にいかずに四十七が無限に連なるもの、それが地上の現象としてある。それともう一つ、すべてをひっくくる大きな理がある。この二つの世界だけということになりやすい。

桑原　その一つと四十七はどういうふうにつながるかという問題でしょう。

吉川　それも問題でしょうし、中国には不可知論[21]は老荘にはあるようですけれども、儒家の立場として不可知論は罪悪です。西洋では枚挙するその背後に一つの理がある。何か背後にあるもののほうへすぐ飛び過ぎる。ところが中国は一方に理は一つという安心があるから、一つ、二つ、三つ、四つと、それをあくまでも丹念に数えていこうというわけで、僕のことばでいえば地上のものをある限り見詰めていこうという精神ですね。これは中国独特のものであるとともに……。

桑原　この「留侯世家」が僕の思い出す一番古いものですけれども、もっと前からありますか。『論語』にありますか。

吉川　ありますね。「益者三友、損者三友」[22]、それは三で終らないでしょう。そういう数え方は『論語』にもあります。『論語』の二十篇あるうちで前の十篇とあとの十篇は成立の過程が違っているというのが伊藤仁斎の鋭い指摘ですけれども、あとの十篇にはしばしばあります、「益者三友、損者三友」をはじめとして、一つ、二つ、三つと数えるのはある。よい友だちには三種類、悪い友だちは三種類と勘定しておるわけですよ。

桑原　中国文学の面白さということをいえば、いまの「留侯世家」の議論にはいるところで、「臣、請う、前の箸をかせ。大王のためにこれをはからん」。

吉川　ちょっと私に箸を貸してください。

桑原　私の好みの問題とも関係しますけれども、こういう行動的なことばがはいることで、論理に体験的なものがからんでくる。外的な描写でなしに、簡潔に内的意思を示すようにはいってくる。こういうのが『史記』の美しさの一つでしょうけれども、中国古典全般にそういう性格があるのじゃないか、という感じがする。

吉川　それは美しいことの一つでしょうね。中国の文章の要諦は、中心をまずつかめということです。周辺から書いていってはいけない。そこが日本の文章の理想と違うと思いますね。日本の文章はそれはそれで美しいと思いますが、中国では中核をまずつかめということですね。

桑原　あなたと前に話したことがあると思いますけれども、中井正一《まさかず》君[23]が日本文化の特色を、象徴的に清く浅い流れのようだと言ったことがあります。「浅くとも清き流れのかきつばた」[24]という小唄の文句がありますね。それで僕が実感するのは、金沢の兼六園に行きますと、あすこに曲水の宴《うたげ》をやったといわれる小川がありまして、下は白砂、水は浅いけれども、川幅全体が均等な深さを保って静かに澄明に流れている。あの美しさ、あれが『古今集』以来の日本文化の特色の一つだと思うのです。けれども、そこにはきびしくこの点を打てというところはないですね。逆にそれが、中国の文章にも、絵画にもある。断続の美ともいえるでしょう。現代文学は知らないですけれども、中国文学には古代からこの美点がちゃんとある。

吉川　そこのところで、僕が多少コメントを加えれば、私はそのことを意識して自分の文章に使っているんです。お気付きの方があるかもしれないけれども、私は結論を先に言うんです。そうして「それは説明をすればこうなる、それの証拠はこうなる」、こういうふうに書くんです。これは私が中国人の文章から得た知恵です。さきの例でいうと、「この本は後世の偽作だ」ということが書いてあって、その証拠はこれ、これ、と四十七数えてある。そのほうが読む人はわかりやすい。日本の哲学者――さしさわりがあるかもしれないけれども――の論文の書き方は「こうこうだから、こうこうこうなる」。これは冗談ですけれども、誇張していうたら非人道とさえ思う。始めにだいたいこうだ、それはだんだん修正していけばこういう例外もある、しかしこういう証拠がある。こういう書き方のほうが人にわかりやすいと思って僕は使ってますが……。

桑原　それはぼくは賛成なんです。そこでちょっと話がとぶようですけれども、ウィリアム・エンプスン[25]が書いているのに、イギリスのこのごろの新聞の見出しは「中国文」化した。正統の英語からはずれるようだが、中国語を知っておれば何でもない、というのです。冗談といえば冗談ですけれども、なかなか……。

吉川　それは洞察力ですね。

桑原　僕は感心しましたね。彼は俊傑ですよ。中国の詩の美しさは、一つの絶句の中に永遠と瞬間とが同時存在する、という指摘もすばらしい鋭さだと思いましたね。例に引いた詩は今ちょっと思い出せないけれど。言われてみれば、わかり切ったことのようだけれど、やはりコロンブスの卵ですよ。日本の中文の研究者で、あれほど的確に指摘した人があるかしら。これはしろうとにもわかるし、それを色々の詩に適用してみると、よくあてはまる。これは学問の本質につらなると思いますね。

吉川　エンプスンはしろうとの大胆さのゆえの成功ですけれども、しかし中国の文体というのは、常にしろうとにわかるように、こっちもしろうととして書く、しろうとによくわかるように大胆な結論を書く。しろうとにも、だれにでもわかることをポンと出す。

桑原　にもかかわらず、それは文学趣味のふかいコネスールが読めばまたいろいろな含みをもつ、そういうことでしょうね。それはしかし、概論的にいえば、すぐれた芸術や文学のもつべき性質じゃないですか。一般の人が読んでもわかる。しかし識者が読めばいかようにも深く読みとれる。

吉川　それは『論語』の「子、川の上《ほとり》にありて曰《い》わく、逝く者はかくのごときか、昼夜を舎てず」。これはだれにとってもそのとおりに違いない。そこからいろんなものが引出せる。そういうのもその一つだけれども、そういう点は中国は、僕がたびたび言うようにあんまり形而上《けいじじょう》とか、アナザーワールドということはいわないんですね。あくまでも地上のものに即してものをいう。そういうところが中国のいいところであり、また中国が世界文化の上にもつ意味じゃないでしょうか。

桑原　僕が一つ感じているのは、中国の文学の解釈には宋学風の道徳主義がつよすぎたのじゃありませんか。

吉川　さあ、それは中国自体ではあまりないのとちがいますか。

桑原　たとえば漢の武帝の『秋風の辞』(26)、あの中に楼船をうかべて川を渡るところで、「佳人を懐《おも》うて忘る能《あた》わず」とある。佳人というのは、自分は遠い旅に出ているが、都にはよい家来たちをたくさん残してきた。その家来のことだと注がついていますけれども、楼船というのは、日本風にいうと豪華な屋形船の感じでしょう。そこで一ぱい飲んで歌う遊びの要素がはっきり出ていると思うんですけどね。そこで佳人を思うて忘るあたわずというなら、それは美人とうけとるほうが自然じゃないかと思うんですけれども。

吉川　それは日本の解釈とちがいますか。

桑原　あなたは美人ととるでしょう。しかし、たとえば『古文真宝』(27)の解釈は……。

吉川　『古文真宝』の日本の解釈書ではそうかも知れません。そうした解釈は、いかに日本人が道徳的かということです。

桑原　あれに注をつけたのは五山の偉い人たちでしょう。『古文真宝』は「少年老いやすく学成りがたし」などという学問の勧めが最初についていたりして、おやじに読めといわれたときはひどく反感を持ったのですが、あちこち拾い読みすると、なかなか面白くて好きになったのです。しかし佳人を懐うて忘るあたわずを、忠臣とするのは……。

吉川　それはむしろむりな解釈だね。

桑原　これはおかしいと中学の三年生ぐらいから思うていたわけです。日本の儒学というものが大へん文学を歪曲《わいきょく》した。佳人を美人ととったら全部すなおにわかる。その次に「歓楽極まりて哀情多し」。明治天皇が乃木（希典《まれすけ》）大将を思い出して、歓楽極まりて……そんなこと考えるはずないでしょう。吉川さんの時代になって、そういう道徳臭をはらった。狩野先生は美的にお考えになっていたと思うけれども、まだそれを一般にひろげられるところまでは行かなかったんじゃないかな。

吉川　狩野先生はわれわれの学問のパイオニアで、日本儒学に対する反発は存外そういうところから来たのかもしれんね。少し頭のある人ならだれもおかしいと思うでしょう。

桑原　曹植[28]の『洛神《らくしん》の賦《ふ》』についても同じ感想があるんですがね。なぜこんな詩を知っているかというと、ぼくの家の床の間に文廷式《ぶんていしき》[29]の書いた『洛神の賦』の掛軸がぶらさがっているからなんです。文廷式は清末の翰林院《かんりんいん》学士ですが、日本にきたさい、内藤湖南の紹介で、那珂《なか》通世《みちよ》[30]、白鳥庫吉《しらとりくらきち》[31]、そして私のおやじと五人で飯をくったその記念の揮毫《きごう》なんです。僕のおやじが死んでからですけれども、ちょうどかけているときに内藤先生がお見えになって、なつかしい、とちょっと顔色変えて感嘆された。

吉川　『洛神の賦』というのは、女性の感覚的な美しさをいろんな面からうたい上げているんですよ。

曹植は元来、皇帝の弟で王族なんです。中国の王族は、日本の皇族みたいに幸福なものと違って、いつでも天子から極度の猜疑心《さいぎしん》を受けて、幽閉同様の身にあるんです。あるとき都に参覲《さんきん》交代に行ってその帰りしなに、洛水《らくすい》という川のそばを通ったら美しい女性が見えた。戦々兢々《きょうきょう》として都に行って、しかもそのときに彼の弟の一人は兄の魏の文帝に殺される。自分は命は助かったが、複雑な気持を持って帰る途中、洛水という川のところで一人の麗人を見る。その麗人の姿をあっちから、こっちからと描写しているのが『洛神の賦』です。「肩は削り成せるがごとく、腰は素《しろぎぬ》をつかねたるがごとく、首《うなじ》をさしのばせば、白い皮膚が目にうつる。雲なすまげは聳《そび》え、長くひいた眉はつらなり、あかき唇は外にかがやき、白き歯は内にあでやか、輝くひとみのながしめ、えくぼする頬、云々《うんぬん》」というのは、肉体全体の持つ白さ、それがそこには見えていると言うんですよ。そういうふうに大へんエロチックといえばエロチック、それからまゆはどう、歯はどう、ひとみはどう、えくぼはどう、と四肢の部分まで描写した大へん長い韻文ですよ。これはそれまでも屈原《くつげん》の弟子で宋玉にもあるんで、その系列だが、その頂点を行くべきものですよ。

いつか矢代幸雄(32)さんが僕のところに見えて、女の裸体の彫像がギリシャにあるということはだれも知っている。しかし女の裸体をアプリシエートすることはギリシャだけにあることであって、ほかの文明にはどこにもないことのようであることに気がついた。中国では春画は裸体を描いているが、それは別として、ギリシャどおりのものはありませんね、ということだった。僕は女性の女性美、それを絵のような強い関心を持ったものとしていえば、文学では『洛神の賦』というものがあります、といったことがあるんです。

桑原　肩から腰、くびすじ、顔かたち、えくぼまで美しく述べてありますけれども、胸のふくらみの美しさはないでしょう。

吉川　ないな。

桑原　人類学者に聞いたら、中国人は、一般にモンゴロイドは、世界の人種の中で一番オッパイが小さいんですよ。アイヌのほうがもうちょっと大きい(33)。そういうことと乳房の美への無関心とは関係があるのかもわからんね。

吉川　まあね。もっとも、ずっと後になりますけれども、清朝にはそれを歌ったものがあります。また六朝《りくちょう》の民謡に「このオッパイは子供に乳をやるためだけのものではない。あなたになでさすってもらうためにもあります」、そういう歌がありますよ。

桑原　しかし形態美としては……。

吉川　形態の美しさに乳は現れませんね。第一の美容の中心は目のようですね。明眸《めいぼう》皓歯《こうし》、その次が歯だな。日本でも、肌は卵のむきみのようだというでしょう。ああいうのは美人を歌ったものに中国でも必ず出てくるね。そういう点でも六朝の文学のあとでは、一番敏感なのは杜甫《とほ》ですね。普通では道学の先生といわれている杜甫が、『麗人行』で歌っている。また『月夜』の詩で思いやられたわが妻は、ものをおもって窓によりかかる腕、そこへ月光が冷やかにあたっている。あれなんかその極致だな。

桑原　ところで話を『洛神の賦』にもどすと、これは曹植が洛水の女神のことをうたっていますけれども、魏の文帝の皇后に甄《しん》皇后というのがいた。それをしのんでこの詩を書いたという説がありますね。甄皇后はもと袁紹《えんしょう》(34)のむすこの細君ですよ。曹植の軍勢が攻めこんでそれを倒して、後宮の美女を奪う。そのとき、曹植が最初見て好きになるんですよ。しかしそれは兄の曹丕《そうひ》が取って皇后にするわけです。『洛神の賦』はその死後、その枕を見てうたったんだという伝説があって、僕はそう考えたいけれども、いまの或《あ》る若い学者はその説はおもしろいが推量にすぎないと言うんです。それには僕は不服ですね。曹植が不幸な意中の佳人を思って作ったという解釈は当然あってもいい。事実ではないかもしれぬが話としてはおもしろい、というべきです。

吉川　それは、どうもあなたのお父さんらが開かれた実証主義の歴史学、それはむしろんよい効果の方が多いが、悪い効果をもった、悪い方の一つでしょうね。私の『三国志実録』では、どっちともとれるようにうまいこと書いてありますから、それもごらん下さい。

桑原　中国古典文学については、さきにも言った日本儒学の道徳化する読み方があって、現在でも必ずしも完全に消えていないようですね。

吉川　『古文真宝』もたぶん中国でできた本でしょうね。中国では使われないものですけれども。

桑原　日本では流行したものですね。

吉川　五山の坊さんの注釈(35)は、僕も一時興味を持ったことがあります。坊さんは、そのことば本来のとおりに説くことでは満足しないですね、宗教家だから、ありがたいほうへ持っていくんで、実に注釈としてはいろんな点でぐあい悪いものがあります。

桑原　『古文真宝』は俗書だということは知ってますけれど、ぼくの教養の源泉の一つで、中国の古文を考えるときにいつでも頭にあるんです。

吉川　それはちょっと困ります。(笑)『古文真宝』は『中国古典選』に入れてございません。というか、私はやっと近ごろ『古文真宝』という本を買ったんですけれども。

明治以前は、そういう道徳主義によっていろいろ侵害されたとともに、今世紀のはじめ半分は中国文学が死滅同様になったわけですよ。これはたいへんさしさわりがあるけれども、つまりあなたのところのお父さんの功績ですよ。すべては歴史一本やり、だから文学でも何でも、中国の文献は全部、歴史の史実のための資料として扱われた。経書《けいしょ》でもすべて古代史の資料だ。内藤先生の学問はそうです。だからその中でどれだけが古代史として真実であるか、文学としてのおもしろさというものは、長い間閑却された。

桑原　しかしその資料主義の内藤、桑原などが、狩野、鈴木などという先生と仲がよかった。

吉川　しかしお互いに悪口ばかりいうとった。

桑原　親しいから悪口ばかり言うてるんだ。しかし明治の日本は一種の実学的、科学主義的な勃興期でしょう。それに狩野先生も鈴木先生もその流れの中におられたんじゃないかと思いますね。つまり、科学主義的なものを一応基本的に認めようという態度があって、それはいいことだと思いますけれども、それであなたのおっしゃった文学を美的にとらえるということが少し忘れられたというか、十分に発達しなかったということもあるでしょう。狩野先生なども美的に感じておられたけれども、従来の漢学者とはちがって、一ぺん新しい実証主義で洗うというか、通過する必要がある、ということは感じてられたんじゃないですかね。

吉川　それはちょっと違いますね。そこのところは重要なところですけれども、全部が歴史学であったときに、言語そのものが一つの歴史でないか、それは全部が史実ではない。しかしこういう言語があったことは事実だ。言語そのものを史実として研究したいという立場を堅持されたのが、狩野先生です。それがさっきの場合、多少伏線があったんだけれども、島田篁村という人はそういうことを意識せずしてやったのだと思う。江戸末期でも島田篁村という人は朱子学と違うわけです。言語実証主義、そういう少数派だった。島田先生自身にもそのことはコンシャスなものとしてなかった。狩野さんという人は井上哲次郎[36]が反発のもとだった。西洋から帰ってきて、えらそうなことを言うとるけれども、西洋の本も読めずに言っているんじゃないか。それが反発の動機だったらしい。やはり島田さんのほうが、これは実りが多いということを、先生、直観で感じたんでしょう。そういうところから歴史主義全盛の中で言語というものは事実だ、という立場を守りとおしたわけです。だから狩野さんは弟子がないわけです。僕と倉石(武四郎)[37]君にいたるまで。ほかは内藤さんの弟子です。

桑原　島田篁村に著作はあるんですか。

吉川　ありません。文集が多少あるだけです。島田篁村という人は、僕の先生の先生だけれども、いまから言ったらどれくらいの人か疑問だけれども、それをあなたのお父さんは極度にきらい、私の先生は極力あるいは過度にみとめた。

桑原　さっきも言いましたが、その子供の島田翰はいっぷう変った人物でしょう。

吉川　善悪いろいろなことをこめて、非常に天才と言うか、エクセントリックなひとです。当時日本の学者は宋版とか何とか、エディションのことなんかよくわからないでしょう。それが病的にわかった人です。

桑原　神田喜一郎[38]さんなんかとつながっているんでしょうか。

吉川　漢文はうまいですよ。

桑原　ビブリオマニアといえば、近藤正斎《せいさい》[39]がいるでしょう、これも変っている。

吉川　近藤正斎、渋江抽斎《しぶえちゅうさい》[40]。鷗外さんによれば、渋江抽斎の一番長ずるところは書誌学です。しかし、鷗外さんは自分自身は書誌学はしろうとだったから、学問の内容には触れないといっている。惜しいことに鷗外さんの才能をもってしたら、そんなにむずかしいことではなかったですけれども、先生、放棄してしまった。だから僕らから見ると、鷗外の『渋江抽斎』は、「仏つくって魂入れず」みたいになってます。それから狩谷棭斎《えきさい》。

桑原　近藤と時代はどうですか。

吉川　ほぼ同じでしょう。近藤正斎、狩谷棭斎、渋江抽斎、また松崎慊堂《こうどう》、安井息《そっ》軒《けん》[41]、それから島田篁村。

桑原　僕のおやじは松崎の本はちゃんと持っています。『近藤正斎全集』もありました。

吉川　そういうのが京都学派のわれわれの先生、あなたのお父さんも含めて、明治、大正の京都学派の中国学の祖先になるわけですよ。

桑原　スキーは、日本にはぼくらの子供の時分からレルヒによって伝わってますけれども、『近藤正斎全集』をみると、アイヌがスキーのようなものをトナカイに引かしていることが、挿図入りで書いてある。[42] 日本は山登りの実践では世界で一番盛んだけれども、登山史やスキー史はさっぱり不勉強ですね。西洋の学者は、スキーはフィンランドの辺から伝わったというわけですよ。それは恐らくシベリアを通ってアイヌまで通じているのじゃないかと思うのです。どちらが源流かわかりませんが。アイヌのは裏にアザラシの皮を張り、スティックは単式です。『辺要分界図考』という本に書いてます。近藤はやはりなかなかの観察家だと思います。

吉川　本題から離れますが、それは、日本人の優秀性ということでしょう。近藤正斎がそういうことに注意したのは、中国でいつになりますか。近藤正斎は十九世紀の初めでしょう。十九世紀の初めといえば清朝の嘉慶《かけい》年間ですし、中国人はそんなことに興味持つ人はいないですよ。

桑原　アイヌは犬に舟を引かせて陸を走らせる。自分は小舟に乗っているわけです。犬が岸を走ると舟が岸にぶつかっていたむので、舟に特定の角度で棹《さお》をつけ、その先端にひもをつければ舟は岸に近寄らない。それも見取図があります。日本では科学振興などという掛声ばかりで、近藤正斎などという偉い人のことを全く忘れていますね。

吉川　正斎の本には絵もはいっているんでしょう。中国人は十九世紀になれば外国のことに注意しなければならないが、絵入りの本がないんですよ。ちょっと思い当らないですね。中国は大へん即物的なようですが、そういう点で限界とは言いませんけれども、何か却《かえ》って偏向がある。

桑原　中国人に現実主義はあるんですよ。けれどもリアリズムに不足するようなところがある。現実に生きる生活の知恵みたいなもの、自分の生活の微細な点まで考える能力はある。しかし、中華思想というのか、エトランジェ、自分以外のものやことに対する知的好奇心がない。文化の光の及ばないところに対する好奇心は少ないんじゃないかという感じがしますね。

吉川　そう言わずに、日本人の現実主義と方向は違うといってほしいね。逆に中国人に言わせれば、日本人も現実主義といいながら、何か悪口を言いそうに思うけれどもね。

桑原　日本人は現実主義者としてはむしろ弱味を持っていて、それを道徳で押えるところがある。

吉川　道徳で押えるというか、つまり絵は描く、しかしソリの木が十文字になっていても、それの意義はあんまり考えたがらないのと違うかな。世の中のことはすべて、進行するためにはある方向は必要だとか、そういうフィロソフィーを何かくっつける、中国人なら。

桑原　西洋人は特にそうですけれども、日本人はそうではない。
吉川　ものはものとして記録しておいて……。
桑原　抽象理論化することはきらいなんですよ。
吉川　非常に顕著な傾向は、江戸時代の随筆があるでしょう。あれは事柄を書いてあるけれども、それに対する著者の解釈はあまり書いてない。
桑原　その傾向はいまの学問にも残ってますね。とくに国文、国史といった日本学に顕著なものとして残っているな。
吉川　中国ではおそらくはそういうのはないです。何か背後の意味を考える。考えたことはみんな正しいとは言いませんよ。往々にして無理に考えようとして、牽強付会《けんきょうふかい》になることはあるけれども。中国の即物主義のおもしろさは、常に背後のフィロソフィーへの吸引力みたいなものを持っているところじゃないかと思うけれどもね。
桑原　西洋のフィロソフィーは、だいたい高上がりするけれども、中国のほうが現実に近いですね。
吉川　横へ広がろうということですね。横へ広がる方向は必ずしも拒否すべきではないと思うけれども。
桑原　僕はこれまた『古文真宝』にあるのだけれども、欧陽修の『秋声の賦』㊸とか、周茂叔《もしゆく》の『愛蓮《あいれん》の説』㊹とか、ああいうものがなんということなしに好きですね。秋声を形容して「星月皎潔、明河在天、四無人声、声在樹間」などというのはすばらしいですね。簡潔で男らしくって。

吉川　それもやっぱり蓮《はす》とか、秋風の裏にあるフィロソフィーを感じるからじゃないでしょうか。フィロソフィーへの指向、フィロソフィーが何であるかということを、はっきり言ったら面白くないけれども。

桑原　宋玉の『登徒子好色賦』(45)、あれも好きだな。あれもさっきのエニメレーション(46)みたいなものがあるでしょう。

吉川　美人の美しさ。

桑原　こういう文章を書きたいな、と三高のじぶん(47)に思ったことがあるな。

吉川　早熟な人間だな。(笑)　僕は漢文独習可能説を唱えている。『中国古典選』でもそうですけれども普通、漢文といっているものは中国の文語ですよ。非常に整理された文語です。だからあれは数学の方程式みたいに考えればわかるという要素をもっている。

桑原　たしかに日本語よりもそういう理屈でゆく要素はあるでしょうね。

吉川　もしかしたら、いかなる言語よりもあるかと思うのですよ。単語は少ないし、このごろあれを学校で教えることは漢文をむつかしくしていると思う。僕自身の経験はまったく『国訳漢文大成』で独習したんですよ。江戸時代の人だって独習による部分が多かった。現在教育が発達してますから、学校の漢文教育は大いに信頼するけれども。

桑原　あなたの説は若干、狩野先生の説につながるのとちがうかな。狩野先生がぼくに戦前にいわれたことがある。文部省の役人らが、漢文は必要だとか、漢文の時間をふやせとかいう。自分にとってはありがた迷惑だ。漢文の時間をふやすのはむしろ反対だ。学校でいいかげんな漢文を教えるからますます中国文学が衰える。わしは漢文はもちろん大好きだし、広めたい。しかしあんな勘違いの広め方をされたら迷惑だ。それで文部省の役人に、わしを査察官に任命して、全国の大学、高校の漢文の授業を査察してまわりたいと言ったら、言を左右にして拒否された。わしが査察に行ったら、できんやつは免官にするからね。それより吉川幸次郎ね、あれももとはそんなに漢文はできなかった。ところが大勉強してあそこまでいった。自発的な勉強は必要だが、へたな教師の授業なら、むしろ聞かぬ方がいい……。あの話は面白かった。

吉川　僕はそういう面を論証できると思う。そのうち論証しようと思ってますけれども。だから学校で習わねばわからないというものではない。

桑原　それは中国の古典についてでしょう。漢文についてでしょう。中国語をしゃべるのは、これは指導を受けなきゃできない。四声《しせい》(48)なんて、本だけじゃわからないでしょう。

吉川　しかしこれだって、僕はだいたい独学でやったんですけれどもね。発音だけは習ったけれども。いまはていねいに教えすぎているのと違うかな。

桑原　『中国古典選』を大いに読みなさい。がんばって読んだらわかるし、だんだん漢文の面白さがわかってきます、ということだね。

（1）恒藤恭　法哲学者。一八八八～一九六七。島根県松江市出身。第一高等学校で芥川龍之介と親友となった。京都帝国大学法科大学に進学、後に京都帝国大学法学部教授となるが、同僚の瀧川幸辰《ゆきとき》教授に対する弾圧（瀧川事件）に抗議して辞職した。

（2）永井禾原久一郎　永井久一郎（一八五二～一九一三）。禾原は号。荷風の父。明治期の官僚、実業家、漢詩人。尾張生まれで、儒者鷲津毅堂の門人・女婿。米国留学後、文部省入省。のち日本郵船に転じ、上海・横浜の支店長を歴任。上海では当地の文人と親しくし、多くの詩を交わした。漢詩集『来青閣集』は荷風が出版した遺稿。

（3）大沼枕山　幕末から明治初期の漢詩人。一八一八～九一。江戸下谷《したや》生まれ。名は厚。父竹渓も漢詩人。弱年、尾張にて叔父の鷲津益斎（毅堂の父）に学び、森春濤と交友。江戸に帰り梁川星巌《やながわせいがん》の玉池《ぎょくち》吟社に参加、菊池五山らの知遇を得る。のち自ら下谷吟社を率い多くの門弟を擁する。『枕山詩鈔』など著作多数。荷風『下谷叢話』に詳伝がある。

（4）森春濤　幕末から明治初期の漢詩人。一八一九～八九。尾張生まれ。名は魯直。森槐南《かいなん》の父。鷲津益斎、梁川星巌に師事。一八七四年東京に移って茉莉《まつり》吟社を開き、翌年『新文詩』を創刊して明治漢詩壇の中心となる。著書に『春濤詩鈔』など。

(5) 逓信次官　逓信省の職名。定員一名の勅任官で、逓信大臣の職務を代理。今の事務次官級。逓信省は戦後すぐまで通信および交通運輸を総轄した官庁。永井久一郎はこの職に就いていない。

(6) 島田重礼、翰　島田重礼（一八三八〜九八）は明治期の漢学者、文学博士。篁村は号。海保漁村、安積《あさか》艮斎《ごんさい》らに学び、近世の折衷学派・考証学派の系譜を継ぐ。幕末に昌平黌《しょうへいこう》助教。明治に入り帝国大学教授。その子島田翰は漢学者・校勘学者。日本の漢籍書誌学の先駆者。竹添井井《せいせい》を補佐して『左氏会箋』を編む一方、宮内省等各処の宋元版を調査。傍ら問題も多く、金沢《かねさわ》文庫蔵『文選集注』売却のかどで捕えられ、自殺。

(7) 根本通明　明治の漢学者、文学博士。一八二二〜一九〇六。秋田の人。藩校明徳館学長。維新後、帝国大学教授。易に精しく、群経に博く通じたという。

(8) 桑原隲蔵　東洋史学者。一八七〇〜一九三一。武夫の父。三高、東京帝大漢学科卒。京都帝大教授。東洋史学の創始者の一人で、東西交渉史の分野を開拓。著作に『宋末の提挙市舶西域人蒲寿庚の事蹟』など。

(9) 『情史』　明末の馮夢龍《ふうぼうりゅう》が編んだ『情史類略』全二四巻のこと。男女の愛情にまつわる古今の故事を集めた書。和刻にダイジェスト版の『情史抄』全三巻など。

(10) 『文選』　中国、梁代に成立した詩文の総集（アンソロジー）。編者に昭明太子蕭統の名を冠するが、実際は劉孝綽《こうしゃく》など側近文人の共編とされる。賦・詩・文の各文体につき、内容・形式別に分類し、各ジャンルの代表作を精選する。後世に強い影響を及ぼし、日本へは奈良朝以前に伝来。

(11) エステート　estate（英）。ここでは遺産・階級身分の意味で、桑原が父、隲蔵から受けた感化を言うのであろう。

(12) 『支那の孝道』　桑原隲蔵の著作。一九二八年二月『狩野教授還暦記念支那学論叢』に「支那

の孝道殊に法律上より見たる支那の孝道」として掲載。のちに『支那の孝道』として単行本出版。

(13) 新井白石　江戸中期の儒者。一六五七〜一七二五。名は君美《きんみ》。木下順庵門下（木門）。朱子学者であったが、将軍就任前の家宣の侍講となり、続く家継時代まで政治に参与した。所謂「正徳の治」。和漢の史学や語学など幅広い分野に実証的な態度で臨み、『読史余論』『東雅』『古史通』などの著述を遺した。漢詩人としての作に『白石詩草』がある。自叙伝『折たく柴の記』、宣教師シドッチとの接触による『采覧異言』『西洋紀聞』でも有名。

(14) 落合太郎　フランス文学者。一八八六〜一九六九。京都帝大教授、奈良女子大学長。モンテーニュなどフランス・モラリストの研究で知名。

(15) 大江健三郎『個人的な体験』一九六四年新潮社刊。初めての翻訳出版は *A Personal Matter* というタイトルでジョン・ネイスンの訳にてアメリカのグローブ・プレス社より刊行された。

(16) パンタレイ　古代ギリシア語の panta rhei。万物流転。ヘラクレイトスが主張した。

(17) コネスール　フランス語の connaisseur。目利き、通人。

(18) 小田実　小説家・文芸評論家。一九三二〜二〇〇七。一九六一年に河出書房新社より刊行された世界見聞記『何でも見てやろう』は大ベストセラーとなった。反戦運動家としても知られた。

(19) ロジック・ド・サンチマン　フランス語の logique de sentiment (logique des sentiments)。感情の論理。

(20) 張良、酈食其　張良（?〜前一八六）は漢の高祖の功臣。知略に優れた切れ者で、鴻門の会や高祖晩年の太子廃位問題などの際の活躍で知られる。酈食其も高祖に仕えた策士。諸侯との折衝に長《た》けた。桑原が言う『史記』留侯世家の話は、秦が滅ぼした戦国の六国（諸侯）を再び封ずべし、とする酈食其の献策を、張良が批判する場面で、『漢書』張良伝にも見える。

(21) 不可知論　ふつう、西洋哲学で、人は神や宇宙の原理そのものを把握できないとする立場。中国では「天」の概念についての議論がそれに当たる。所謂「怪力乱神を語らず」で、儒家は神秘主義には縁遠く、天もまた超常的なものとはされない傾向にある。
(22) 益者三友、損者三友　『論語』季氏篇。
(23) 中井正一　美学者、国立国会図書館初代副館長。一九〇〇～五二。広島県出身。京都帝大哲学科卒。深田康算《やすかず》らに師事。著に『美学入門』『日本の美』など。
(24) 浅くとも…　端唄「浅くとも」の冒頭。
(25) ウイリアム・エンプスン　イギリスの批評家、詩人。一九〇六～八四。一九三一年に来日し、東京文理科大学、東京大学で教鞭をとった。
(26) 『秋風の辞』　前漢武帝の作と伝わる騒体（「兮《けい》」字を挟む文体）の詩歌。『文選』巻四五、『古文真宝』後集巻一。初出は『漢武帝故事』という年代・撰者不詳の書物。
(27) 『古文真宝』　前集十巻、後集十巻からなる詩文集。宋末元初ころ、黄堅《こうけん》の編。巻頭の八首の勧学の詩文に始まり、前集に詩、後集に文を収め、作品の年代は戦国時代から北宋に及ぶ。日本には室町期に渡来して広く通行。
(28) 曹植『洛神の賦』『文選』巻十九。
(29) 文廷式　清末の政治家、学者、詩人。一八五六～一九〇四。号は芸閣《うんかく》など。本籍は江西萍郷《へいきょう》で、広東潮州の生れ。広州の学海堂で陳澧《ちんれい》に師事。光緒十六（一八九〇）年の進士。翰林院編修、侍読学士、稽査宗学大臣を歴任。康有為らの変法派に近かったため（或いは瑾妃《きんぴ》に近かったため）、戊戌の政変（一八九八）で失脚し、上海に潜伏。一九〇〇年に東亜同文会の招待で来日。文・内藤・那珂・白鳥・桑原の五氏が那珂邸で会談したのは同年三月十七日のこと。内藤は前年、上海で文氏と相識を得ていた。文氏は永井禾原、野口寧斎らの漢詩人とも交友し、詩を応酬している。

(30) 那珂通世　東洋史学者。一八五一～一九〇八。盛岡生れ。慶應義塾卒。東京高師教授、東大講師。著作に『元朝秘史』を初訳した『成吉思汗実録』、清国でも翻刻された『支那通史』、日本の皇紀についての『上世年紀考』等のほか、『那珂通世遺書』に収まる諸篇がある。那珂が訳出に使用した『蒙文元朝秘史』は文廷式から内藤湖南を経て、鈔本を入手したもの。

(31) 白鳥庫吉　東洋史学者。一八六五～一九四二。文学博士。東京帝大史学科卒。学習院教授、東京帝大教授、東宮御用掛などを歴任。その研究対象はアジア全域に及び、時代的内容的にも多岐に渉る。著書『西域史研究』など。『白鳥庫吉全集』全十巻（岩波書店）がある。

(32) 矢代幸雄　美術史家。一八九〇～一九七五。B・ベレンソンに師事。多数の著書の他、『矢代幸雄美術論集』全二巻（岩波書店）がある。

(33) 人類学者に聞いたら…　現在の学術的知見からは、こうした「人種」にもとづく議論は多くの誤謬《ごびゅう》を含み、しばしば差別意識をともなうと指摘される。桑原の発言も妥当とは言えないが、吉川の対応とともに、そのまま記載した。

(34) 袁紹　後漢末の群雄の一人。?～二〇二。汝南汝陽（河南省商水県）の人。董卓を洛陽から逐《お》い、公孫瓚を滅ぼして華北に覇を唱えたが、官渡の戦いで曹操に大敗。

(35) 五山の坊さんの注釈　所謂「抄物」などの、五山僧が漢籍に施した注解・講義録。四人の学僧の蘇東坡詩解釈をまとめた『四《し》河《が》入海《にっかい》』などが著名。吉川の論文では桃源瑞仙『史記抄』を利用したものが見られる。

(36) 井上哲次郎　哲学者。一八五五～一九四四。東京大学卒。東京帝大教授、文科大学長、貴族院議員を歴任。ドイツ観念論哲学の紹介者で、西洋新思潮の啓蒙普及に努めた。外山正一、矢田部良吉と『新体詩抄』を刊行、新体詩運動を興したのもその一環。明治国家のイデオローグとしての一面は、『勅語衍義』『教育と宗教の衝突』『国民道徳概論』に見られる。加えて、『日本陽明学派之哲学』『日本古学派之哲学』『日本朱子学派之哲学』の三部作により近世儒学研究に先鞭をつけた。『哲学字彙』の編者。

(37) 倉石武四郎　中国語学者。一八九七〜一九七五。東京帝大支那文学科、京都帝大大学院卒。狩野直喜に師事。京大・東大教授。清朝考証学の小学（文字、音韻など言語研究）の研究から出発し、中国語教育にも活躍した。著作集全二巻（くろしお出版）がある。

(38) 神田喜一郎　中国学者。一八九七〜一九八四。文学博士。京都生れ。漢詩人・蔵書家神田香巌の孫。京都帝大で内藤湖南、狩野直喜に師事。大谷大学教授、台北帝大教授等を経て、戦後は大阪市立大学教授、京都国立博物館初代館長等を歴任。その研究は広く文史哲の諸方面に渉るが、特に書誌学、書画・書論に精通。『日本書紀古訓攷証』などを収める全集十巻のほか、遺著『中国書道史』等の編著がある。

(39) 近藤正斎　江戸後期の幕臣、北方探検家。一七七一〜一八二九。近藤重蔵。正斎は号。蝦夷地調査と択捉島に標柱を立てたことで知られるが、財政、国防、地理に通じた博識家で、書誌学にも通じ幕府書物奉行となる。著書『辺要分界図考』『外蕃通書』『金銀図録』など。『近藤正斎全集』全三巻がある。

(40) 渋江抽斎　幕末の医者、儒者。一八〇五〜五八。江戸の人。弘前藩医。医学を伊沢蘭軒、儒学を狩谷棭斎に学ぶ。森枳園《きえん》との共著『経籍訪古志』の他、複数の医書を遺す。考証・書誌に優れた。森鷗外の史伝小説『渋江抽斎』で有名。

(41) 安井息軒　幕末の著名な儒者。一七九九〜一八七六。父は古学派の儒者安井滄洲、日向の人。大坂の篠崎小竹の塾、江戸の昌平黌及び松崎慊堂の門に学ぶ。飫肥《おび》藩校助教、昌平黌儒官などを務めた。経学・考証を本領としたが、海防論でも鳴らした。『左伝輯釈』『管子纂詁』『論語集説』ほか著作多数。森鷗外『安井夫人』は息軒の妻をモデルとする小説。

(42) アイヌが…　『近藤正斎全集』第一冊『辺要分界図考』巻二、二二〜二三頁。

(43) 『秋声の賦』　欧陽修の賦。秋の悲哀と人生の推移を重ねて説く。『欧陽文忠公集』巻十五、

(44)『古文真宝』後集巻一。

(45)『愛蓮の説』周敦頤《とんい》の文。菊の隠逸・牡丹《ぼたん》の富貴と比較しつつ、蓮花の清潔孤高を君子の節度になぞらえて讃《たた》える。『周子全書』、『古文真宝』後集巻二。

(46)『登徒子好色賦』宋玉の賦。『文選』巻十九。

(47)エニメレーション enumeration（英）。数えあげること。列挙。

(48)三高のじぶん　桑原は一九二二年に第三高等学校に入学。吉川は一九二〇年。

(48)四声　中国語の声調。現代標準音では、高く平らかな第一声、中ほどから高く上がる第二声、低く抑えた第三声、高いところから急に下がる第四声にわけられる。古典中国語の四声である平上去入からは、平声《ひょうしょう》が二つにわかれ、入声《にっしょう》が消えている。

中国古典と小説

石川淳
吉川幸次郎

石川　淳（いしかわ　じゅん）

一八九九年生まれ。漢学者である祖父・石川省斎のもとで育つ。一九三六年「普賢《ふげん》」で芥川賞、五七年に「紫苑物語」で芸術選奨文部大臣賞を受賞。戦後『黄金伝説』や『無尽灯』『焼跡のイエス』を発表し、太宰治や坂口安吾らとともに無頼派と呼ばれた。日本芸術院賞、読売文学賞、朝日賞など受賞多数。一九八七年没。

吉川　石川さんのご本は、だいたい出るたびにいただだいてるんだけどね、必ずしも全部勉強してない。

石川　読みにくいもんです。小説本なんていうのは読まなくていいものですね。ぼくもひとの小説、ロクに読んでない。わかったような顔してますがね。

吉川　ぼくはしかし、小説もそうとうよく読んでるほうですよ。ご自分の小説はしばしば読まれますか。

石川　いや、読まないです。

吉川　ほんとに？　ほんとになんて言っちゃ失礼だけれども。

石川　本を出すときに、校正っていうの、あるでしょう。これは読まないわけにいかない。校正のときには読みますよ。ほかには読まないですね。本が出ちゃったらもう読みません。タイプが二つあって——二つじゃない、三つも四つもあるかも知れないけれども、自分のものを一心不乱に読む人と、読まない人とありますね。ぼくは読まないほうです。太宰（治）なんぞ、あいつは本を読むというと、自分の本しか読まないんです。自分の小説ばっかり読んでる。それがいけないって非難してるわけじゃないですよ。そういう性質の人がいるっていう話です。

石川 しかし、おぼえとられますか、自分の本を。

吉川 忘れること、あります。主人公の名前なんか、忘れることがあります。

石川 ということは、だいたいおぼえてらっしゃるということですね。

吉川 校正のときなんか、ああ、こんなものを書いたか、と思うようなことがありますね。

石川 ぼくはだいたいおぼえてるんです。むしろおぼえようと努力してるほうなんだけれども、読み返してみると、忘れてるところがありますね。

吉川 ご自分のものを、ですか。

石川 ええ。

吉川 しかし吉川さんのお仕事は学問の筋を追っていくことだから、前のことをおぼえてないといけないでしょう。

石川 それはいけないんですがね。前に同じような資料を使って、同じ発想で書いたことを、忘れていることがあるな。たとえば『中国古典選』の『論語』では何を書いたか。改めて見ないと思い出さないことが多いですね。これはたいへん恥ずかしいことなんですよ、ほんとうは。そんなおぼえていないような、自信のないことを書くのは、伊藤仁斎《じんさい》風にいわれると、いけないことなんですけれども。

石川　『論語』だから、儒者として？

吉川　ええ。それは恥ずべきことなんですよ。本を読んでいて、こういうことが書いてある。これはおれの注釈に書いてあるかしらん、と思って見ると、まあ、だいたい書いてあるんですがね。

石川　『論語』はいまの中国でも読まれていますか。

吉川　さあ、どうでしょうかね。劉少奇《りゅうしょうき》(1)はよく引用するそうですね。ですがね、いまの文化大革命進行中の状態は、だいたい古典の勉強は、みんなしばらくお休みだろうと思いますがね、それまでは文学はほとんど全部容認されて読まれていたようですね。かんたんな例が『紅楼夢』。これは貴族の坊っちゃん嬢ちゃんの恋の話だと、ぼくたち思いますがね、これは当時の青年男女の反封建の記録である、ということでアプリシエートされてるんです。そういうようにすべてのものが容認される形になったんですけれども、どうしてもいけなかったのが『金瓶梅《きんぺいばい》』くらいじゃなかったでしょうかね。そういうように文学はだいたい全体的に容認された。この反動はきっとおこるぞ、とぼくは思っていたんだ。そんな意味からいうと、ぼくは文化大革命は必然だったと思いますがね、ただしかし、思想は別なんですよ。桑原（武夫）君が中国へいったときに、むこうの哲学研究所の所長さんか副所長さんに会って話をしたら、孔子の思想については、いまのところまだ研究中である。だから軽率な結論は出さない。しかしなんにしても、かれがプラトンのように、あるいはカントのように、ただ一人、書斎のなかにこもって思索するのみという、そういう哲学者じゃなかった、もっと偉大な哲学者だったということだけは確かだ。そういう返答をえたそうですけれども、『論語』は積極的に学校の教科書などにははいってなかったんじゃないかと思いますがね。

石川　孔子という人はいつも動いてた人ですからね。ちっともじっとしてなかった。しかし、孔子はともかく、『紅楼夢』のような文学は容認された。これは結局、文学というものは無力なもんですね、政治的には。こんなものはほっといても何の役にも立たないということがよくわかってくれればいいんですよ。われわれ文学に関係のある人間は、政治が文学に対して完全に無視する態度をとること、それがいちばんいいですね。なんの役にも立たないんです。つまり俳優は川原乞食《こじき》(2)でいいんです。われわれ文筆の徒も——吉川先生は別だけど。

吉川　戯作者、稗官《はいかん》(3)者流ですか。

石川　稗官者流は、これは川原乞食でいいですよ。それが一番ありがたいですね。そういう待遇がね。ハシにも棒にもかかるもんじゃないですよ、文学なんていうものは。それを中国が見抜いて、いまの文化大革命直前までは問題にしなかったというのは賛成ですね。ぼくが政治家でもそうするな。

吉川　石川先生一流のイロニーだけどね、そのイロニーはわかりますよ。ぼくはだいぶ石川先生を勉強したからね。しかし私的なことをきいて失礼ですけど、初めて烏森(4)でお目にかかったとき、ご先考は儒官だとおっしゃいましたけれども。

石川　祖父は石川甲太郎(5)といいましてね、聖堂には顔を出していたようですが、儒官というほどのものじゃありません。

吉川　いや、聖堂の儒官でしょう……。

石川　甲太郎は通称で、ナントカ斎とかいう号があります。夏生ともいってたかな。ヘッポコですよ。（笑）それよりもいま孔子のお話が出ましたね。中国の現在のことはよく知りませんが、近ごろ毛さんという人の、ぼくの見方が変ってきましてね。これはぼくの勝手な説ですから、学者がおとりあげにならないのはご自由ですし、またあとでどう変るかわかりませんけどね。『論語』では、孔子という人は、周が理想国家みたいに言ってますね。われ東周をなんとかって、周を理想国家みたいに言ってる。ところが毛さんがやってることが、もしずっとあとになって成功したとすると、毛さんは孔子が志して行わなかったことをいまやってるんじゃないか……。つまり東周ということ。

吉川　「吾其為東周乎」、われはそれ東周をなさんか。

石川　そう。毛さんはその東周をなさんとしてるんじゃないか。

吉川　ぼくはそう思わんね。まあしかし、どうぞ。（笑）

石川　もっとあとにならないと、いま言うのはまだ早いんですがね、後世から振返ってみると、毛さんという人は秦《しん》の始皇でなくて周の武王、そういうふうに見えるんじゃないかと思うんです。これは毛さんが大成功をおさめたあとですよ。孔子は先王の道ということを言ってますね。
吉川　「先王之道斯為美」、先王の道もこれを美となす。
石川　後世から見ると、いま毛さんは先王の道をおこなってるんじゃないかという気がするんです。先王ということになると、毛さんは周の武王くらいになるんじゃないかと思うんですがね。
吉川　周の武王は、まあ、どうですかね。
石川　それは『論語』のことで、いまは『論語』はなくっていいわけだな。つまり『毛沢東語録』(6)というものがあれば。
吉川　まさしく現代の『論語』でしょう。
石川　語録というものは、昔はアナレクツ(7)というと『論語』のことだった。いまアナレクツというと毛さんの語録なんですね。毛さんの語録が今日の論語なんだから、孔子の『論語』はいらないといってもいい。しかも毛さんはことばだけじゃなくて実践してる。それが先王の道じゃないかというふうに、毛さん大成功のあとにいうことだけれど、そういえないこともないと思ってるんです。

吉川　それはだいぶ、毛沢東に同情的な意見ですね。(笑)

石川　いや、同情してるのかどうか、わかりませんよ。そういうふうにも見られるということです。

吉川　あるいは周の武王かも知れません。ただ根本的にちがうところはね、孔子は自分自身帝王でないということですよ。一生を市井に送った人物。毛さんは帝王になったわけで、そこがすでにちがってるし、孔子の『論語』は文化主義で、人間の節度には美的表現が大切だといったんですね。毛さんの場合には、どれだけ美というものが考えられてるか、ということですね。それは無論、二千五百年の時間のちがいがあるわけですよ。だから、今は美で人間の生活を規制していくというようなことは、結局、夢物語です。あなたのおっしゃる文学無用論、大いに賛成なんですね。賛成なんですがね、それじゃ政治はやっていけない。今はすべて行動、行動、行動というふうに変っているんでしょう。しかし、どうもあまり行動ばかりあって美がないように、少なくとも今までの常識でいう美はあまり感ぜられない。これはまた、さらに何年かたてば別ですよ。それを美と感ずるかも知れない。周の武王、これは戦争に強かった人、行動に強かった人です。その弟の周公が礼楽《れいがく》をつくったわけですね。だからいま文化大革命は破壊の過程だけれども、建設の過程でどういうものが出てきますかね。まだ現在は詩書礼楽はおこってないように思いますけれども。

石川　新しい礼楽をつくるということね。今ぼくは周の武王といった手前、新しい礼楽をつくろうとしてる、というような感じでもありますね。

吉川　うん。まだそれは動きだしていない。ただ、次にどういう礼楽ができるかということは、まさに興味があるところなんだけれども。

石川　しかし儒のほうのお説でも、乱世から太平に、というふうに三段ぐらいの循環がありますね。

吉川　『春秋公羊《くよう》伝』(8)の説でしょう。

石川　それだと、これからだんだん平和にむかうというようなことになるわけですがね。

吉川　人類の運命はそういうことの繰返しだというんですがね。ただ、毛さんは周の武王かも知れない。孔子とは距離があると思う。孔子は一生失意の人物でしょう。たいへん悲劇的な人物ですね。そういうところにばかり魅力をもつのも、世紀末的な病気かも知れない。

石川　しかし、ぼくはどうも毛さんという人は、つまり孔子さんとは個人差はあるけれども、孔子が志を得たような形のような気がするんですがね。これ、ちっとも褒めてるんじゃないけど。つまり中国というものの性質からいって、いまの毛さんのやってることは、マルクスもレーニンもいらないですよ。毛さんが孔子なんだということですよ。孔子の東周ですね。東周の志を行おうとしてるのだから、西洋の革命家の本はいらないんだな。一種の排外思想です。『毛沢東語録』一冊でいいんですよ。だから『毛沢東語録』を読めば、水泳もうまくなる、ピンポンもうまくなる、というような悪口があるけれども、あれは必ずしも悪口としてじゃなくて、毛さんが孔子なら、それでいいんだと思うんです。孔子が志を得た形ならそうなるんだと思うんです。聖人が世に現れると、麒麟《きりん》が出るとか、竜が出るとかいうんだけれども、昔の人は竜、麒麟を信じていたんだと思いますね。竜、麒麟を疑ったら聖人も疑うことになるんだから、疑わなかった。昔の人は信じていた。いま毛さんの手で現れた竜があるとすれば、水爆だと思うんです。水爆が竜……。

吉川　麒麟ね。

石川　竜だか、麒麟だか。

吉川　まあ、それはちょっと、急には賛同しがたい。(笑)

石川　ぼくも結論としては出していないです。今そういうふうに見られるというだけです。

吉川　いや。だから毛さんが『毛沢東語録』のなかに書いていることは、それで水泳がうまくなるか、ピンポンがうまくなるか、どうかは知らないけれども、あのとおりにやれば、それでお互いの社会生活なり、なんなり、幸福になるにちがいないですよ。

そこにほとんど懐疑はないように思うんですよ。『論語』には、「天何言哉、四時行焉、百物生焉、天何言哉」、天なにをかいわんや。四時《しじ》行わる、百物生ず。天なにをかいわんや。そうした人間を越えた自然の尊厳、偉大さ、そういった宗教的な感情もありはしますが、全体としては少ないように思う。人間は人間の力だけで大いに理想社会をつくりうる。それが中国の思想の中心だと思いますね、それがいいところでもあり、ぼくが不満なところでもあるんだけどね、じつは。だから中国の根底は、ぼくが書きつづけたように、無神論だというんですよ。その帰結としては、今の段階が当然予想されると思うけれども、さあ、それだけであっていいものかどうかね。その点、ぼくはたいへん懐疑的なんだけれども。

石川 毛さんは老荘とは完全に関係ありませんね。

吉川 たぶん、ないでしょうね。

石川 関係があるとすると、儒のほうだな。

吉川 それは無論そうです。儒というか、宋学のなかのいちばんリゴラス(9)なものなんです。思想はただ空な思想であってはならない、思想は実践しなければならない、というんですね。ぼくはその反対の儒学をやってるんで、宋学のことをよく知りませんがね。そうして毛さんの『実践論』で、まずいくつかのものがあれば、あるいは事がらがあれば、それから帰納して一つの理論ができる。それで、その理論をさらにその次のものに施していけば、理論は修正される。それをさらに次のものに施していけば、さらに高次のものになる。そういう考え方はまったく宋学の考え方ですよ。松村（一《かず》人《と》[10]）君の『弁証法の発展』という、十年くらい前に出た岩波新書ですがね、あれによると、マルクスがレーニンにいたってどう発展し、レーニンは毛沢東にいたってどう発展したかということを説いてます。しかしそれは毛さん個人の知恵でなくて、中国的な知恵によって発展したというほうがより真実だと思うな。

だからね、中国の本を読んでいて、ときどきなにかやりきれないようなものを感じるのは、そういう懐疑の乏しさみたいなものなんですね。『論語』以外は、ですよ。『論語』はときどきたいへん懐疑があるけれどもね。と同時に、西洋の本を読むと、また別の独断が多すぎるように思うんだけどね。神様さえ出てくればすべて解決されるような……。

石川　孔子っていう人は、しょっちゅうぐるぐる動いてた人だけれども、『論語』の精神は、人間は動けということでしょうね。しょっちゅう動いてるわけだな。ぼくは『論語』のなかのことばで、あんまり立派なことばでないけれども、碁だの将棋だのというものがあるじゃないか、これをなすは、なお已《や》むにまされり。あれはぼくは『論語』の精神、孔子という人がよく出てると思う。なんでもいいからやっていろ。なんにもしないでボンヤリしているな。碁でも将棋でもいいからやってろ。なんにもやらないよりはそのほうがいい、というわけですよ。あのことばは博弈《はくえき》といったかな。日本でいうとバクチだけれども、バクチでもいいですよ、ということなんでね。あれで孔子という人物がよく出てるような気がぼくはしますけどね。

吉川 「飽食終日、無所用心、難矣哉、不有博弈者乎、為之猶賢乎已」、飽くまでも食いて日を終え、心を用うるところなきは、難いかな。博弈なるものあらずや。これをなすは、なおやむにまされり。

石川 あれは陽貨篇《ようかへん》だな。

吉川 そう。

石川 つまり、なんでもやってろということで、いまの毛さんがそれじゃないかと思う。なんでもやってろ。ピンポンでもいい、ということなんですね。

吉川 おもしろい解釈ですな。

石川 拡大解釈です。(笑)

吉川 そこまでいくと、どうも……。

石川 あのことばはおもしろいと思いますね。ふつうの経儒先生のちょっと言えないことだな。

吉川 ぼくはたいへん好きですがね、(伊藤)仁斎の学問の出発点は、おそらくあのことばであるんじゃないかと思うけれども、人間は要するに生命だ。一刻として停止することはない。眠っていたって呼吸をしているのがその証拠だ、というんですね。『論語』のあの章が重要なささえになってるんじゃないかと思いますがね。だから禅みたいなのはいかんのですよ。禅みたいにじっとすわってるのはいかんのだ。

石川　儒者からいうとそうでしょう。後世は仏《ぶつ》もだいぶはいってるんじゃないですか。

吉川　宋学は居敬窮理《きょけいきゅうり》、つまり静坐《じょうざ》ということをやるんです。それは禅から来てるんです。それに対して中国では、わたしなんかは清《しん》朝の学問ですがね、これは強く反発するわけです。日本では十七世紀に伊藤仁斎という人が出て、それをまっこうから反撃するわけです。人間、じっとしていて賢いはずがない。動け、というんですね。(荻生《おぎゅう》)徂徠《そらい》もそうですし、それがさらに(本居《もとおり》)宣長《のりなが》になるわけです。ただ、そういう考え方は、禅とか、そういうものはいけない。じっとすわっているのはいけない、というんだ。ぼくはその方が好きだね。ぼくの考えは、だいたい清朝人の考えでね、その考え方は、日本の哲学者諸公にはたいへん不評判だな。

石川　つまり宋儒というのは余計な形而上《けいじじょう》学を入れちゃったから、どうしても仏教へいくんでね。仏教というと、中国では禅ですね。黙照。だまって考える。静坐というのは坐《ざ》禅《ぜん》の工夫のようなものでしょう。だから禅がはいってくるわけですよ。みんな禅づいて、詩人まで禅へいっちゃったから。

吉川　だからね、不評判なのはいいですよ。いいけどね、中国にはこういう考え方もあります。そのほうが中国では主流になったんだということを言っても、なかなか日本人に信じてもらえないのは、ぼくの悲劇のような感じがしますね。

しかし石川さん、ぼくはね、ほんとは日本の儒学というものを知らないんですよ。知識の上だけでなしに、江戸時代の日本儒学の雰囲気というものをあんまり知らないんです。それはやっぱり、そうとうリゴラスなものだったんでしょうね?

石川 専門家がそういうことをおっしゃられては困りますね。(笑)

吉川 いや、石川さんはお家柄からいっても、多少はそれにつらなってる。たくさんつらなってるなんて、そんな失礼なことは言いませんけれども。それと江戸の人で、戦争ちゅう江戸へ、東京でなく江戸へ留学なさったというんだから。(笑)石川さんの好んで扱っていらっしゃるのはリゴラスなほうでないと思いますがね。

石川 しかしリゴリズムというのは、根底には一般にあるものですね。戯作者といえどもリゴリズムですね。江戸の稗官者流はそうですよ。任誕簡傲《にんたんかんごう》の徒(11)は存外すくない。官製朱子学の害毒じゃないですか。

吉川 たとえば(井原)西鶴《さいかく》にもありますか。

石川 やっぱりあるんじゃないかと思います。

吉川 (曲亭)馬琴《ばきん》には無論ありますけれども。

石川 ところが、馬琴というのはいちばん嫌いです。

吉川　あなたはあんまりお好きでないでしょう。僕も好きません。
石川　非常に嫌いです。あれはいやだな。
吉川　山東京伝というのはどうですか。
石川　あれはいいですね。京伝と馬琴では一緒にならない。京伝は非常に素質のいい人だと思う。馬琴はダメですよ。
吉川　柳亭種彦《りゅうていたねひこ》は？
石川　それは馬琴にくらべればいいですけどね。江戸の作者では京伝は非常にいいですね。
吉川　ああ、そうですか。京伝のなにを読めばいいですか。
石川　あの人のやってることは洒落本《しゃれぼん》ですからね、どれを読んでも同じようなもんだけれども、ただ随筆もいろいろ書いてますよ。随筆のほうがいい、といったらこれはおかしな話だけれども。京伝はやっぱり洒落本の作者として認めなければいけないんで、つまり洒落本というジャンルを固めたのは、やっぱり京伝でしょうね。
吉川　そうですか。それじゃ勉強を始めましょう。
石川　見ると、なんでもないですよ。洒落本というのは型がきまっておりましてね、若旦那みたいのが出てきて、それに半可通《はんかつう》が出てきて、場所は遊里ときまってますから、だれが書いても同じなんですがね。型どおりやってりゃ、それになるんだけれども、京伝には何か発明がありますね。後世の短編小説というものになっているんですね。小説ということだと、中国では小人《しょうじん》の説だから問題にしない。小人の説にちがいありませんね。君子、大人《たいじん》だったら小説は書きませんから。

吉川　それはまあ、書きませんね。

石川　小人が書くにきまってるんだけれども、その小人が書いたものがだんだん発展してきて、西洋流の近代小説となる。ところが中国のあの流儀では、どうも近代小説ということにはいかないように思うんですがね。

吉川　それはね、ぼくもそう思いますがね。

石川　しろったって、そうならないかも知れない。老舎(12)とか趙樹理《ちょうじゅり》(13)とか、ぼくは白話(14)の原文を読めないんで、翻訳で読んでいますがね、ちょっと西洋流の近代小説とはどうもちがうんだな。その意味の近代小説ということでは日本のほうが進んでますよ。

吉川　その西洋風であるかどうかは別として、読んでほんとうに感動を受けることは、ぼくもあまりないんですがね。だからぼくは、小説は西洋のものをお読みなさいと学生には勧めます。中国には非虚構の散文のいいものがあります。小説は西洋、あるいはそこから出る日本のもの、というんですがね。だから『中国古典選』だって小説は入れてやしない。中国の文明としては、古典小説というものはないといっているんですがね。

中野好夫君(15)なんかも、巴金《はきん》とか茅盾《ぼうじゅん》が非常に長いものを書く、そうしてつねにそれが社会小説であるという点は、日本の作家にむしろ欠けているところでないか。ヘタはヘタである。しかしこのエネルギー――といってしまっては、芸術のことだからおかしいし、不適当かも知れないけれども、かんたんにエネルギーといっておきましょう――それは日本の作家にはないものだ、というような説をいっていた。それはある程度、事実だと思いますよ。ああいう中国の現代小説を読むと、こんな長い小説は日本にはないですね。『大菩薩峠』とか『新・平家物語』とか、そんなのを持出したら別ですよ。ところで中国の現代文学って、僕にはあまり面白くないな。

石川　学ぶべきものがなんにもない。政治がなんとか、社会がなんとかいってるけれども、それをいえばどうにかなるというものじゃない。政治でも社会でも、入れようと思えばたくさんはいるものですよ。よくまあ、あれだけお入れになったということは認めるけれども、それがお手本にならないんだな。基本においてぜんぜん概念がちがうものなんです。

中国のそういう稗史《はいし》小説(16)の類でいうと、ぼくがいちばん好きなのは『水滸伝《すいこでん》』(17)ですね。あれは傑作だと思う。老舎なんかははるかに末輩だ。講釈師の張扇みたいなところはあっても、『水滸伝』には感心してるな。よく書いてある。ただの張扇じゃない。

吉川　ぼくは、いいのは『金瓶梅』だと思う。

石川　やっぱり『水滸伝』はいいものですよ。宋江《そうこう》という無能のボンクラを頭目の位置に祭り上げてしまったのはおもしろい趣向ですね。おかげで、あとの百七人がどんなに勝手にあばれても、しめくくりには無能が控えているから、行うところ矩《のり》を踰《こ》えず(18)ということになりますよ。

吉川　要するに、中国でいいのは叙情詩と随想的なもので、それを読んで憑《つ》かれたときはほんとにおもしろいものだと思う。しかし西洋のフィクティシャスな文学は、ギリシャの昔から、えらいもんだと思うな。しかし、そういうことは中国の恥にならないというんだ。『史記』とプルタークの『英雄伝』(19)をくらべたら、これは断然自信をもって言える。それは『史記』の列伝のほうが、文学としてずっとすぐれてる。

石川　『史記』は好きですね。こんど貝塚（茂樹）さんに会ったら話そうと思ってるんだけれども、なんていうかな、司馬遷という人ね、あれは含蓄のある人だな。

吉川　あれは小説家よりだいぶ偉いと思うな。

石川　小説家よりって、比較はちょっとおかしくなるけど、司馬遷という人は何世紀も早く生れすぎた近代人のようですね。

吉川　しかしね、あれはほんとうに全部を事実と思って書いてるかどうか。ぼくはこのごろ少し疑問に思う。

石川　それはわからん。それだから司馬遷というのはなかなかなやつだと思うんですよ。
吉川　堯《ぎょう》、舜《しゅん》が実在したかしなかったか、というようなことを、今世紀の学者は一所懸命、論じてる。しかしぼくは司馬遷ほどの人は、これは完全な事実ではない、しかし事実としての価値はあると思って書いた。そう思うんです。
石川　それはちょっと『古事記』の解釈に結びつきますね。『古事記』を全部事実として信ずるか。あれは伝承であってただ口で語ったことだ。もっと言えば、推古朝のときに自分の先祖に都合のいいように仕立てたという解釈がありますね。それはそうにちがいないと思うんだけれども、それでもそれを信じていた。これは竜と麒麟を信じるということですよ。当時の人は信じていたんじゃないかと思うんです。信じていたら、それはほとんど事実に匹敵するし、事実に等しいし、あるいは事実よりも強い力をもつんじゃないかと思う。堯舜加上説[20]は昔から言ってますね。信ずるということは大したもんだな。たとえば民主主義というでしょう。だれが信じてますか。信じていないのに民主主義をいうのはおかしいと思うんですがね。
吉川　そこでね、中国のものですぐれたものは、事実ばかりを書いているように見えて、しかし可能性の信頼ということがあるんですよ。
石川　そう。可能性を書いていますね。それに堯舜の例でいえば理想ですね。かくあるべき理想の世界像。そこが『古事記』とちがいますね。

吉川　アリストテレス風に初めから可能性の信頼から出発するんじゃないんだ。事実性の信頼から出発して書いてるんだ。そこに可能性がある。その点が中国文学はいいんですがね、それだけに限界もある。

石川　中国で西洋風の近代小説が伸びなかったのはね、老荘思想があるせいじゃないかと思うんですよ。老荘思想では、なんにもしなくていいでしょう。有用よりも無用のほうがいい、賢よりも愚のほうがいいわけです。はたらくよりもぼんやりのほうがいいっていうことですね。なにも小説なんかモタモタ書くことはない、ということになるんじゃないですか。老荘思想からいうと、小人はもともと樗櫟散木《ちょれきさんぼく》（なんの役にも立たない木）だから、なにもやることはない。吉川さんは儒の立場としてご賛成にならないかも知れないけど、老荘というのは士大夫《したいふ》の説、大人の説だって、どうでもいいじゃないかということなんですね。まして小人の説ごときなんということもないということですね。その調子でいったら、老荘があると小説を書く余地ないですよ。そんなこと論外だっていうでしょうね。ただし、これは誤解を招きそうだが、商売っていうことがありますね。それなら小人は商売として小説を書いたらいいじゃないか。これが一つの立場ですね。老荘は賢よりも愚のほうがいいという。そういうことがあるだろう。それは一応わかった。わかったけれども、それなら後世の小人は食うためにやったらいいじゃないか。ハッキリ商売として小人の説を書く。小説を書いていいじゃないか。いいじゃないかというのは居直ったような言い方だけど、そういう考え方がありうるかと思う。すでに商売ならば、売るほかありませんね。

吉川　ぼくはね、昔の中国で小説を書いても、まずあんまり儲《もう》からなかったんだろうと思うんですよ。

石川　一般に小説書きは儲かってないですよ。日本でもご同様。ちかごろのゲイジュツ家諸君はどうだか知りませんが。

吉川　江戸ではどうですか。

石川　儲かってない。江戸の軟文学は多少とも生活にゆとりのあるものが書きましたね。商人とか、下っぱの武家とか。士大夫までいかないけれども。

吉川　御家人ぐらいですか。

石川　禄《ろく》をもらってる武家ね。士大夫でなくても、禄をもらってる人だから、いくぶんでも定収入があるでしょう。そういう人が洒落に書いてたんですね。蜀山《しょくさん》(21)にしても何人扶持という御徒士《かち》です。

吉川　アルバイトですね。京伝は御家人ですか。

石川　あれは京橋の商人、家の業があります。だから生活に困らない。

吉川　種彦は？

石川　あれは小普請《こぶしん》でしょう。(22)京伝は今のことばでいえばプチ・ブルですよ。一生のうち店にいるのが半分、吉原にいるのが半分だったんです。小人ですよ。孔夫子(23)からみると問題にならない。それでもよく勉強してた人ですね。吉原へいっても本を読んでた。

吉川　好学の人ですね。

石川　かなり一所懸命に読んでたらしい。それは随筆にも出てます。

吉川　(式亭)三馬《さんば》とか(十返舎)一九《いっく》は、どういう階級ですか。

石川　あれは町人でしょう。

吉川　中国では、今でも多少そうじゃないかと思うけれども、小説を書くよりも人の墓誌銘を書くほうがカネになるんですよ。伝記を書くほうがね。

石川　墓誌銘は江戸の儒者も書いたけれども、あれがカネになったかどうか。カネになったとすると、ちょっと複雑な話になってきますね。

吉川　日本ではおそらくカネにならないでしょうね。お義理で書くわけでしょう。

石川　友情から、ね。

吉川　だからカネでなく、今ならジョニ黒(24)を二本くらい、お礼としてもらうというようなことでしょう。中国ではいちばん収入のあった人は、名文家で墓誌銘を書く人です。

石川　それはおもしろいな。墓誌銘がカネになったのはいつごろからですか。

吉川　唐ではたしかにそうです。友人知己のためには友情で書いたでしょう。そうでない人のために書くのはおカネです。ですから弟子が先生のカネをかっさらって、このカネは墓の中の人間のために書いたお礼だ、それを手伝ったおれがとって酒を飲んでやる、と言ったという話があるんです。

石川　日本の墓誌銘は、おそらく商売ではなかったでしょう。というのは江戸の儒者で墓誌銘を書いてるのは、友達か、後輩か、生前に関係があった人ですからね。

吉川　中国でも表面の原則はそうなんですがね、定価表を、墓誌銘は一千字についていくら、というようにきめてた人もあるんです。恐ろしく高いんだ。ところが、じつは割引きがあるというんだな。(笑)

石川　おもしろい話だな。江戸ではおそらくカネをとることを目的にしなかった。友人先輩のために墓誌銘を書いてカネをとるか、という意気ごみでね、いかに量見がせまいか。すくなくとも観念的には、金銭のような卑しい話はしない。それだけ小さいんですね。規模がちがうですね。

吉川　ただ江戸の漢詩人なんか、弟子が詩をつくったのを添削して評を書くのに、お礼がいくらならこの評、いくらならこの評といったという話があるんだ。

石川　甲乙丙丁とあって、これなら乙だ、これだけくれれば甲をやる、というようなわけですね。

吉川　そういうことを聞いたことがあります。しかし規模はちいさい。

石川　しかし度胸がありますよ。士大夫でなくても、士大夫のまねをしてる人たちで、金銭は卑しいといってるなかで、そういうことをするのはそうとうの度胸だ。

吉川　広瀬淡窓《たんそう》(25)が弟の広瀬旭荘《きよくそう》の子の林外を養子にしたんですね。その広瀬林外が慶応三年に江戸へ来て、江戸に来たからには、文壇の諸公を全部歴訪しようということで、大沼枕山《ちんざん》のところへいったら、初め枕山が、なに、この田舎の書生っぽといって相手にしない。じつは私は淡窓の息子だと言ったところが、枕山の態度がたちまち改まって、平身低頭して私を迎えた、ということを書いてるんです。それから安井息軒《そつけん》のところへいったら、息軒は碁ばかり打っていて相手にしてくれなかった……。

石川　息軒は同じ九州の人だから知ってたんでしょう。手のうちがわかっていたんじゃないですか。

吉川　なるほどね。江戸末期の儒者っていうのは、いろいろ面白いものがあるらしいんだけれども、鷗外さんが『渋江抽斎』とか、そういうことについて考証して以来、すこし閑却されすぎてるんじゃないですかね。石川さんは大いに努力していらっしゃるけれども。どうですか、松崎慊堂《こうどう》(26)というのはよほど偉い人でしょうな。

石川　とても偉い人だとぼくは思ってますよ。

吉川　どういうことになるのか知りませんけれども、わたしどもの学問は、慊堂から出るらしいんだ。
石川　慊堂先生は、人物としても立派な人で、安っぽく扱えない人だ。
吉川　あなたの『渡辺崋山』のなかで、あそこへいたって粛然として襟を正したな。ところが、慊堂はフィロローグだ、（佐藤）一斎《いっさい》はフィロゾーフだということで、慊堂のほうが低く見られていたんですね。
石川　わたくしはそのことを書きたいんだ。一斎という人はみじめに固定した形而上学。そのちがいだな。狩谷棭斎《えきさい》という人があるでしょう？　あの人は黙々としてやってたけど、なかなかの人ですよ。
吉川　ぼくは慊堂という人はよほど偉い人だと思う。
石川　明治以後の活字本では『松崎慊堂全集』というのがたった一部、戦前に出てました。もうないんじゃないかな。ほかには芸林叢書の『慊堂日歴』。ぼくの好きな人なんだ。
吉川　しかもフィロローグですよ。
石川　フィロローグのほうが偉いと思うんです。前漢のときに孔子の学が国学ということになって以来、学問の自由は訓詁《くんこ》のなかにあったというのが、ぼくの見方なんです。

吉川　それはありがとうございました。
石川　宋学は余計なものを入れたから、その末輩の林家ができたし、そのまた末輩の一斎ができたけれども、一斎のなんとかいう本は一顧の価値もない。それは慊堂先生と一緒にはなりませんよ。
吉川　『言志録』[27]というのをぼくは読んだことがないんだけれども。
石川　そんなもの、読む必要がないですよ、一斎のものなんか。『近思録』[28]のもじりでしょう。
吉川　しかし日本のものと中国のものとはずいぶんちがいますね。君、君たらずとも、臣、臣たらざるべからず、父、父たらずとも、子、子たらざるべからず……。
石川　それは何にありますか。
吉川　『古文孝経孔氏伝』というものです。漢の孔安国の伝ということになってるけれども、実際はあれは隋《ずい》のものです。
石川　そうですか。ずっと後世のものでしょうね。
吉川　それをやっと見つけだしました。
石川　春秋には、そんなバカなことをいうやつはいませんでしたね。隋まで下りますか。
吉川　ええ、下ります。日本では羅山《らざん》以来そうでしょう。

石川　あれがいちばんいけないんだな。朱子学の複製をもってきたことがいけないんだ。形而上の解釈なら、古文辞からはずれて、どんなことでもいえる。くだらないことでもいえる、という意味ですよ。

吉川　そこまではどうもね。ぼくはそういうことは、わかりきってるだろうと思ったんだけどね。

石川　必ずしもわかりきってない。

吉川　どうもそうのようですね。

石川　だから、徂徠先生がどれほど苦心したかということだ。徂徠という人は活眼の人だと思うな。

吉川　仁斎がまず最初に、そういうことではないといって、徂徠がそれをいって……。

石川　徂徠が仁斎の悪口をいってるのは、悪口をいうに足りると思うからいってるんですね、新発明を引出すための段階のようです。

吉川　どうもね、ぼくも人を説得するためには、もう少し日本儒学を知らないといけないと思う。

石川　無学なやつをおどかすには、ですよ。（笑）

吉川　ぼくは中国の儒学しか知らないから、君、君たらずとも、臣、臣たらざるべからず。そういうことばは出てこないんだ。それを言っても人に信用してもらえない。

日本儒学ももうちょっとよく知っておくべきだったと思うけれども、もう年をとったし、めんどくさい。今からやるのもあんまり気乗りがしないんだ。しかし、なるほど徂徠の苦心なり、仁斎の苦心は大へんなものだ。

石川　あれはほとんどルネッサンスみたいな、大へんなものですよ。徂徠という人はどれほど洞察力があったか。おそるべき学者だ。

吉川　徂徠によれば、思想というものは根本的につまらないものだという。思想という形で個人をとらえることはできない。いいのは言語だ。言語には感情がこもってる。感情のこもった思考としてとらえるのは言語だ。思想というものでとらえたら大へんな誤解におちいる。

石川　でも、徂徠のいってることはむつかしいな。「辨道《べんどう》」「辨名《べんめい》」(29)、ぼくはようやっと読みましたがね、むつかしいですね。いろいろに読んだけれどもつかみにくい。吉川先生のご意見は。

吉川　いや、わたしは、そもそもそこがわかりません。徂徠は思想はつまらないといいながら、かれも思想家なんだな。ほんとうの中国人なら辨道とか辨名とか……。

石川　いわない。

吉川　道とはなんぞや、言語とはなんぞや。そんな野暮なものは書きませんよ。

石川　しかし徂徠のあのときは、書かなければいけなかったでしょう。ぼくはハッキり読んだとはいえませんよ。漢文だから、わからないところがずいぶんありますけどね、「辨道」「辨名」はおもしろいと思うな。かなまじりもいくらも書いてる。「政談」もかなまじりで、これならばぼくにもすらすら読める。『蘐園随筆《けんえんずいひつ》』もむつかしいですね。しきりに、仁斎の悪口をいってるけれども。

吉川　しかし徂徠の一番のものは『論語徴』(30)だと思う。

石川　そう。あれはいいですよ。

吉川　すぐれた解釈が自分の使命だといってる。

石川　晩年の著述だけど、『論語徴』はいいですね。仁は安民の徳なり。安民のためのものだと言いきってますね。

吉川　しかし、これはぼくのレパートリーにないけれども、こんなに日本の江戸時代のそういうエリートのことがほったらかされていていいのかどうか、ということだな。ぼくは自分はやらないけれど、ちょっと義憤みたいなものを感じるね。

石川　徂徠先生、仁斎先生がいるのに、なにをやってるという気がしますね。

吉川　いまさらE・H・ノーマン(31)の尻馬に乗って安藤昌益《しょうえき》を出す前に、もっとオーソドックスなことを……。

石川　ええ。安藤昌益はオーソドックスからはずれますよ。あれはむしろ老荘系の発想でしょうね。

吉川　山片蟠桃《やまがたばんとう》も結構だけれども。

石川　別派の人だ。士大夫の格としては徂徠だろうな。蟠桃さんも偉い人でしょう、経済思想のほうでは。けど、徂徠とは一緒にはすべからざるものだな。徂徠先生というのはぼくは好きだな。

吉川　しかし極端な人物ではありますね。

石川　おもしろい。徂徠さんに従うと、仁なんていう思想はなんでもないんだな。孔子の学は治国平天下であるから、天下を治める最高原理として仁をいってる。後世から見ると、最高もヘッタクレもない。なにかそういう原理がないと都合が悪いから、仁というものをこさえた。徂徠さんはそうまでは言ってないが、ぼくから見るとそういうことだな。そこまでいったのは徂徠だけでしょう。仁人とは政治をやる人間のことだと見抜いている。江戸にそんなことをいってる学者は一人もいないですよ。朱子学では、仁は倫理につけてもききめのある膏薬《こうやく》のように扱っているのだから、だらしがない。徂徠さんという人は、形而上学というものをぜんぜん信じなかった。ことばだけは信じたけど、形而上学のウソを見やぶっていた。あっぱれだな。

吉川　ああいう人、中国にいませんね。あんなに思い切ったことを言う人。

石川　徂徠さんがほんとうに偉い人だなと思ったのは、なんにも信じてないということだ。

吉川　仁斎だってそう思いますね。

石川　ええ。形而上学はなんにも信じてない。

吉川　仁斎はこう言ってるんだ。天下に読むべからざる書はない。稗史、小説といえどもみな理あり。といって、仁斎はそんなに中国の小説を読んでないですよ。西鶴の浮世草子、近松《ちかまつ》（門左衛門）の浄瑠璃《じょうるり》を考えてるんですね。それと同じような言葉を中国でも発見しようと思うと、だいぶ困難になる。王陽明なんか、そう言いそうですがね、そこまでは言ってない。日本人は極端なんだな。仁斎はハッキリそう言ってる。

石川　仁斎先生というのは達識の人なんだな。

吉川　だからぼくは大いに稗史、小説を読んでるんですよ。（笑）

石川　稗史、小説といえども理あり。リは利じゃないですね。ぼくはちっとも儲かってないですから、理でも利でもどうだっていいんだ。（笑）ところが、近ごろは風説によると儲かってるんだってね。（笑）

吉川　いまは歴史のほうが儲かる。

石川　『論語』に、原文を忘れたけど、四十、五十になって、名前を知られなければいけない。位《くらい》をとらなければいけない、といってますね。[32]あれは孔子の思想がよく出てる。老荘はちがうんだな。有名出世はいけない、といってね。孔子がああいうことをいうと、どうしても老荘が出ますね。

吉川　それは一方に孔子のような言い方があるから、安心してああいうことが言えるんです。

石川　それはそうです。対比して出るんです。

吉川　その点、日本はちがうと思うな。西洋だってそうだと思う。キリスト教というものが根本にあるから、非常に固い地盤があるから、その上で自由に踊りまわるようなものじゃないかと思いますね。サルトル、カミュにしたってそうでしょう。

石川　『論語』のなかの長沮《ちょうそ》、桀溺《けつでき》(33)あれはおもしろいな。夫子憮然《ぶぜん》として曰《い》わく、だ。あれは弟子が入れたことか、孔子がやったことか、知らないけれども。

吉川　弟子のなかにそれくらいの知恵者はいたでしょう。昔の人間だってそんなにばかじゃないんでね。

石川　そうですね。

吉川　今の人間だってそんなに賢いとも思わない。

石川　同じですよ。あの憮然というのはとてもおかしい。なにが憮然なのか。思い入れたっぷりですね。そういう孔子像をこさえたことはおもしろい。

吉川　ぼくはそのこしらえたという説にあんまり賛成しない。

石川　しないですか。(笑)

吉川「夫子憮然曰、鳥獣不可与同羣、吾非斯人之徒与而誰与、天下有道、丘不与易

也」、夫子憮然として曰わく、鳥獣はともに羣《ぐん》を同じくすべからず。われこの人の徒とともにするにあらずして、たれとともにせん。天下道あらば、丘、もって易《か》えざるなり。わたしの理想が行えないことは、といってるんだから。

石川　天下有道。道の行われざるは、すでにこれを知れり、というのは、あれはちょっと生意気じゃないかと思うんですがね。

吉川　だんだん、孔子が石川さんに叱られる。（笑）

石川　あれは門弟衆が書いたんじゃないかな。孔子が自分で言ったとしたら、ちょっと傲慢じゃないかと思うけれども、長沮、桀溺の言ったことを孔子がいちおう認めてますね。そこで憮然として曰わく。孔子っていう人はイカス人だなと思わせる。なかなかの役者ですよ。あれは微子《びし》篇のおしまいでしょう。

楚狂接輿《そきょうしょうよ》、それに荷蓧丈人《かじょうじょうじん》、杖《つえ》をついてるやつに遇《あ》いますね(34)。そいつら相手に何か言って、孔子がいちいち考えてる。ぼくはあそこで何を考えるかと思ったな。孔子ほどの人が、ここへきて何を考えるか。なにも憮然とすることはないじゃないか、という気がしましたね。老荘みたいなやつが出てきて、それに対して孔子がいちいちうなずいてるんだな。否定しない。あいつもいいやつだ、というようなことを言ってるんだけれども、それは少しいい気持になりすぎやしないか、と言いたくなるんだな。

吉川　石川さんにはかなわないな。

石川　あれ、なかなかいいとこだ。孔子にとっては両端をたたくための材料にされてますね。
吉川　とにかく『論語』以外の中国の古い書物は、『論語』ほどおもしろくないです。『論語』はいちばんおもしろい。
石川　ここと、さっき言った、これをなすはなおやむにまされり。いいことばですね。ぼくは小人の説、ヘッポコ小説を書いてる。これをなすはやむにまされり。立派なもんだ。(笑)
吉川　ほんとうにそう思って小説を書いていてらっしゃるわけでもないでしょう。
石川　いや、そうなんですよ。それにしても江戸の儒者っていうものは偉いですね。みんなおぼえてた。サーッと出るんだな。詩をつくるときに、いろいろ考えて、この韻をふまなきゃいけないというようなことじゃない。サッと出る。(夏目)漱石先生まではそれがつづいてたな。ときにまちがえる。まちがえたっていいじゃないか。あとで正せばいい。
吉川　いや、漱石さんはまちがいないですよ。
石川　夏目さんの漢詩はいいです。あれは大したもんですね。あの人はあれだけいろんなことをやってたから、法則をいちいち考えているひまがないでしょうね。あれ、勘ですよ。パッといくんだな。

吉川　中国文学の教授として、いま夏目さんほどの人はいませんな。英文学であれだけの人がいないこと、これはもとよりのことです。

石川　夏目さんが偉いのはそれですよ。あの人の書いた小説なんか、どうでもいいけれども、あの漢詩には感心したな。小説なんてもの、たかが小人の説ですよ。とるに足らずだ。漱石先生ほどの人でも小人の説を書いておいでになった。それが忙中また病中に作った漢詩のほうはなかなかのもんだ。かなりの人だと思ったですね。

吉川　先生は立派な人ですね。もしも先生が学者として終始されたら、大したことになっただろうと思いますね。東京大学をおん出てなければ、日本の外国文学研究は大して進んでると思うな。結果としては、日本の小説は夏目さんによって進歩したんだから、これは慶賀すべきだけれども。

石川　後世が考えてる以上に、漱石は大力量の人だな。

吉川　あれ以後、日本での英文学史の研究は進んでるとしても、その理解は進んでるかどうかなんだ。

石川　享受したものがどれほど身にしみたかということになると、古人は油断がなりませんね。

吉川　それと対比して鷗外さんという人、石川さんはどうですか。ぼくはそれほど頂戴できない。

石川　そうでしょうね。しかしぼくは鷗外びいきです。

吉川　明治の偉人として西洋のことをやられたし、もう一つは負惜しみと義務感から、中国に対してもこれだけの理解を示しうるということで、一所懸命やってらっしゃるけれども。

石川　いくらか鷗外先生を弁護していうと、あれだけ忙しい人だから中国のことまでやっていられない、ということはあるんだな。あの人はだいたい漢学出身でしょう。でも、うまくない詩を書いて、中国はそのくらいで片づけて先へいこうという気持があったな。

吉川　もっと弁護論をするとね、あれは偉い人だから、偉い人は往々にして偏向した才能を示すんでね。西欧的なものを受容《うけい》れる、それには恐ろしく敏感なんです。逆のものを受容れるアンテナは、先生ご自身は自負していらしったけれども、しかし実効はなかった。

石川　そうだろうと、あの漢詩を見て思いますね。思うけれども、やっぱり偉い人だな。

吉川　ぼくは偉くないといってるんじゃない。偉い人だからそう思うんです。

石川　漢学は子どものときの学問ですよ。それから一転して西欧の学へいこうという切迫した事情はあったでしょう。中国のほうをやっていられない。そういう気持が先覚者としての鷗外さんにあった。ただ鷗外先生の漢学は先生の和文のスタイルに妙趣を出していますね。

吉川　いや、ぼくのいうのはね、中国文学というものを、たいへん理解しやすい性格の人と、理解しがたい頭脳とがあることは事実です。これは通人の学でね、だれでもわかるようなものではない。

石川　これ、漢学のほうからいうと、朱子学の弊ですよ。朱子学で割切ってきたから反発しちゃった。小人にいたるまで、こんなもの、だれがやるかっていう気持をおこさせた。わたくしは小人代表として申上げておきます。

吉川　どういたしまして。

石川　朱子学なんていうものは、ガチッと出されると、小人は反発するの当り前ですよ。

吉川　ぼくのような小人でも反発しますね。

石川　わたくしは小人専門ですから。――詩の話をしましょう。

吉川　それがいい。杜甫の話をしてください。

石川　あれは儒だと思った。ぼくはよく読んでませんけど、ちょろちょろ読んでて、杜甫という人は儒だと思う。老荘へいかないね。杜甫が大詩人ということは、それはわかりますよ。わたくしも一言の異論がない。でも儒の詩人だなあ。

吉川　ということは、ほめてるのか、貶《けな》してるのか。
石川　貶してる。アンチテーゼとしての老荘は一片もはいってない人だ。
吉川　仏教ははいってますよ。
石川　一片のアクセサリーですよ。杜甫も気がきかない。慷慨《こうがい》ばっかりしてやがって……。
吉川　石川さんみたいだ。（笑）
石川　じつは吉川さんの前で言いたくないけれども、杜甫はもう一息というところで完全に気に入るに至りません。しかし大詩人ということには賛成。つまりあれが大詩人であってもなくても、ぼくは知っちゃいない。じつに、儒以外のものはなにもはいってない人だな。どうして、あれ、はいらなかったのか。
吉川　老荘ははいってない。はいってるとすれば、むしろ仏教だろうね。
石川　いや、仏教も大してはいってない。儒だな。それがぼくには窮屈に見えます。
吉川　人間の限界を感ずるようなことを言ってるのは、老荘よりも禅だろうと思う。
石川　禅かな。ちょっと疑問なんだな。あれだけ慷慨してる。嘆いてる。屈原《くつげん》の流です。あれはどうしても儒ですよ。
吉川　それはね、ぼくに言わせれば、石川淳氏は儒ですよ。老荘ははいってない。
石川　ぼくは儒は破門です。儒の道に至らず、ですよ。杜甫っていう人は儒で一本の人だ。

吉川　いちばんいい儒だろうと思いますね。ところで字句の解釈ですが、中国では字引の学問はあんまり発展しないで、書斎に字引をおくことを恥としていたんです。ところが、注釈の書物は非常に発展したんですね。一字一字、書かれた言語をパラフレーズしていく。それはすばらしく発展したんです。「逝者如斯夫、不舎昼夜」、逝く者はかくの如《ごと》き夫《か》、昼夜を舎《す》てず。これも正反対の解釈がありますですね。根底から正反対のね。過ぎ去っていくものはこの水のごとくである、という詠嘆と、進歩するものは、この水のごとく不断に進歩するという、両様の解釈ですね。逝くというのは、過ぎ去っていくという意味にも、あるいは進んでいくという意味にもとれる。徂徠はね、進歩するという意味には絶対にとれない、どうしても過ぎ去ったという悲観のことばでなければならん、というんだ。ぼくも徂徠の解釈は好きですがね。萩原朔太郎も無論そうとってるんでしょうし、近ごろでは井上靖君の小説はそれをもってきたでしょう。

石川　あの逝という字の本来の意味は、どっちです？

吉川　それが本来の意味というのがそもそもむつかしいんで、徂徠は悲観の意味だというんですけれども、『論語』のような含蓄の深いことばは、もとの意味はこうであるにちがいないというふうにきめてしまうのは、ぼくには面白くないんですがね。この水をごらん、水はこのように流れている、流れていくのはこの世なんだ、それは物が時間の上に一刻一刻と崩壊していく、失われていく、と同時に一刻一刻なにかを生んでいく、その両方に分類すればしうるものを、ただ逝く者は斯《か》くの如しという、包括的なことばを投げつけたにすぎない、というのがぼくの結論なんです。逝の字をどう解釈するか、それにはいろいろの考えが可能ですが……。

石川　時間的に解釈すれば、それはもうなんでもないですね。時間的に動くものは、と解釈すれば、論争の余地はなくなってくる。

吉川　そこへいくまで、たいへんな論争だけれどもね。しかし徂徠がいたら、徂徠はやはり自説を主張するでしょう。

石川　後世の解釈となると、時間的に……。

吉川　しかし、それを決定する決め手はぼくはないと思いますね。ぼくが宣長が好きなのは、そこなんです。いにしえのことはそんなにすみずみまでわからない、ということが宣長の哲学の一つですね。（賀茂）真《ま》淵《ぶち》(35)が祝詞の製作年代を非常にこまかく追究しようとしたときに、そんなことはどうでもいいじゃないか、と宣長はそう言ってますね。

石川　徳を好むこと色を好むがごとく、という色ですね、あれは、吉川さん、いかがですか。

吉川　色は、ぼくは女だと思います。石川さんは？

石川　ぼくも女だと思うけれども、ただ女といっても、女はつまらないもので、排斥すべきもの……ということでなくて、女を非常にかってることばだと思うんです。

吉川　それは、ぼく同感ですよ。

石川　女というのはいい酒のようなもので、酔うのは当り前だが、女に酔うほどには徳に酔わない、ということだと思いますね。

吉川　その解釈は同感でございますね。女というものはたいへん悪魔的な力をもつもの、そういう認識があって、「吾未見好徳如好色者也」、吾《わ》れいまだ徳を好むこと、色を好むが如くする者を見ざるなり。道徳というものを、自分の感情をもこめて愛するものはいない。そういうことも含めていってると思いますね。一説には、「子見南子、子路不説」、子、南子《なんし》を見る。子路《しろ》説《よろこ》ばず。あのときのことばだというんです。「夫子矢之曰、予所否者、天厭之、天厭之」、夫子これに矢《ちこ》うて曰わく、予《わ》れの否《しか》らざる所の者は、天これを厭《す》てん、天これを厭てん。そうして、吾れいまだ徳を好むこと、色を好むが如くする者を見ざるなり、とつづくというんですね。南子というのは美しい婦人だったろうと思うな。

石川　「宰予昼寝」というのはどうですか。

石川　この間、貝塚さんに会って話したことですが、あれは昔から有名な句だけど、昼寝《いね》ぬ(36)ということが、女と寝たのでもいい、いかなることでも構わないが、孔子の叱り方はあんまりひどすぎやしないか。もっとも、あれをひどすぎると感じるのは、後世がそういうように感じるのであって、逝の字義のようなものだけども、後世から考えるとひどく叱ったように思いますね。どうしてあんなに……。

吉川　徂徠は、それは女と寝ていたというんですよ。

石川　そうでしょうね。そう解釈したところで、ぼくとしては同じこっちゃないかと思うんです。修業中に居眠りしたほうが、女と寝たより悪いかもしれない。あれが坊主だったら、破戒僧だから破門ということは当り前ですね。孔子さんの塾は必ずしも修道院ではなかった。そうすれば、女と寝たってなんだ、ということになりますね。なんであんなに叱ったのか、あれ、ちょっとわからない。

吉川　ぼくは徂徠の説は、いかにも徂徠らしいと思うんですがね。

石川　ええ。あれは武士の生活ということがありますね。女と寝たらいけない、とすぐきめつけるというところはね。

吉川　それは昼に寝たからいけない。

石川　逝く者は、昼夜を舍てず、ですよ。(笑)

吉川　徂徠は、いうにたえざるものありとかいってますね。

石川　しかし、それはちょっと想像、臆説なんですね。昼寝ぬという字だけについて、それは臆説ですね。

吉川　昼の字が別の字になっていて、「画く」となってる本もあるんです。それで、寝室に絵をかいたという人もあるんです。

しかし、徂徠の説にはときどき突拍子もない説があるんです。「仁遠乎哉、我欲仁、斯仁至矣」、仁遠からんや。我れ仁を欲すれば、斯《ここ》に仁至る。これはどの注釈を読んでも、非常に楽天的で、君が仁を欲しさえすれば、それはすぐ与えられる、というように説いているんですけれども、徂徠の説き方はちがうんですね。仁は遠い。仁というものはたいへんむつかしいもので、それは先王の礼楽の道だから、決してわれわれに近いものではない。しかし私に政治をやらしていただけば、私はたちまちにしてそれを実現して見せる。そういうふうに読んでるんです。

石川　〝逝く〟みたいで、字義の解釈はいろいろありましょうけれども。

吉川　このごろは注釈の学が軽視されるんですがね、徂徠にしても、仁斎にしても、『論語』というものが、それに託して彼ら自身の思想を語る書物としていちばん重要だったんだろうと思いますね。そこのかねあいがおもしろいんだと思いますね。

石川　これ一つしかないという考え方は、ぼくは学問的でないと思う。いろんな解釈がありますからね。なにか日本では一つにきめたいという、これは文学のほうでもそうだけれども、真実ということを一つだと思ってるんですね。真実がいくつあったっていいじゃないか。宇宙間の真実なんて、宇宙物理学のほうでも答えがいくらもあるでしょう。代数にしたって答えは一つじゃない。真実が二つあって悪いというものじゃない。それを一つにきめてかかるというのが、日本の解釈のおかしいところだと思いますね。文学のほうでいうと、フローベルが、一つのことをあらわすのに一つの表現しかないといった。あれはクラシックですがね、そんなばかなことないんですね。一つのことをあらわすのにいろんな表現がある。それは解釈学にも通じますね。ことにクラシック解釈はいくつあっても構わない。

吉川　一つのことをあらわすには一つのことしかないというのは、自己矛盾でね、表現というのはそもそもいくつもありうる。一つの表現は一つしかない、というならよくわかりますがね。

石川　フローベルのいったのは、自分の発見したのは一つしかないということなんです。しかし一つのことについても、いろいろの解釈が同時にありうる。

吉川　だからね、文章の書き方でも、同じことを別の面から繰返していう。そういうところから対句《ついく》というようなものが生れたと思いますがね。

石川　つまり対句なんていうのは、二つ句があってそれぞれの表現をもってるけど、その両方を並べると、また別の表現になりますね。あの対句というのは、表現上おもしろいですね。

吉川　同じ哲学を別の素材によって強調する。いちばん顕著なのは老子だと思います。何度も繰返して同じようなことをいってますね。あれはしかしまだ初歩的な対句だと思う。六朝《りくちょう》の詩の対句というのもだいたいそのように思います。平面での繰返しでなく、立体的に繰返すようになるのは、杜甫に始るんじゃないかというのがぼくの持論ですがね。日本の文学は元来、同じものを繰返さない。それが日本の伝統でしょう。

石川　省略ですね。

吉川　連歌でも俳諧でも、はっきりちがったものをパッと出すという……。

石川　あれはもう絶対にちがわなければいけません。俳諧の付合《つけあい》、連歌でも同じだけれども、同じことは絶対にいけないんです。ちがわなきゃいけない。

吉川　ぼくは日本文学の独自なものだと思いますね。

石川　あれが進んでるのは芭蕉の俳諧だと思うんです。ああいうものは外国にはありませんね。芭蕉という人は、『七部集』でもわかりますけど、付合で、なにか乱れてくるのをサッと捌《さば》く。芭蕉さんという人は、それはうまいもんだ。捌くときにはなにかむつかしいことを言っちゃいけないですね。ゴタゴタ、ゴタゴタしているときにサッと捌く。そういう呼吸は大宗匠ですよ。

吉川　芭蕉にいたって、俄然《がぜん》ああいう付合の飛躍のおもしろさ。またその飛躍を逆に押える……。

石川　あれは芭蕉の発明ですね。中国にもああいう付合に相当するようなものはありませんか。

吉川　平板なものではあるけれども、柏梁台《はくりょうだい》(37)の連句……。

石川　ちがいますね、あれは。

吉川　そう。ぜんぜんちがう。それよりはむしろ、人の詩に次韻をするということ。相手から詩をもらったら、同じ韻を使ってクロス・ワードみたいに別の詩をつくるという……。

石川　ひっくり返して読むと、まるでちがう、パズルみたいな詩がありますね。長い詩ですよ。それを逆にすると、やっぱり詩になってる。われわれから見ると、まるで軽業みたいな……。ああいうことをやった人は多勢あるんですか。

吉川　あなたのおっしゃるのは回文の詩でしょう。それは正式の詩人はやりません。

石川　やらないでしょうね。日本にも回文というのはありますけど、むこうのはなかなか大したもんで、一応おもしろいけど、ポエジーかどうかということは問題ですね。

吉川　それよりも次韻ですね。(蘇《そ》)東坡《とうば》の詩なんか、半分以上それじゃないでしょうか。そうして次韻のほうがラクなんですよ。韻字を人がきめてくれるから、そんなにむつかしいことはない。

石川　それでポエジーがありうるんですね。回文というのは、日本の和歌の回文にしても、ポエジーはありませんね。ただいたずらにやってみたという感じで、「ながき夜の……」みたいなものでね。

あの蘇東坡、――江戸から見た蘇東坡というのは理想的芸術家、当時は芸術家なんていうことばはない、後世のことばですけれども。それからこれも後世のことばだけれども、美的生活ですね、理想的芸術家像として受取っていた。そのほうが大きかったんですね。

吉川　政治家としての蘇東坡はどう見てたのかな。

石川　王安石《おうあんせき》との関係において政治家ということでしょう。つまり、蘇東坡が政治家であることを認めたのは、王安石と喧嘩《けんか》したということじゃないですか。

吉川　政治的なところが、ぼくはある程度あった人だと思いますね。政治犯として流されたときにつくったのが『前赤壁賦《ぜんせきへきのふ》』(38)なんですがね、これはのんきなことを言わなければ打首になりますからね。

石川　江戸の人から見ると、蘇東坡は芸術家とか美的生活とかいうのじゃなくて、大通人と見たんじゃないですかね。

吉川　たぶん、そうでしょうね。

石川　それなら、ぼくにもわかるんですよ。通人です。

吉川　通人の価値というものが、江戸時代にわかっていて、それが唐《から》にもおるということでね。

石川　あの時分は唐が偉かったんだから、さすがに唐だから大通人がある、ということじゃないか。

吉川　コンプレックスを感じていたから、なるほど唐にも大通人がおる、ということでしょうね。

石川　そうでなくて、あんなに尊敬されるわけがない。

吉川　もう少し詩の話をしましょう。『唐詩選』にのこってる詩だけが、唐の詩というわけじゃない。

石川　『全唐詩』[39]というものがあるじゃないですか。

吉川　あれにしても清朝のものでね。

石川　じゃ、『三体詩』[40]。

吉川　あれだってかたよってますよ。

石川　ただし中にはいいのもありますね。

吉川　唐詩選的なものにぼくは反感をもつんです。あのなかの杜甫以外には反感をもつんだ。ところが、『三体詩』は、現代でいえば某々氏の文学のようなものだ。だからね、こういうものばかりでもなかろうと思ってね、もっと中国のものを完全に読んでやろう、ということを考えたのが、ぼくの二十歳のころなんだ。

石川　しかし『唐詩選』というものは江戸期に非常にはいってた。はいっていて、悪い影響は与えなかったと思う。

吉川　洒落本にはいってた。しかしその影響がその後の文学にはどう現れてるかといえば、島崎藤村とちがうか。

石川　あれはくだらねえものだ。

吉川　だから、ああいう現れ方しかしないところに『唐詩選』の限界があると思って、ぼくは『唐詩選』に見限りをつけた。

石川　馬琴の次ぐらいに嫌いなやつは、島崎藤村なんだ。

吉川　しかし、あれが『唐詩選』のみから来てるかどうか、というところに問題がある。

石川　じゃないでしょうね。『唐詩選』というのは『古今集』と同じに常識ですよ。あんなに江戸に行われたものはない。

吉川　だからぼくの考えはね、日本を『唐詩選』独占から救済することにあるんですよ。

石川　王朝にさかのぼって、白楽天がどれほど日本文学に影響を与えたか。ぼくは白氏を好みませんが。

吉川　一所懸命、影響を受けようとした人は菅原道真だね。——このへんで終るとしましょう。

(1)劉少奇　中国の政治家。一八九八〜一九六九。湖南省出身。一九二一年共産党入党。長征に参加。戦後党内で毛沢東に次ぐ地位を得、新中国成立後各種の要職を兼ね、五九年に国家主席就任。毛沢東の大躍進政策失敗の後を受けて路線修正を図り、文革の主な批判対象となった。一九八〇年名誉回復。

(2)川原乞食　近世日本の身分制度のもとでは、芸能者が平民よりも低い被差別的身分におかれ、役者を卑しめて「川原乞食」と呼んだ。現在の人権認識からすれば不適切であるが、吉川が「稗官者流」と言い換えているのを石川があえて「川原乞食でいいですよ」とするやりとりがあることをふまえ、そのままとした。

(3)稗官者流　「稗官」は「稗史」(世間に伝わる話)を集める下役人のこと。『漢書』芸文志が書物分類として著述者を「流」(系譜、同類)に分けた中に「小説家者流は、蓋し稗官に出づ」とあることから、近世の戯作者や近代の小説家を指すのにも使われた。ちなみに「稗」は穀物の「ひえ」、形容詞として「小さい」「価値の低い」。

(4)烏森　旧東京市芝区の地名、今の港区新橋の一部。花街と烏森稲荷で有名。

(5)石川甲太郎　石川省斎《せいさい》。名は介、通称は鈫太郎。別号に蕉園など。幕末明治の漢学者、昌平黌《こう》儒官。『皇朝分類名家絶句』『皇朝詠史鈔』などの漢詩集の編纂が確認できる。その子斯波厚は銀行重役・東京市会議員で、石川淳の父。

(6)『毛沢東語録』　毛沢東の語録。林彪編、一九六四年成立。紅い表紙で、「毛沢東思想」のバイブルとして文革期に中国全土に普及、強い権威を持った。

(7)アナレクツ　英語のanalects（選集、語録）。古代ギリシア語のanalektaに由来する。
(8)『春秋公羊伝』『春秋』は五経の一つで、春秋時代の魯国の年代記。孔子が編纂し、勧善懲悪の意図を寓したとされる。『公羊伝』は『春秋』の三伝（三種の注釈書）の一つで、統治思想的志向が強い。
(9)リゴラス　英語のrigorous（厳密な、厳格な）。
(10)松村一人　哲学者。一九〇五〜七七。東京帝大卒。法政大学教授。プロレタリア科学研究所、唯物論研究会に参加。戦後は『理論』の編集を指導。『弁証法の発展　毛沢東の「矛盾論」を中心として』は岩波新書、一九五三年刊。
(11)任誕簡傲の徒　世間のマナーに拘《こだわ》らず奔放不羈《ふき》にふるまう、孤傲な人。「任誕」は『世説新語』の篇名でもある。
(12)老舎　中国の小説家、劇作家。一八九九〜一九六六。北京の満州旗人の出身。北京師範学校卒。近現代中国を代表する作家の一人だが、文革初期に北京市文連主席として紅衛兵の迫害を受け水死。作品に『駱駝祥子』『四世同堂』、戯曲『茶館』など。
(13)趙樹理　中国の小説家。一九〇六〜七〇。山西省沁水の人。『小二黒の結婚』『李有才板話』などが毛沢東の『文芸講話』の実践として推重され、人民文学作家の代表となる。文革中、四人組による迫害を受けて死亡。
(14)白話　文語である文言《ぶんげん》（いわゆる漢文）に対して、中国語の口語を言う。唐の変文から明清小説までの口語文芸についても言うが、ここでは現代中国語の意味。
(15)中野好夫　英文学者、評論家。一九〇三〜八五。東京帝大英文科卒。戦後に東大教授。シェイクスピア、スウィフト、モームの研究で知られる一方、幅広い分野に関する言論を展開した。
(16)稗史小説　「稗史」は稗官という下級役人が収集した民間の史的伝承。転じて作り物語、小説のこと。ここは二語で小説のこと。やや貶意のある言い方。

(17) 張扇　ハリセン。張り扇。講談師が釈台を叩いて調子をとるのに使う。

(18) 行うところ矩を踰えず　言行が程よいところに収まること。『論語』為政篇に「七十にして、心の欲する所に従いて、矩を踰えず。」とある。

(19) 英雄伝　プルタルコス『対比列伝』のこと。

(20) 堯舜加上説　堯や舜といった古代の聖王は実在せず、後から遡及的に書き加えられたものだとする説。こうした立場は中国ではふつう「疑古」と呼ばれる。「加上」は富永仲基が仏教の歴史叙述を批判した語。

(21) 蜀山　大田南畝（一七四九～一八二三）、蜀山人は別号。江戸後期の幕臣、文人、狂歌師。初め、松崎観海に漢学を学ぶ。『寝惚先生文集』で狂詩作者として出発。四方赤良《よものあから》の狂名で天明調狂歌に活躍。傍ら洒落本、黄表紙にも筆を染める。寛政の改革で文筆を自粛、幕吏の業に専念したが、化政年間には文化界の中心に復帰。著作に随筆『一話一言』、洒落本『甲駅新話』、狂歌集『蜀山百首』、編著に『万載狂歌集』など。

(22) 小普請　徒士組、小普請ともに江戸幕府の職名。徒士組の職掌は将軍身辺の警固で、江戸城本丸、西の丸に分かれて配置された。徒士は小禄の御家人ながら出役も多く、昇格の機会があった。小普請は無役直参の士に与えられた形式的な職名、身分。

(23) 孔夫子　孔子のこと。より一層敬って言う。

(24) ジョニ黒　スコッチウィスキーの銘柄「ジョニーウォーカーブラックラベル」を指す。

(25) 広瀬淡窓、旭荘、林外　広瀬淡窓（一七八二～一八五六）は江戸後期の儒者、漢詩人、教育者。豊後日田の人。名は建。入門者の出自不問を掲げた私塾咸宜園《かんぎえん》を開き高野長英、大村益次郎らを含む門弟三千余人を育成。詩集は『遠思楼詩鈔』。広瀬旭荘（一八〇七～六三）はその弟で、著名な漢詩人。咸宜園を継いだが、後に大坂、江戸に遊ぶ。広瀬林外（一八三六

～七四）は旭荘の子で、淡窓の薫陶を受け咸宜園を継ぐ。

(26)松崎慊堂、佐藤一斎　江戸後期の儒者。松崎慊堂（一七七一～一八四四）は肥後の人。昌平黌に学び、掛川藩校教授を勤めた後、江戸目黒に隠居して後進を指導した。経義詩文に長じた泰斗。蛮社の獄に際して門人の渡辺崋山の赦免運動に奔走したことでも知られる。佐藤一斎（一七七二～一八五九）は美濃岩村藩家老の次男。林述斎と幼時から親しく、林家塾頭、昌平黌儒官を歴任。昌平黌のほか中井竹山に学んだが、自身は陽明学に傾倒した。幕末儒学界の重鎮。一斎と慊堂は昌平黌以来の学友であったが、宋明理学の思想家一斎と、考証学を志向する文献実証家慊堂とでは学風の差が大きい。

(27)『言志録』　佐藤一斎の著作。主著『言志四録』の一部を成す。一種の随筆・箚記《さつき》。

(28)『近思録』　朱子が呂祖謙の協力を得て編集した宋学者著述の叢書。周敦頤《しゅうとんい》、程顥《ていこう》・程頤《ていい》（二程）、張載の著作・語録を抄出。宋学の入門書として広く普及。

(29)「辨道」「辨名」「政談」「蘐園随筆」　荻生徂徠の著作。『蘐園随筆』は漢文の短い断章を連ねて考証・思弁を語る「随筆」のスタイルによる、徂徠の出世作。既に朱子学から外れる独特の思索も見られるが、表向きは仁斎批判が目立つ。続く『辨道』『辨名』は朱子学批判を本格化させた漢文著作。『政談』は将軍吉宗の諮問に応えて、和文で政治上の意見を述べたもの。

(30)『論語徴』　荻生徂徠の論語注釈書。創見に富み、後に清儒に迎えられて、劉宝楠『論語正義』に引用された。

(31)ノーマン　カナダの日本史研究家、外交官。一九〇九～五七。牧師の子として長野県に生まれる。戦時中に東京のカナダ公使館に勤務。戦後、GHQ等で活躍する傍ら著作活動を展開。都留重人、丸山真男らと交遊。主著『日本における近代国家の成立』。『忘れられた思想家——安藤昌益のこと——』は大窪愿二《げんじ》邦訳、一九五〇年刊。

(32) 四十、五十になって…『論語』子罕篇に「四十五十にして聞こゆること無くんば、斯れ亦た畏るるに足らざるのみ。」とある。

(33) 長沮、桀溺　『論語』微子篇に登場する二人の隠者。「世の中は変わらない。人を選んで避ける人物より、人の世を避ける人物に従うほうがよかろう」と子路に言い、伝え聞いた孔子は憮然として「吾れ斯《こ》の人の徒と与にするに非ずして、誰と与にせん」と嘆じた。吉川は孔子の語を「人間こそ私の愛するものである」と解釈する。憮然は、落胆のさま。

(34) 微子篇、楚狂接輿、荷蓧丈人　それぞれ『論語』微子篇の、長沮・桀溺の話の前後に登場する狂者（逸脱的人物）と隠者。

(35) 賀茂真淵　江戸中期の国学者、歌人。一六九七～一七六九。万葉集を主とする古典の研究を行なった。本居宣長は門弟。著作に「万葉考」「国意考」など。

(36) 昼寝ぬ　弟子の宰予が昼寝をしていたのを「ぼろぼろになった木に雕刻はできない、悪い壁土の垣根は上塗りできない」と孔子が嘆いた逸話。「宰予、昼寝ぬ。子曰く、朽木は雕《え》る可からざる也。糞土《ふんど》の牆《しょう》は、朽《ぬ》る可からざる也」（公冶長《こうやちょう》篇）。

(37) 柏梁台　前漢の武帝が築いた楼台。ここで武帝は七言句を一句ずつ連ねる聯句《れんく》（連句）を催したとされ、後世、この体を柏梁台聯句、柏梁体と言う。

(38) 前赤壁賦　蘇軾《そしょく》が黄州に流されていた時に作った有名な賦。別集の他、『古文真宝』後集巻一等に所収。

(39) 『全唐詩』　清代に編まれた唐詩の全集。九〇〇巻。康熙帝の勅命による。これを補うものに市河寛斎『全唐詩逸』、近年の『全唐詩外編』などがある。

(40) 『三体詩』　南宋の周弼《しゅうひつ》が編んだ唐詩の選集。一二五〇年成立。七言絶句・七言律詩・五言律詩の三つの詩体を載せ、中晩唐の詩を多く採る。日本では室町期以降、近代まで広く読まれた。

中国古典と現代

石田英一郎
吉川幸次郎

石田英一郎（いしだ　えいいちろう）

一九〇三年生まれ。文化人類学者、民族学者。第一高等学校から京都帝国大学に進み、学連事件で検挙されて中退。ウィーンに留学し民族学を修める。戦後、東京大学教授を務め、同大学に文化人類学教室を開設した。東北大学教授、多摩美術大学学長などを歴任。日本における文化人類学の草分け的存在であり、また比較民族学、日本文化論研究にも業績を残した。一九六八年没。

吉川　きょうは石田さんにお話をうけたまわりたいのですが、じつは私、石田さんには感心していることがあるのです。これはある意味で――よい意味での揚げ足とりみたいになって、学者としての石田さんには失礼にあたるかと思うのですが、『東西抄』[1]というご本を私はそうとう丹念に読みました。そして近ごろ大へん気持のいい読書だったと思うのです。はじめに「愛と憎しみの文化」――これはご専門に近いところからのお考えを、平易にお書きになったものとひそかに敬服いたします。これには、今日の問題とは別になりますけれども私、多少生意気ですが、疑問もあるのです。こういうふうにはっきり割切れるかどうかという疑問があるのですが、それは別として、おしまいのほうの短い文章ですね。これは学問の余滴としてお書きになったものでしょうが、そのなかによい意味の揚げ足とりで大へん感心することがあるのです。「ことばの誤用」という文章がございますが、そこに「ついこの間かなり知名な時事解説者のテレビ放送で、イスラエルとアラブのあいだで、憎しみの根深さは、いわゆる睚《がい》眦《さい》の怨《うら》みでありまして、ということばを聞いておやおやと思った。睚眦の怨みとはちょっとにらみ合ったくらいのわずかな怨みという意味で……」。その次、――これは私としてもちょっと戸惑うのですが、范睢はハンスイとハンショと両方の読み方があるのですけれども、石田さんはハンスイとお読みですか。

石田　ハンスイと習ったような気がします。

吉川　「范睢が志を秦《しん》に得て宰相となったのち、一飯の徳も必ず償い、睚眦の怨みも必ず報いていたといわれている」というふうに、睚眦はちょっとした些《さ》細《さい》な恨みであるが、それをこのテレビの解説者は重大な怨恨、根の深い恨みに使っている。そういうまちがいを指摘された。それから同じような近ごろのことばの乱れとして、「西安《せいあん》の東、華清宮《かせいきゆう》の跡は、玄宗と楊貴妃が〝酒池肉林〟の歓楽に耽《ふけ》ったところだとあった……楊妃のロマンスからはあまりにも感覚がずれすぎてはいないか」。このことは、ここにお書きになる前でしたか、あとでしたか、石田さんから個人的におたずねをいただいて……。

石田　そうそう、そういうことがありましたね。

吉川　酒池肉林というのはもっとバルガー（低俗）なんですね。ソーバージュ（野蛮）な宴会であって、楊貴妃と玄宗のロマンスの周辺には、そうした野蛮な雰囲気のなかの歓楽とはちがったもの、つまりもっと繊細なものがあるのじゃないか、というご質問がありましたが、それもご指摘のとおりなんです。その次が私さらに感心したんですけれども、「かと思うと、最近ある週刊誌で、歌手からヌーベルバーグ(2)の映画に進出して人気をさらった若い俳優の愛読書の一つが『論語』だということから、彼が〝身体髪膚《しんたいはつぷ》、之《これ》ヲ父母ニ受ク〟なんて読んでいるさまを想像しただけでも傑作だ、というような意味の文章を読んだけれども、身体髪膚、云々《うんぬん》とは『孝経《こうきよう》』の句で、『論語』のどこを捜したって出てこない」。それからまた、「病コウコウに入る、であるべきで、コウモウに入るではない」というご指摘。たいへん正確な指摘があるのですが、私がそれに感心したと申しますのは、われわれの年配のほかの人には、この程度、と申してはたいへん失礼に当りますけれども、非常になおざりにされていることがらを指摘されている。それに感心しました。

私、おかしく思いますのは、これはお名前を出すのは憚《はばか》りたいと思いますけれども、あるすぐれた学者の方、それは他の外国語は大へんよくできる方なのですが、その方がある漢文の本を訳されたのですが、それは実にメチャクチャなんですよ。その方は大へんな才能の士であると思います。ほかのことは大へんよくおできになる。あれだけの才能を持っておられれば、漢文もきちんとお読みになるはずだと思うのですが、そこだけが盲点のように抜けているということを、一つの事例として感じていたのです。

それから同じようなもう一つの事例は、サー・ジョージ・サンソム(3)の『日本文化と西洋』という本がございますが、それの訳を四人ばかり、若い方でしょう、やっておられます。その訳者のなかの一人は、わたくし文通があるのですが、ほかの語学は大へんよくできる、西洋の語学はたいへん各国語ともよくできる。若い人としては優秀な方です。他の三人の方もみなそうだろうと思います。ところが、サー・ジョージ・サンソムが佐久間象山《しょうざん》(4)の『省愆録《せいけんろく》』の一条を英語に訳して引いている。それに当る漢文を翻訳者は捜し出すことは捜し出しているのですが、それはたった八字ほどの漢文、その読み方がまちがっているんですよ。これは私、ちょっと慨嘆するというよりも、むしろどう言ったらいいでしょう。中国語でいえば憮然《ぶぜん》としたのですがね。ほかのところの訳はたいへん正しい。しかも佐久間象山は、百年に満たない過去の日本人ですよ。その漢文をたちまち読みまちがえるということは、これはいったいどういうことになるのでしょうか。ほかのことは大へんよく勉強しているけれども、ちょっと一挙手一投足で体得できる……一挙手一投足でというのは少し誇張ですけれども、ある程度心がけさえよければきちんと読めるはずのものが、そこだけが盲点になっているということを感じておりました。ところが、石田先生はそうでないということで、大へん感心したんです。

石田　ただ、僕もそこに書きましたが、その程度のことは明治のインテリならどう読んだでしょうか。僕は中学時代が大正ですが、明治の教育を受けた人ならば、もっと漢文の教養があったのではないのですか。

吉川　そうですね。明治のことはよくわかりませんが、明治の人は現代の人よりもこういうものをよく知っていたことは事実でしょう。しかし明治の人はみな漢文が読めたというのも、少し行過ぎでないかと思います。ただエリートはこういうまちがいはしなかったろう、と思います。

石田　そうでしょうね。

吉川　そういうところだけが盲点になっている。ただ、井上靖さんとの話でも、近ごろのごく若いジェネラシオンでは、またかえってそれが回復しつつあるように思います。これはこの対談でどの方にもまず伺って話題にしていただいているのですけれども——中国の古典に対して、石田先生が興味なりご関心なり尊敬をお持ちになっているとすれば、どういう点かということですね。あるいは尊敬できない点をお感じになれば、それはどの点かということをお話し下さいませんか。

石田　そういう尊敬といった気持とはちょっとそれますけれどもね。要するに中国語は何度も勉強を始めては、とうとうものにならないままで、けっきょく古典を読むのも返り点、送りがなの日本読みでずっと来ているわけですが、それでもあの文章の魅力ですね、僕らをぐんぐん引きずり込むものは。たとえ日本語で読んだにしても、日本語にない独特の持味がある。ほんの短いことばの表意文字をシンボルとして点々と配置しただけで、そこに非常に含蓄の豊かな、たくましい力が横溢《おういつ》してわれわれに迫ってくる、その文章の魅力というものは素晴しいものだと思いますね。だからいま、もっともっと中国の古典を読んでおけばどんなによかったろうとよく思うのです。まあ、興味を持ち出したのは中学の漢文で、中学から高等学校にかけて読んだ知識がもとになり、そのあとある特別な事情でほかの本が読めなくなったときに、『大学』『中庸』『論語』『孟子』、それに『文章軌範』『唐宋八家《とうそうはっか》文《ぶん》』『十八史略』(5)などといったものは、たまたまそこにあったものだから、はじめから終りまで精読したものでした。しかし『論語』などのほかは、文章の力に魅了されるという興味がいちばん多かったように記憶します。

吉川　それは正しい読み方だと思いますけれどもね。文章への興味は。

石田　それ以上の理屈はあまり考えたことはありません。たとえば『史記』のあの文章なんて、どうしてあれだけ素晴しいものができるか……。

吉川　これは表意文字ということも関係いたしましょうけれども、根本的には私は中国語は単語からして極度に短いと思う。

石田　そうですね。

吉川　つまり、いちばんの要素がモノシラブルであるということ。それから一句が非常に短い。一句が短いのは、テニヲハ的なものがないではございませんけれども、それを極度に省略したもので、ことに文語はそういう表現をする。そこですこし、私の説を述べさせていただいてよろしゅうございますか。

石田　どうぞ。

吉川　私は、中国では記載の始ったときから、文語は口語と別だったという説を持っているのです。その点は日本語の歴史なんかとちがいまして、『源氏物語』はいまわれわれたいへん読みにくいのですが、あれはだいたい十一世紀の日本の口語、そのままではないにしても、それにたいへん近いのではないでしょうか。ところが、『論語』は、中国の古典のなかでも最も口語に近いものですけれども、まずたいへんリズミカルなんですね。これは訓読でお読みになってもお感じになるかと思いますが、原音で読めばいっそうリズミカルなんです。そこでふつう日常の話されることばがあんなにリズミカルだったとは、常識で予想できません。たとえ古代であってもね。それから『左伝』なんかにいけばいっそうそうなんですけれども、一句が四シラブルで構成される句が過半数なんです。当時のスポークン・チャイニーズが、そんなに四シラブルずつに切って話されていたとはどうしても思われません。それで、はじめから文語は事態の頂点になる概念だけを並べていく。口語はその間にテニヲハを入れる。いまの中国語のスポークン・チャイニーズでも、たいへんテニヲハ的な言葉は多うございますが、口語はそういうテニヲハを入れる。文語はそれを略しちゃって、非常に簡潔に書いていく。

石田　口語には昔から接尾語か何かによるテンス[6]があったのでしょうか。

吉川　これは私の予想ですが、あったろうと思います。それが西洋のことばのようにたいへん理論的に反省されて固定するという形でなしに、むしろ感情的にあいの手のようなものがはいる。昔もそうであったという痕跡が――『論語』はいちばん口語に近《ちこ》うございますから――『論語』のなかに頭をもたげていないではありません。たとえば孔子がどこへ行っても政治に参与したことについて、これは孔子のほうから欲求したのだろうか、あるいは向うから依頼されたのだろうか、とだれか問うていますけれども、そこの文章は夫子のこれを求むるや、「夫子之求之也」、それこれ人のこれを求むるに異るか、となっていますね。「其諸異乎人之求之与」、となっていますが、それはもっと簡潔に書こうと思えば書けるわけですね。夫子これを求む、人これを求むに異るか。夫子求之、異乎人求之。そうも書けば書ける。それを「夫子之求之也、其諸異乎人之求之与」、とたくさんテニヲハを入れている。これは口語的な言い方が『論語』に出ているものだと思います。

石田　それで『論語』には「之」の字が非常に多いのですか。

吉川　だと思います。『左伝』[7]なんかでは之の字が少なうございます。この説はもっと正面きって書けばよかったのですが、『漢文の話』という小さな本に書きましたのを、専門家に批評してくれと「あとがき」に書いておいたのだけれども、専門家はなんにも言ってくれないのです。これにはまた一つ下ごころがありまして。カールグレンという学者がおりますでしょう。カールグレンは、中国のあいう古代の文献はあのころの口語だったと言っているのですよ。それに対する反論でもあるのです。
お話は少し別のほうにいきましたが、要するに文語ははじめから事態の頂点だけを簡潔につくという習慣があったために、中国語としても最も簡潔な表現が中国の文語としてある。それを日本ではテニヲハを入れて読むわけです。テニヲハを入れて読みますが、日本語としては最も簡潔な力強い表現であるということが、中国の文献の大きな魅力なわけですね。その魅力におひかれになるということは、これはたいへん正しい読み方だと思います。
石田　そうですか。それならば日本語に訓するときに、吉川先生はよく「……タリキ」とか「……ナンヌ」とかいった過去形をお使いになるようですが、僕には漢文の感じとしては、過去形にしないで、ぜんぶ現在形で読むのが一番しっくりするのです。
吉川　そこはお説のとおりでございますがね。私は訓読を少し崩しております。それを意識的に崩しておりますのは、読んで早くわかるようにというところから、詩の訳ではことにそれを使っておりますけれども、これは伝統的な訓読を破壊するといってしばしば叱られます。
石田　日本人は昔はぜんぶ現在形で……。

吉川　現在形でございます。

石田　そうですか。私もその習慣がいちばんぴったりするわけです。

吉川　しかし、こまかにいえば訓読の歴史もいろいろ変遷があるようでして、これは私、専門でありませんから存じませんけれども、平安朝の訓読は今のように素気なくはなかったらしいのです。過去形をつけたりなんかしていたようですが、いまのふつうの訓読ですね。いま石田さんがおっしゃった訓読です。あれは江戸の末期から明治へかけて固定したものじゃないでしょうか。しかしあれはたいへん忠実な訓読だと思いますね。ことに主格の下に「は」を入れないということが原則だと思います。ただし私の本では、ときどき主語の下に「は」を入れます。やはり読む言語としての便宜からです。ところで、専門家のなかでもそうした文章のおもしろさに対する意識は、たいへん低まっているように思います。これは今世紀の学問の中心が歴史学であるからじゃないかと思うのです。言語はただ事態の伝達、媒介にすぎないというふうに感ぜられて、それがわれわれの学問の世界に非常に強くなりまして、文章のおもしろさということは、だいぶ長いあいだ閑却されていた。それに対する注意を喚起したと思います。

石田　そうですね。僕は徹頭徹尾文章ですね。中国人となるとまたちがいますけれども。

吉川　それはどういう点ですか。

石田　中国で生活した経験からいって、やっぱりおとなだという感じは受けました。

吉川　生活なさったのは戦争中ですか。

石田　戦争中から戦後ですね。戦争前は何回か参りました。われわれよりははるかに練れているというか、おとなといいますか、いわゆる大人《たいじん》の風格は、日本人よりは中国人のなかに多く見られるという感じです。

吉川　それは日本人よりも熟慮的だというふうには私は感ずるのですが、いろいろな方向への可能性を吟味してみるということ、そういう能力は日本人よりよほど持っている。ただいまの中国はたいへん激しい政治革命をやっていますが、あれもこれまであまりに熟慮的であったので少し即決主義でいこうという、そうした反省から生れているのではないかと思います。もっとも私は、よその国の動いている政治を無遠慮に批評するのは、元来失礼に当ると思うのでいたしませんがね。大人のふうがあるとおっしゃったのは、熟慮的なコンテンプレイチブ(8)な点だというふうに私は感じますが、石田さんのお感じはいかがでしょうか。

石田　もちろん、熟慮的というところから来ているのでしょうけれども、人間でいえば、人生の経験を非常に積んだ人間と未熟な人間とのちがいという感じですね。これを民族についても言えるのじゃないか……だから発言なんかは非常に慎重な気がしますね。日本人でも一人一人についていえば、こまかい思慮に富んだ個人はたくさんあるのでしょうけれども、中国人には全体として、実にぜんぶを計算した態度、去就、それから言行、それを感じます。もちろん個人差はどこにでもあるのですが。

吉川 そうですね。私もそんなに中国の多くの方々と個人的な接触をもったわけではございませんが、私のいちばん感心しますのは、中国の人は安請合いをしないということです。

石田 そうでしょうね。

吉川 私などことにそういう欠点を持っていると自分でも反省いたしますが、人から頼まれたら、できるという確信のないことでも——この対談も多少その傾きがありますが、(笑)承諾いたしますけれども、中国の人はなかなかすぐには承諾をしてくれない。そのかわり承諾してくれたら必ずやってくれる。その点は日本の人よりも中国の人のほうを尊敬するのです。それとさっきのお話で思い出したのですが、ある時期日本のものの読めない時期があって、『史記』その他をお読みになったということで思い出しますのは、中井正一《まさかず》君(故人、元国会図書館副館長)、ご存じですか。

石田 ええ。僕はたしかお顔も知っているはずなんですけれども、戦後ずっとお会いしてなかったですね。

吉川 彼はある不自由な境遇にいましたときに、『資治通鑑《しじつがん》』(9)をぜんぶ読んだ。これはたいへん役に立ったということを言っておられました。『資治通鑑』はたしか二百九十四巻あるのですよ。周の威烈王の何年かから始りまして、それが紀元前四世紀ぐらいでございましょうか。それから十世紀までですから、千三百年ほどの通史なんですよ。それは読むのに一年はかかりますが、それを彼はぜんぶ読んだといっていました。
石田　そうですね、ああいうときにぜんぶ一つのものを読むのは、一生を通じて非常な勉強になりますね。
吉川　おはずかしい話ですけれども、私なども『資治通鑑』をぜんぶは——目は通したかもしれませんけれども——中井君のように読んでおりません。それから、これは噂《うわさ》ですけれども、毛沢東は非常に『資治通鑑』をよく知っているということですね。
それともう一つ、このあいだ文化の日にあなたとテレビで対談をいたしました。そのときに、ちょっと私、気にかかったことがあるのです。それは『東西抄』でいうならば、「愛と憎しみの文化」的な事項ですけれども、中国人の残虐性ということをおっしゃっていたと思います。そのとき例におあげになったのは、『史記』の呂后だったかと思います。つまり漢の高祖の正妻だった呂后が、ライバルであった高祖のお妾《めかけ》の戚《せき》夫人、それを高祖がなくなったあと目玉をえぐったんですか。
石田　手足を切って……。
吉川　そして耳に薬をさして、それを便所のなかに放り込んだ。これはたいへん残虐

のです。

私が、日本の芝居ではつねに生首が出てくるということを申しましたね。中国の芝居ではあまり生首が出てこないと言ったら、たしか石田さんがそうおっしゃったと思うのです。

ところでその後、私考えてみたのですが、先秦の書物、ないしは漢の書物にはああした残虐な話がいろいろ出てまいります。『左伝』のなかの話だけでも実に陰惨な話が多いのですが、それは以後の中国の歴史にはどうもあまり出てこないのではないかということなんです。ことに宋以後、朱子学というものはいろいろな欠点もありますし、ことに日本では大きな欠点を生んだと思いますが、宋以後でも実際は残虐行為はあったと思います。大量の虐殺は。明《みん》と清《しん》の革命のときには、非常にたくさんの中国人が満州人によって殺されただけじゃなしに、中国人同士の殺し合いもありまして、ご承知であると思いますけれども、四川《しせん》省なんかほとんど人間の影がなかった。百姓一揆《いっき》によって、そういうことがありましてね。そういう残虐行為がございますが、『史記』や『左伝』にあるような形では、少なくとも文献に現れないということですね。

そういうことが気にかかりました。これは石田さんに苦情を言うようなことになって、今日の話にはたいへん不適当なんでございますがね。それがまた石田さんだけのことじゃなしに、日本の方の中国認識が江戸時代の漢学以来の伝統として、先秦の本だけが読まれている。その点ではこの『中国古典選』も例外ではないわけですよ。だいたい『論語』『孟子』『老子』『荘子』……ただそれだけが読まれ、以後の中国、さっき申しました『資治通鑑』に現れる中国、あるいは『資治通鑑』以後の中国、それは先秦の書物だけでは規定されないものがあるのが、しばしば先秦の書物だけで規定されるような、誤認のようなものがあるのではないか。

石田　それはやはり儒学のなにかと関係があると……。

吉川　私は思います。

石田　私もこの前のお話を伺ったあと、まだその問題にちょっとひっかかっているのですが、先秦とか漢とかおっしゃられれば、僕らには即座に則天武后の名が浮びます。則天武后あたりは呂后と同じようなことをやっているのじゃないですか。

吉川　やっております。

石田　それから、宋以後にはなりませんけれども、『晋書《しんじょ》』(10)にも人を食ったというような記述があるということを、あとで注意してくれた人があるのですが、出典はちょっと、調べてからじゃないと……。

吉川　いや、人を食うこと、つまりカンニバリズムは、あるといえばしょっちゅうあるらしいのです。小説でも『水滸伝《すいこでん》』には出てまいりますがね。西洋人にはそのためあの小説をたいへんいやがる人があるのです。それはよくわかりますし、そうした食人肉の歴史につきましては、桑原隲蔵《じつぞう》先生に『食人肉の風習』(11)という論文がありましてね、先生得意の論文ですけれども、お読みになりましたでしょうか。

石田　いや、まだ読んでおりませんが、それがあることだけは……。

吉川　誰かが注意したというその材料も桑原さんの本にあると思いますが、それを書かれたことによって、桑原(武夫)先生は中国人のあいだではたいへん評判が悪いのです。(笑)そうして、周作人(12)さんという人がおりましたね。あの方がたいへん憤慨されまして、そんなことを言えば日本にだって食人肉の風習がある、と。『古事記』にあるのですか。

石田　いや、食人はないでしょう。

吉川　周さんはよく日本のことを知っておられますからね。何かにあるのでしょう。あるといえば日本にだっていくらでもある。そういう部分的なものを取りあげて、中国人全体がいつでも人肉を食っているように言うのはたいへん迷惑だ、ということをおっしゃったことがあるのですが。

石田　僕がこのあいだ申上げたのは、仇敵《きゅうてき》の肉をシシビシオ(しおから)にしたという醢《かい》の字が『史記』あたりに出てくるのは一度や二度じゃない、一つの習俗みたいになっていますね。ああいうことが先秦だけのものなのか……。

吉川　あれはやはり漢までのことであって、以降は少なくとも文献には現れない。そういうことはあっても、書いてはいけないことになっております。また事実、その風習は少なくなったと思いますけれども、そのあたりからいいますと、日本と中国の溝を狭めるためには——私は大きい溝があると思いますけれども——現代の本を読むだけでは不備だし、先秦の本だけでもいけない。その中間の本をもっと読まなければならないのじゃないかということをちょっと感じました。

石田　いや、それはこの前からよく伺っております。ただ、愛にも憎しみにも徹し抜く力強さ、徹底性が日本人には非常に薄いといいますか、中国人のほうが敵を憎むなんて面ではずっと徹底している。私は西洋人について感じたそういうことを、やはり中国人についても感じましたね。

吉川　そうですか。そこは私の感じは少しちがいます。私は直接には清朝の学問を自分のだいたい方法論としております。それは文章表現を重視して、文章表現の裏にある人間の心理を考えるという、そういう学問でございますがね。その清朝の学問のもとづくところは朱子にある、朱子学にあるわけですが、私どものような、朱子に始まる宋以後の学問に親しんだものからは、どうも中国の世界観は根本は中庸ということにございまして、真理はつねに両極端の中間にあるということが主張される。それはこの『中国古典選』のなかの島田虔次《けんじ》君の『大学・中庸』によく書いてあると思いますが、どうも憎しみに徹底できないのじゃないか。それが日本では感情的にそうなんですけれども、中国ではそのかわり理論をともなっているのじゃないか……。

石田　私はまた「中庸」というのは一つの理想形、あるべき基準で、それがとくに強調されるのは、民族の心の中にやはり両極に徹しうるものが非常に強いからではないか、強いからこそそれを中庸の徳によって調整しようとする、そういう倫理が生れてくるという解釈もできないでしょうか。

吉川　それはちょっと行過ぎがございます。これも宋学以後に強くなる考えで、といって源になるものは早くからあると思うのですけれども、ご承知のように中国では絶対善の人間がいるわけです。これが聖人でございます。絶対に承認、容認される。だから完全な人間のモデルになる。そういう上のほうの極致はいるわけですよ。これは別のことばでいえば、神を地上に設定しているのです。ところでその逆として、私はよく存じませんが、西洋では悪魔というものがございましょう。神すなわち聖人と完全な対極になる悪魔、そういうものはないというのですね。朱子学ではそれを強調いたします。その源は孟子の、「人みな堯舜《ぎょうしゅん》たるべし」。だれだって聖人となる可能性を持っている。それからまた「聖人は人倫の至りなり」。聖人はすべての人間の極致である。それは極致というところにも重点がありますけれども、人倫ということに重点があるわけですね。そうして、そういう善の人間はいるけれども、絶対悪の人間は考えられないということは、どうも憎しみに徹底しないことを哲学として、あるいは倫理としていっている、と感じます。

朱子なんかにはどうもそういう考え方があるようでございます。はっきりそう言っているものがあるといいのですが、あるいはないかもしれません。といって、私が朱子の本をある程度読んでの印象ですから、ぜんぜん根のないことではないのですが。たとえば、さっき話題になりました呂后の非常な残虐事件、そのときはまだ儒学が一般の人々に浸透していなかった。それでこういう残虐事件が起った。それから唐の則天武后の時代も、まだ儒学が理想的な形で一般の倫理になっていなかったのでこういうことが起った。そうしたことをことばに表わした議論もあるかと思いますが、ことばに表れなくても、その背後にある感情はそういうものでないでしょうか。

石田　そういう心の深いところまでは、僕らにはとてもわかりませんが、比較文化論というような立場から言いますと、僕らがメルクマール（指標）の一つにしているのは、食生活です。日本人はもともと肉食の民ではない。ところが大陸にかけては、中国から西ヨーロッパまで、牧畜というものが食生活に大きな比重を占めている。農耕社会であって、また牧畜を生活の基盤にしていたことが、日本と中国との文化の性格の差異を規定するたくさんの要因のなかの一つになり得たのではないか、そういうことは絶えず漠然と考えるのですけれどもね。

吉川　ただ、これは石田さんの畑のことなんですが、中国人の食生活が古来ずっといまのように、ああ肉を好んで食ったかどうか、わたくし少し疑問に思う点があるのですが、いかがでございますか。

石田　それは、わかりません。ただ文字のつくりや偏に羊、牛などのつくものが漢和辞典を引けば膨大な数になる。ああいうところに、やはり文化の特質があるような気がするのです。

吉川　そして羊はよいものと珍しくうまいものというふうに認識されていたといえば、美という字は羊が上にある。それから善という字も羊が上にある。善と美と両方とも羊を構成要素に含んでいるということ、これについてはもっと別なへんな説明をする人もございますけれども、それはともかくとして、少なくともいまの北方人は魚というものをアプリシエート（評価）しませんね。どうも中国人は日本人を感情的に侮蔑しております。これは残念ながらそうですよ。日本のおおむねの人は知らないようですが。このごろ日本人は中国人を侮蔑することは前よりも少なくなったようですけれども、必ずしも尊敬もしていない。同じように中国の人は日本人を侮蔑している。その侮蔑の原因の一つが、魚みたいなものを食っているということにある。上等な料理といえば日本ではみんな魚だというのですね。はっきりそう言った人があります。日本へ行けばどこへ行っても食わされるのが魚ばかりだ、なんと貧弱な国だろう。いま中国の人は魚を食わないで、むしろ豚を食うわけなんですが、あれについて私は、蒙古の侵略以後少し中国の食生活が変ったんでないかという、素人としての疑いなんですけれども、持っております。ごく古いところでは、魚はたいへんうまい食べものになっているのですが、いまの中国じゃ魚というだけでいやな顔をする。

石田　その点では、遊牧系の民族もたいていそうなんですね。

吉川　だから、そういう遊牧民がたくさんはいってきたことが、多少影響しているのじゃないか。それともう一つ、ことに日本人を侮蔑するのは、日本人はなんて野蛮か、生の魚を食う、刺身という野蛮なものを食う。これは侮蔑の原因として、大きいのですよ。ところが蘇東坡《そとうば》は刺身を食っているのです。元がはいってくるまでは宋の人は、蘇東坡、それから杜甫《とほ》も食っております。膾《かい》という字で杜甫の詩、蘇東坡の詩に出てくる刺身らしいものは、どうも本当の刺身のように思います。それは北方でも刺身を食っているのです。汴京《べんけい》——いまの開封《かいほう》ですけれども、これはいまの中国ではちょっと夢想もできないのです。これはていねいな調査が必要でないかと思います。だから中国人が牧畜民族と一概にもきめてしまえないような……。

石田　いや、もちろん牧畜民族ではなく、農耕と牧畜の二本の柱の上に基礎的な生活を営んでいるという点で日本と非常にちがっていることが、文化の性格になんらかの関連を……。

吉川　それはきっとあるでしょう。

石田　そのことを絶えず考えますけれども。

吉川　ただ、いちばん中国の文化として大きなことは、けっきょくは無神論的な思想が中心になっているということ、宋学に至っては最も決定的なんですけれども、その点はどうでございましょうかね。中国人が西洋人を侮蔑しますね。その感情の底には、いまでもキリスト教というような〝迷信〟を信じている、というようなことがあるように思いますが、いかがでしょうか。

石田　そこまでは気がつきませんでした。

吉川　われわれは十二世紀、朱子学によって、そうした人間以外の存在は確実に存在しないということを論証している。それに対して、人間以上のものに対して尊敬をささげる仏教というものは迷信だということをちゃんと規定した。ところが西洋人は、いまでもああいう神なんかの存在を許している。少し大げさにいえば、ベトナム戦争の背後にもそれはあると思いますね。

石田　僕らの感じでは、天とか天命とかいう観念は儒学と結びついていると思うのですけれども、ああいう天の摂理という思想は、文化史的な系統としては、唯一の超越神の摂理と通じるものじゃないか。むしろ道教的といいますか、南の方の荊楚《けいそ》(13)の地に生れた思想のほうが、かえって日本人の世界観に近い、つまり超越神の支配する世界ではない宇宙を考えているような気がするのですね。

吉川　ええ、それも宋学では、自然と置きかえてよろしいわけです。

石田　それでは本来、孔子自身は……。

吉川　それはわかりません。孔子はもう少し不可知なものが世界にも人間にもあると考えて、それは天の摂理だと考えていたと思いますが、宋学者はそれをそう申しません。天というのはこの上にある天体そのものにほかならない。それは非常に秩序を正しくもち、それとコレスポンドして、人間の秩序もそのように運行すべきだと。そこには宋学者は一つの自然哲学みたいなものがございましてね。すべての物質は物質であるかぎり同じ原子から構成されていて……それが「気」でございますけれども、「気」で構成されている。だから人間も自然の一物であるということは、「気」で構成された物質である。だから善を好む、と。このように言うのです。また自然はある方向をもって運動している。物質の一つの性質は、静止ということでなしに運動ということだ。みんなすべてが調和をうる方向へ運動している。だから人間を構成する主なものは気でございますけれども、その気の運動もそういう善を好む方向へ運動しているというのが、朱子の本来の主張だと思います。それが日本儒学ではどう演繹《えんえき》されておりますか、日本ではそうとうちがった演繹をされているのじゃないかという気がします。私は学問の道にはいって以来、日本のことはあまりやらなかったものですから、このごろになって日本のことをもっとやらなければならないと思っておりますが、よく存じません。

石田　そうすると、宋学では自然というところへ帰着するというわけですね。だから人間も秩序ある存在である。

吉川　いま申しましたように、自然は秩序である、人間も自然の一部だ。だから人間も秩序ある存在である。ある哲学史家にいわせれば、理神論にたいへん近いのじゃないかということを言っておりました。そういう考え方は、原始的な生活を送っている民族には、かえってあるのではないかという人があるのですが。

石田　たしかにそういうことは言えますね。私ども日本人の世界観、世界像にしても、自然のなかの秩序の意識はどこまで自分たちにあるか知らないのですけれど、自然と人間とを一つとして感ずる面は強い。自然に先だって、あるいは宇宙に先だって、宇宙の上に存在する絶対の超越神という観念は、われわれにはしっくり来ませんですね。

吉川　やはり日本人も、生活感情としてはいまの朱子の哲学のような、人間も自然の一物だから善を好むというようなものがあるのじゃないでしょうか。

石田　だから、朱子学が日本にはいりやすかったということは、いえるのじゃないですか。

吉川　いえると思います。ただ日本での演繹のしかたは、自然の秩序の厳粛さのみを人間に投影させる。つまり天は高く地は低い。だから君は尊く臣は卑しい。そういうふうに投影させるところがたいへん日本的なんですね。中国的だとむしろ、『論語』

のなかでも「四海之内皆兄弟也」ということがたいへん重要でございまして、自然はみんなそれぞれ個性を主張しながら平和に共存している、人間もそのようでなければならないということになるのですが、しかし実は私、そこに中国的思考の弱さも感ずるのです。それは自然と申しますけれども、植物的自然だと思うのです。たとえば気象についても、あまり暴風雨というものは意識にのぼらない。穏やかな天気のいい日だけが意識にのぼる。それから山川草木が意識にのぼる。草木はなるほど悪いことはいたしません。動物では鳥なんですね。文学についていえば、陶淵明《とうえんめい》の詩の「山気日夕佳　飛鳥相与還　此中有真意……」、これこそほんとうの真実だ、それは山へ帰っていく対の鳥にある、というのに対して、ギリシャの文学なんかには獅子《しし》の恐ろしさ、相戦う獅子、あるいは人間と獅子の戦いというようなものが出てくるようです、よく知りませんがね。自然のそうした面は、中国の文学ではあまり意識にのぼらない。それはさっきの極悪人というものは考えられないというのと、つながっていると思いますね。

石田　ちょっと話はそれるのですが、鳥のことで思い出したのですけれど、中国の古典には、人間の道徳を説くのに鳥をたとえに持ってくるばあいが非常に多いですね。「綿蛮たる黄鳥、丘隅に止る……」。これは『詩経《しきょう》』の句ですか。

吉川　『詩経』でございます。

石田　ああいうふうに、鳥をしばしば道徳のたとえにもってくるということに、なにかお考えはありませんか。それはどこの国でもそういう必然性があるのかもしれないのですけれども。

吉川　『詩経』には獣も現れますが、獣はキツネ――キツネはあまりいい動物ではございませんですね。他の文学にはあまりキツネは現れないと思いますがね。『詩経』にはキツネが現れる、しかし、やはりいちばん多いのは鳥でございましょうね。これは鳥の平和さというものが愛されるのではないかと、簡単にいえばそう思います。だから鳥のイメージ、これはだいたいいつも文学では幸福なものの象徴とされる。平均してそうだと思います。ただ雌雄別れ別れになった鳥とか、そういうものは悲哀の象徴として現れますけれども。それも鳥は雌雄一対であるのが原則だということが前提になっているわけです。いや、実はちょっと鳥のイメージは別の必要があって、ただいま考え中なんで、考え中だけにちょっと簡単にお答えできないのですが。

石田　古典に帰って、私が『論語』を読んでいちばん惹《ひ》かれる点は、それもちょっと書いたことがあるのですけれども、孔子があくまで志を天下に行おうと思って諸国を説いて歩くとき――これは『論語』の後半にとくに多いのかもしれませんが――いわゆる「世を避《さ》くるの士」や老荘の徒が、なにか絶えずチラチラかたわらにあらわれる。孔子はそれを非常に気にしているのですね。そして向うが逃げたらあとを追っかけていこうとする。弟子に向ってもなんか意味ありげなことを言う。あるいは子路《しろ》にもう一度行ってこいと言いつけて、行ってみればもういなかった。そういう場面に、『論語』を読んだときの自分の環境のせいもあったかもしれないのですけれど、僕は孔子のなかに相せめぐ二つの魂といったものを強く感じました。孔子は、毅然《きぜん》として生を肯定しようとする反面、一方では老荘的な思想の魅力に、非常に惹かれていたのじゃないか。こういうことを僕自身の感じとしてちょっと書いたことがあったのです。そうしたら竹内好《よしみ》(14)氏が、あそこに出てくる「世を避くるの士」は、いわば孔子の分身みたいなもので、そういうふうに考える説はほかにもある、自分もそれには非常に興味を持っているのだ、と話しておられました。どういうものなんでございましょうか。

吉川　私もだいたいはそう思います。しかしこれに惹かれてはならないということを、孔子はいつも自分に言ってきかせているのですね。

石田　言ってきかせるのは、つまり惹かれているから……。

吉川　その言ってきかせているところが、私も好きなんでございますけれどもね。そこにたいへん孔子の苦悩があるように……。

石田　そこに非常にヒューマンなものを感ずるのは、ひかれていること自体が人間的であり、それをひかれてならないと自ら戒めるのも、孔子の人間主義に出ているからでしょうね。「鳥獣は与《とも》に群を同じくすべからず、吾《われ》、斯《こ》の人の徒と与にするに非《あら》ずして誰と与にせん」といった意識ですね。「果《か》なるかな、之《こ》れ難きことなきのみ」。先生のご本にはここをどう読んでおられるか。「思いきりのいいことよ、これはやってむずかしいことではない、いちばんイージーゴーイングな道である」というような反省をしたり、ああいうふうなところにいちばん感動を覚えるのです。それは孔子の人間的な……。

吉川　孔子というのは、そこから考えてもよほど複雑な人だったと思います。

石田　『孟子』の文章は非常に整っているのかもしれませんが、僕は人間的な魅力という面では、『論語』のほうに強くひかれます。

吉川　私も『孟子』のほうはあまり好まないのですが、しかし中国でも『孟子』の地位が完全に確定するのは、これも朱子です。『孟子』は性善説ですね。人間の性はみな善である。それは水が低きに流れるごときものだ。ああいう論証は『孟子』にはじめて出るものですから、その点で『孟子』を尊重するのでしょうが、しかし宋の人でも『孟子』が嫌いな人があるのですよ。それは『資治通鑑』を書きました司馬光《しばこう》、すなわち司馬温公《おんこう》です。そのために司馬光は道学先生から少し評判が悪いのです。もっとも朱子もこういうことを申しております。『論語』のことばはたいへん円満で円みたいなものだが、『孟子』になるとあまりにも論理的になる。そういうことを朱子も言っております。

石田　『孟子』の文章はやはりあの時代にできたものですか。
吉川　だいたいそう思います。一つには、簡潔とともにたいへん饒舌《じょうぜつ》な文章だとお感じになりませんか。ああいう饒舌さは、またちょっと中国の文献に特有なものかと思いますけれども。
石田　それから、とてもミリタント（戦闘的）な文章ですね。
吉川　はあ。吉田松陰という人は『孟子』がたいへん好きだったようですけれども、ともに『孟子』のなかで、「社稷《しゃしょく》を重しとなす、君これに次ぐ」。国家がいちばん重要で君主はその次だ、だから君主はとっかえたらいい、というようなところには、吉田松陰は抗議を提出していたと思います。こういうのは日本では通用しない。通用しないのは日本的な考えのほうがいいのであって、こういう中国的考えは困るということを吉田松陰は言っておりますが、それを読んで以来、僕は吉田松陰という人、好きでなくなったのですけれどもね。
石田　そういうお説教は僕もむかし聞かされたことがありました。
吉川　それから、『孟子』を輸入する船は暴風にあってひっくり返ったという伝説もあるようですね。
石田　それもありましたね。
吉川　やはり『論語』がいちばんお好き……。

石田　いえ、文章としての魅力はやはり『史記』なんかがすばらしいと思いました。もちろん『史記』もぜんぶは読んでないんですけれども。

吉川　専門家でも『史記』をぜんぶ読むのはたいへんなんですから。

石田　それはそうですが、『文章軌範』なんてのは、昔の日本人はよく読んだのでございましょうか。どうも自分の文章は『文章軌範』や『唐宋八家文』から影響をずいぶん受けているのじゃないかと思います。昔ぼくの家に木版本の『唐宋八家文』がありましてね。しかしまだ読んでない本の中では『左伝』なんか、ぜひ読むべきものだったのでございましょうね。いまからでも時間があれば読みたいものです。それと唐宋の詩。唐詩は非常に好きだった。

吉川　ただもう一つ、こういう事があるのです。漢文の文章はたいへんやさしい。これは客観的にそういえると思うのです。とともに、これはほかの語学とちがいまして、心がけさえすれば独習可能な言語ではないかと思うのです。私は江戸時代の人でも、だいたいはある程度はじめ初歩をやって、あとは独習だったのじゃないかと思います。ところが西洋の語学はちょっとそういうふうにはまいらないように思います。西洋の語学は独習でなしにきちんとやらないと……きちんとというか、文法の約束を覚えないとわからない。そういう習慣から、漢文の学習にもそういう予想が抱かれて、食わず嫌いとともになにかノイローゼが起って、それがさっき言ったような、佐久間象山のたった八字を引いて、それをまちがうというような現象を起しているのじゃないか。そう言うと漢文の先生、失職されるから困りますけれども、あまり学校でやかましく教えすぎるということもあるのじゃないかと思いますがね。

石田　アルファベットと表意文字とのちがいで、日本人は漢字に慣れているせいもあって、漢字から受ける感覚が、たやすく漢文脈についていける一つの要因にはなっているのでしょうね。

吉川　それと、さっき申しましたように、はじめから記載語として発生したものですね。だから一種の人造語なんですね。それは程度の問題で、ことばはぜんぶ人造語なんですけれども、そこにより自然語であるもの、自然的な要素を持つものと、人造の要素をもつものとある。漢文ははじめから記載語として生れたものですから、ちょうど数学の方程式みたいな要素をたいへんもっているので、しばらく眺めていて考えれば自分で方程式が解ける。そこが強みでないかと思いますけれどもね。妙なことを申しますが、私は字引を引かないのです。実は旧時代の中国の文化人は字引を引くことを恥としていたのです。重要な書物はぜんぶ覚えているべきだ。字引は人前で引くものではなかったのですよ。だから、私なんかちっとも覚えておりませんけれども、教師として在職中は私はいつも字引を引かなかったのです。こうやってテクストを眺めていてわからなければ、これは私の能力が足らないのだと悲観しながらね。しかしこのごろは引きます。引くと、なるほど便利なものだと思います。（笑）ところが西洋のことばはどうもそうまいらないように思います。どうしても字引を引かないといけない。そこにことばの本質になにか違いがあるのではないかということさえ考えます。

石田　やはり表意文字がぜんぜんないということでしょうね。

吉川　それと中国語は単語が非常に少ないことばだということですね。常用する漢字はだいたい三千ではないでしょうか。『論語』に使っている字が当用漢字より少ないのですよ。千五百だったかと思います。文学になると多くなりますけれども、杜甫でも五千字ぐらいです。その中でも一回しか使ってないような字、あるいは固有名詞、こういうものを除くと、だいたい三千というのが常用字だと思います。漢字一つを一単語とするのは、少しこれまたまやかしの議論になりましょう。二字ずつの熟語が多いですからね。しかし二字ずつの熟語だって、「新聞」というのは日本製の単語だけれども、新しいというのと聞くというのと、ぜんぜん無関係ではないわけですね、そうしてニューズ・ペーパーということになる。そういう意味からいえば、漢字一つが一つの単語的なものをもっている。そうすると、それが三千しかないわけです。日本語は単語が恐ろしく多いと思いますが、英語は一万覚えていてもとても読めない。英文学の同僚に聞いたら、二万は暗記してもらわなければいけないと言っていましたね。フランス語は単語が少ないのだそうですけれども、あれがどのくらいになりますか。

そういう点で漢文は、字引をひかなくても修練すれば読める言語だというのです。

石田　そういうものが日本人の教養のなかにはいってきている度合は大きいですね。僕は『論語』を読んで、徳川・明治のあいだの日本語のなかに、いかに『論語』が深くはいったかということを、ずいぶん感ずるのですけれど。本屋さんの名前でも三省堂とか有斐閣とか、それから日常われわれがなんの気なしに使っていることばのなかで、これは『論語』からはいったなと思うことばがずいぶんありますね。あれはやはり徳川以後でございましょうか。

吉川　それと、これはもっと大きくして、文脈の問題ですけれどもね。現在の日本語の文脈は漢文訓読体から来る。これは山田孝雄《よしお》(15)さんの説ですが、これはたいへんすぐれた説だと思います。いまの文脈を作った中心は新聞にあるわけですけれども、明治の初期の新聞はだいたい漢文訓読体なんです。それが、である体になってもそのまま来ている分が非常に多い。たとえば「どうしてそういうことが考えられるか」というふうな言い方ですね。それは純粋な日本語にあったでしょうか。「どうしてそういうことを」というのはつまり「いずくんぞこれを知らん」というような、そういう文脈でしょう。そういう点、本居宣長《もとおりのりなが》はそうとう指摘しておりますが、純粋な日本語的な発想からは、あにとか、いずくんぞとか、なんぞとか、そういう言い方はあまりないのではないでしょうか。ところで柳田（国男）さんは個人的にご存じなんですか。

石田　家内の親戚になります。

吉川　そうですか。柳田さんは言語に対する勘も、たいへん鋭い方だったのでしょうか。

石田　そう思いますね。あのくらいの世代の教養人になると、まちがった漢語の使い方をしないのじゃないですか。

吉川　それは漢語なり漢文に対する能力は、言語に対する美的感覚が大いにあるかないかによってちがってくると思うのですがね。

石田　つまり、ことばに対するセンスが……。

吉川　ええ、ことばに対してというのは、それが論理でなしに、エステートとしての能力によってちがってくるのじゃないかと思います。わたし多少教育家として申しますと、人間としては実に立派な人ですね。それから学者としてもおもに歴史学的な理論、あるいは哲学としての理論、それは実に立派です。ただ書物を読ましてみるとたいへんな誤読をする。そういう人をわたし一人ならず知っております、二人なり三人なり……。

石田　そういうことはよくありますね。

吉川　それはどういうのでしょうか。言語のリズムに対する美的感覚、それがなにか欠落している人ですね。ほかの才能はたいへん持っているけれども。

石田　そういう方は、日本語を使ったって同様でしょう。日本語もわりに無神経に……。

吉川　ええ。それが漢文の場合は非常にはたらくから、それに適して読める人と読めない人がある。ということは、そういう個人差がひどく現れる一種の言語というか、文章だと思います。

石田　たしかにそうですね。柳田さんはもともと詩人でしたから、非常にことばに対する感覚が洗練されていたし、態度もきびしいでした。

吉川　ただ、僕は過去の日本よりも現在を悪いということは言わないようにしているのですが、多少そのことについていえば、過去の日本人はそうした才能に乏しい人も、ある時期そういう修練をすることに従順であった。いまは少しその修練を怠っているのじゃないかと思いますね。

石田　新聞でも、ついこの間の書評欄だったか、「直截」という字に「さい」と振ってあるのですが、あれは新聞社で入れられたのか、筆者がふりがなでもしたのか……。

吉川　あれはセツでしょう。

石田　もうあれはサイになっちゃったのじゃないかと思ったのですけれども、どうなんでしょうか。サイと読みうる根拠はあるのですか。

吉川　何かあるかも知れません。

石田　それならいいのですけれども。しかし『東西抄』にも書いておいたのですが、「熾烈《しきれつ》」とは言わないでしょう。

吉川　それは言わないでしょう。

石田　それから、封建的「残滓《さい》」とも。截然という字は、ほとんど大部分の人がサイゼンとこのごろ言います。あるいは大部分の人がそう読めば、それが日本語になるのでしょうか。

吉川　それはそうでしょうね。たとえば「洗濯」というのはいまセイタクという人はございませんね。センダクというのは俗語です。セイタクです。あれはNの音にはなりません。サンズイへんに先が書いてあるからセンと読むけれども、セイです。終りにNがつかない。そういうことをいえば、ほかにもいろいろありましょうが、それはしかしいま日本語として変えるわけにいきませんから……。

石田　苦肉の策というと、あれはなにから来たことばですか。

吉川　なにから来たのですかね。存じません。中国のほうに非常に偶然にあるものが日本で広まっている。苦肉の策もその一つでしょうね。

石田　古いところにあるのじゃないですか。

吉川　とにかく中国ではあまり使わないことばですね。苦肉の策というのは。ただ、これは僕がしょっちゅう言うことですけれども、日本語で漢字が必要なのではなくて、漢語が必要なんじゃないでしょうか。つまり総決起大会という音声、これは漢語を使わなければ出ないでしょう。それから「エンタープライズ粉砕」というような……粉砕というのは日本語ではどうしても出ない。

石田　ぜんぶ大和ことばでひとつためしてみては……。

吉川　エンタープライズ蹴散らせ、ではシュプレヒコールになりにくいでしょう。もっとも僕は漢語を漢文のためには尊重するつもりがないのですけれどもね。第一、決起といい、粉砕といったところで、漢文ではない。明治以後にできたものです。決起、粉砕はあるいは昭和になってからかもしれない。どうですか、大正にありましたか。

石田　「無産の民よ決起せよ」という労働歌があったのは大正じゃなかったでしょうか。

吉川　粉砕もなにかテクノロジーの用語としてはあったでしょう。

石田　いま中学、高等学校でぜんぜん漢文を習わない学生もいるのですか。

吉川　そうではないのです。このごろ国語の教科書のなかに漢文は必ず含まれるようになりました。ですから、『論語』の何条かはすべての人間が習っているはずです。中学校もはいっています、国語のなかに。高等学校の教科改訂のときに、漢学者から頼まれまして、僕は委員になっていたんです、文部省のね。あなたはなんにも言わなくてもいいから、ただ坐《すわ》っていてくれたらいいということなんですね。そのとき上級の委員会は中教審、中央教育審議会ですか、そこから下ってきたお触れには、漢文はぜひ教えてくれというわけですよ。ただ訓読、書き流しで教えてくれ。漢文は国語のとき必ず教える。だれですかと聞いたら八木（秀次《ひでつぐ》）(16)さんだというのですよ。ところがそれに対して、いちばん猛烈に反発したのは国語の先生です。国文学と漢文学の仲の悪さ、そのもとづくところは明治の初年にあるらしい。それは維新後、平田（篤《あつ》胤《たね》）(17)の国学者の一派は漢文を日本から一掃しようとしたのだそうですね。そこにたいへんなストラグルがあった。排仏棄釈(18)もそうとうのものだったらしいです。それがずっといままで来ているのじゃないかと感じましたね。けっきょく、中学校の国語の教科書にも『論語』ははいっているでしょう。それから唐詩も十ぐらいはいっているのじゃないでしょうか。そしてこのごろの学生は、僕らのころのように漢文を毛嫌いしないようですね。中国の国力が上がったということもあるでしょうけれども……。

石田　そんな毛嫌いする学生が先生のころにもいましたですか。

吉川　いたのじゃないでしょうか。私どものころは、だいたい漢文の授業といえばきらわれた。石田さんのような勤勉な心がけのいい方ばかりじゃなかったですから。

（笑）

石田　僕は自分の趣味で好きだっただけです。

吉川　それと、井上靖さんが漢文を人々から遠ざけたのは詩吟の罪だということを言っていましたが、あれは僕はたいへんおもしろい指摘だと思いました。しかし、こうした発言はうっかりするとたたかれるのですよ。いまある人々は詩吟をたいへん尊重している。あれはいつもあるのですか。幕末にはあったでしょうね。

石田　幕末にはあったんだろうと思っていますけれども。芝居では見ましたね。

吉川　芝居ではございます。井上さんによれば、日本の和歌の朗詠を漢詩の読み方に移したんだ、ということでした。

石田　剣舞というものは徳川時代ですか。

吉川　剣舞こそ明治のものじゃないでしょうか。徳川にあったでしょうか。

石田　僕は新国劇の沢正《さわしょう》（沢田正二郎⑲）がやった『新選組』という劇の中で見た記憶があります。

吉川　だから中国文学をやるならば詩吟にならないような詩ばかりをやるということ。そう特に心がけたわけではないけれども、考えてみるとどれも詩吟にならないような詩ばかり好んでいた。詩吟というのは日本的なものだと思うな。井上君の指摘は、さすがにたいへん鋭敏だと思いました。中国詩というと詩吟を連想する方が多いようですけれども。

石田　このごろはそうでもないようですね。

吉川　それは多少僕にも功績があると思うけれども。しかし詩吟も町の修養会的なところではなかなか盛んですよ。

石田 しかしああいうところで歌っている詩は、頼山陽《らいさんよう》とか乃木大将とか日本人の漢詩でしょう。中国の詩はどうでしょうか。

吉川 やっていますよ。

石田 そういえば、私が芝居で見た『新選組』の連中がやってたのも、「風蕭蕭《しょうしょう》として易水《えきすい》寒し」でした。ところで井上さんぐらいの世代はどうなんでございますか、あの時代は漢文のずっと衰えた時代でございましょう。

吉川 私どもと同じ時代ですけれどもね。井上靖君でしょう。私よりちょっと下くらいでしょうか。

石田 それだったら……。

吉川 あの人はたいへん特殊な人で、西域のことが学生のころから好きだったようですね。

（1）『東西抄』 石田英一郎『東西抄―日本・西洋・人間―』は一九六五年筑摩書房刊。「愛と憎しみの文化」はその巻頭の一篇。
（2）ヌーベルバーグ 一九五〇年代末に始まったフランスにおける映画運動（Nouvelle Vague）。

映画批評誌『カイエ・デュ・シネマ』の批評家として活躍していたジャン＝リュック・ゴダール、フランソワ・トリュフォーなどによる活動やその作品を指す。

(3) ジョージ・サンソム　イギリスの外交官、日本研究家。一八八三～一九六五。一九〇四年英国外務省に入省。一九四〇年までに数次、都合三〇年ほど日本に駐在。戦後は極東委員会英国代表として再び来日。著書は『日本文化史』（一九三一）など。『西欧世界と日本』は金井円ほか訳、一九六六年刊。原著は一九五〇年刊。上巻に「至此、不覚仰天、浩嘆。擗胸流、涕者、久之。」と引くのを指摘したものか。

(4) 佐久間象山　幕末期の学者、思想家。一八一一～一八六四。信州松代藩士。はじめ佐藤一斎に師事。朱子学を修める。のち蘭学・砲術を学ぶ。洋学者・兵学者として知られ、門人に勝海舟、吉田松陰、加藤弘之らがいる。その思想は「東洋道徳、西洋芸術」の語に集約される。『省諐録』は象山の漢文随想録。

(5) 『文章軌範』『唐宋八家文』『十八史略』　『文章軌範』は南宋の謝枋得《しゃぼうとく》が編んだ散文集。『唐宋八家文読本』は清の沈徳潜が明の茅坤編『唐宋八家文鈔』などに基づき、更に精選して各篇に主意・評釈を付したもの。八大家とは韓愈、柳宗元、欧陽修、蘇洵《そじゅん》、蘇軾《そしょく》、蘇轍、曽鞏《そうきょう》、王安石の八人。どちらも唐宋の古文の代表作を収めたもので、日本でも広く読まれた。『十八史略』は『史記』から『新五代史』に到る十七史と宋代の歴史のダイジェスト版。宋末元初の人、曾先之編。これも日本で良く読まれた書。

(6) テンス　文法用語で時制（tense）を表す。

(7) 『左伝』『春秋』の三伝（三つの注釈書）の一つ。春秋左氏伝。歴史記事を補う注釈で、故事・逸話に富む。日本では三伝中特に良く読まれた。

(8) コンテンプレイチブ　contemplative（英）。熟慮する、瞑想的、思索的。

(9) 『資治通鑑』　中国の歴史書。北宋の大政治家、司馬光撰。通鑑。英宗の勅により着手し、神宗に献呈された。戦国時代の初めから五代の末までの一三六二年間を編年体で記述。宋末元初の人、胡三省の注がある。膨大な原史料に厳密な史料批判を加えて成ったもので、古来評価が高い。特に唐五代の部分は今日でも貴重な史料。司馬光（一〇一九〜一〇八六）、字は君実、陝州夏県（山西省）の人。政治家として旧法党の首領であったのみならず、学者、文人として同時代及び後世に大きな影響を与えた。通鑑以外の著作は『涑水紀聞』など。

(10)『晋書』　二十四史の一つで、西晋・東晋の歴史を扱う。唐の太宗の命を受けて房玄齢らが編纂。初唐に入ってから先行著作を参照して集団で編まれたもので、矛盾や不統一も間々あり、後世の評価は必ずしも高くない。しかし、「載記」の部分は北朝史研究の重要史料。

(11) 食人肉の風習　桑原隲蔵「支那人間に於ける食人肉の風習」（『東洋学報』第一四巻第一号、一九二四年）。後に『東洋文明史論叢』（弘文堂、一九三四）に収録。

(12) 周作人　中国の随筆家、評論家、翻訳家。一八八五〜一九六七。浙江省紹興の人。魯迅（本名は周樹人）の弟。兄に続いて、一九〇六年に日本に留学、立教大学に学ぶ。兄と共に東欧文学を中心に翻訳した『域外小説集』を刊行。辛亥革命を受け帰国後、北京大学教授。評論活動を展開し文学革命運動の一翼を担う。加えて日・英・ギリシア三か国語からの翻訳にもその後長く従事。作家としては小品文、随筆の名手。戦後、対日協力の罪に問われて下獄。新中国成立後も漢奸として批判されつつ、著述を続けた。知日家として知られる。

(13) 荊楚　長江中流域一帯。現在の湖北省と湖南省に相当する。荊州。

(14) 竹内好　中国文学者、評論家。一九一〇〜七七。東京帝大支那文学科卒。岡崎俊夫、武田泰淳らと中国文学研究会を結成。戦後に東京都立大教授。魯迅論の名著『魯迅』、評論『現代中国論』のほか、『魯迅文集』など訳書多数。『竹内好全集』全十七巻（筑摩書房）がある。

(15) 山田孝雄　国語学者、国文学者。一八七三〜一九五八。富山生れ。富山中学中退後、ほぼ独学で学ぶ。東北帝大教授、神宮皇学館大学長、貴族院議員。文化勲章受章。山田文法と称さ

れる文法研究、国語史研究で著名。国文学の分野でも考証・注釈に優れ、文献学、書誌学にも活躍した。『日本文法論』『奈良朝文法史』『平家物語につきての研究』『万葉集講義』など著書多数。漢文・漢語と日本語文との関係を扱ったものに、『漢文の訓読によりて伝へられたる語法』『国語の中に於ける漢語の研究』などがある。

(16)八木秀次　電気通信工学者。一八八六～一九七六。大阪帝大総長。参議院議員。

(17)平田国学　平田篤胤（一七七六～一八四三）が創始した国学の一派。平田派。復古神道を鼓吹。篤胤の養嗣子銕胤、大国隆正らが引き継いで、明治期に至り、国家神道に接続していった。

(18)排仏棄釈　廃仏毀釈。明治初期の仏教排斥運動。明治政府の神仏分離政策を背景に、各地で仏堂・仏像・経巻などの破壊が行われた。

(19)沢正　沢田正二郎（一八九二～一九二九）。俳優。劇団「新国劇」を創立した。剣劇を案出し、新国劇の舞台で人気を博した。

中国の学問と科学精神

湯川秀樹
吉川幸次郎

湯川秀樹（ゆかわ　ひでき）

一九〇七年生まれ。理論物理学者。京都大学教授、プリンストン高等研究所、コロンビア大学教授、東京大学教授、京都大学基礎物理学研究所所長を歴任した。一九四〇年に学士院恩賜賞、四九年に「核力の理論研究に基づく中間子の存在の予言」により日本最初のノーベル物理学賞を受賞。科学者京都会議の開催や世界連邦建設運動など、世界平和の達成と核兵器の廃絶に尽力した。一九八一年没。

吉川　さいしょに湯川さんにおききしたいこと――哲学をやっている人たちの間に、西洋の哲学は自然科学を生んだけれども、中国の哲学はそうでなかったという議論があるようです。西洋でも哲学は哲学、自然科学は自然科学で、別の経路で進歩したと考えられる可能性はありませんか。前の議論だと、自然科学を生むのが、西洋の哲学の必然であったというふうにきこえるのですが、果してそうかどうか、ということです。

湯川　だいたいそういうふうに考えられてきましたし、歴史的には一応そういうふうに見えるのですが、そこにはいろいろと問題があるわけです。私もかねがね、おりに触れて考えているんですけれども、そこに含まれている問題点は、どれも非常におもしろいが、まだ十分解明されていない。むしろ、これからの問題でしょうね。

吉川　哲学者が同時に自然科学をやったという例は西洋で多いわけですね。しかしそれは同時に、という常識的な言い方でいっていい場合もだいぶんあるんじゃないかと思うのです。二つが元来は必然的に結びつくものでなしに、才能の幅の広い人だから、形而上学《けいじじょう》的な思考と現実的な自然を扱う思考が両方できたという場合もあるんじゃないか。

湯川　それがなかなかこみいった問題で、一口にお答えしにくいと思いますね。

吉川　具体例から話を始めていただいてもいいんですが、それならば中国にもそれに似たケースはあったということが、たぶん言えるんでないかと思うのです。

湯川　最初の問題は、自然哲学という段階があちらこちらに見られるということです。それはギリシャにもあるし、中国にもある。インドの方にもありますが、まだよくわかっていませんので、インドの話は抜きにしまして、ギリシャと中国だけに話を限ることにしますと、どこが異っておったのか。ギリシャは後の自然科学・近代科学につながっていった。その途中、アラビアを通るとか、いろいろあったけれども、とにかく現在の科学とつながっている。ところが、中国の方は中国なりの科学技術は相当早くから進んでおったけれども、しかしそれが近代科学、今日の科学文明の中心になる科学を生みださなかった。これはだれにもよくわかることですが、古代ギリシャや古代中国と現代の間には二千年以上の年月が経過してる。従って途中のことも、もう少しよく考えてみないといけない。つまり近代科学を生みだす根になるようなものが、ギリシャにも勿論《もちろん》あったし、中国にもあった。大きな違いは途中に出てきたのではないか。そういう問題の立て方ですね。

もう一つの、もっと常識的な見方はギリシャの方が道具立てがそろっていた。たとえば、数学が進んでおり、それが自然哲学とある程度結びついていた。それから実験ということも、ギリシャではわりあい古くから行われていた。そういう道具立てがそろってたという点を重く見る。私もこの考えに賛成です。たとえばピタゴラスは自然哲学者であり、同時に数学者でもあった。アルキメデスは数学者であると同時に、物理的な実験もやった。これに対して中国では、思索する人と暦の計算をする人とは別だったらしい。また思索する人は実験はやらない。そういう違いがあったのではないでしょうか。

そこで今度は、私の方から吉川さんに伺いたいと思うのは、読書人ということばは中国ではいつごろから使われるようになったかということです。読書人というのは自分で古典を読み、自分で思索もするが、しかし自分で手を下して実験はしない、あるいはもっと広く手仕事、つまり技術的な仕事をしないという、そういう伝統が、古くからあるように思うのですが、その点はどうでしょう。もちろん西洋にだってあることですけれども。中国の方が徹底していたように見えますが……。

吉川　読書人ということばはいつから起ったか、ぼくも気にかけているんですが、よくわかりませんね。だいたい宋以後のことばであり、概念だろうと思います。宋学が興ってからのものでしょう。ところで読書人ということばは、その前提として、書物さえ読めばすべての道理はわかるということがあるわけですね。ことに自然をも含めて、世界の様相をもっとも完全に言いかえている書物は民族の古典である「五経」だ、とそういう確信があったわけです。だから自然のことを考えるにも直接実験をしないわけです。まず書物によって、書物を通じて考える。直ちに自然に接する実験を、読書人ということばができてからは一層衰えさせたということは、大ざっぱな議論として言えると思いますね。

湯川　そうすると、宋学では、たとえば朱子が「格物致知(1)」と言ってますが、その格物致知というのは何かじっさい自分が経験を積む、経験によって知るとか、あるいは実験をしてみて知るとか、そういうようなことは考えておらないのですかね。

吉川　いや、考えないではむろんありません。朱子の場合はそれも含んでいるわけです。朱子は天文については相当の知識を持っていました。もっともその知識も『尚《しょう》書《しょ》』の堯典《ぎょうてん》、『漢書《かんじょ》』の律暦志《りつれきし》というふうなものが基礎ですがね。その上に立って実際の星を見ているわけです。それからまた天文以外の自然も観察していますよ。彼の哲学の根底には自然哲学があります。宇宙生成のはじめから考えて――近ごろ山田慶児(2)君がやっているように――宇宙はどうしてできたか。はじめは気がこんとんとしており、それが星雲状のものとなって回っていた。ところがその中に何かちょっとかたまりができた。カスができた。その周辺だけに気が密集するようになって、地球ができた。その証拠に地球もはじめはやわらかいものだった。高い山の上に登って下を見ると、山はみな波のような恰好《かっこう》をしている。それは実験といえばひとつの実験ですね。

湯川　つまり、相当にシステマチックな自然観察をやっているわけですね。

吉川　やっているわけですが、しかしその前提として、実は宇宙の道理はみんな一つのもので貫かれているという思考が、あらかじめあります。それで自然への観察が、人間の問題とむすびつき、それによって人間も説かれます。すなわち宇宙生成のはじめにあった運動の延長が、われわれの肉体の中の血の動きであり、血液の運行によって思考が起り、感情が起る。その運行には一定の方向があり、宇宙はつねに秩序を得ているように、人間も原則的には道徳的であり、善を好む。そういうふうに論証されていくわけですね。しかしその前提としては、人間も自然の一部であり、人間の理も自然の理も一つだという非常に強い確信が、先行したものとしてあるのです。それともう一つ先行するのは、自然についても人間についても、重要なことはみんな古典に書いてあるという思考です。古典は大ざっぱなことばだけれども、それを演繹《えんえき》していけば、自然の実情も古典のことばからわかるとする。そこで格物致知ということは、けっきょく読書明理、書を読んで理を明らかにするというのと、同じになる。だから明理には常に読書というものがともなう。

湯川　西洋では中世というのはだいたいキリスト教の時代ですけれども、しかしアリストテレスの学問がそのよりどころになるわけですね。アリストテレス自身は非常に経験主義の色彩も強いわけです。実際にいろいろ動物とか、植物とかについて、ずいぶん細かく観察している。非常に手堅くやっているわけでして、その点でプラトンとはまるきり反対ですね。

吉川　人体解剖もやっているわけですか。

湯川　動物の解剖はやったが、人体解剖はやってないと思いますね。しかしヒポクラテスなどという人は、もう少し古いですから、西洋医学はアリストテレス以前にすでにあるわけです。しかし、アリストテレスは生物現象だけでなく、物理現象についても、相当丁寧に観察しています。ですから、一方では経験を非常に重んじたわけですが、他方では言語による概念の論理構成においてもすぐれていた。その両方がアリストテレスの学問の体系をささえている。しかし、プラトンとちがって、自然現象の理解のための数学の重要性を認めなかった。それが十七世紀の科学とちがうところで、プラトンとはちがった意味で、ドグマ的[3]になった。それが学問の主流、つまり正統派になりまして、絶対化されたわけですね。西洋の中世は、何を議論したって聖書とアリストテレスをよりどころとする。スコラ哲学というんですか、そういうものが体系化され、それはそれで面白いのでしょうが、自然探究として新生面を開くことはなかった。あちこちにそれと違う傾向がポツポツあらわれてきて、ルネッサンスになり、ついに十七世紀の近代科学という、非常に性質の違った学問が確立するわけです。

そこで十七世紀以後の話をのけて、中国の場合と比較してみますと、経書《けいしょ》の中に真理は言いつくされてると考えるのは、聖書やアリストテレスを絶対的なよりどころとするというのと非常によく似ている。しかし、どうも宋学一般にせよ、朱子学にせよ、やっぱり格物致知というのは、それ相当の意味があって、そこに何かサイエンスを志向するものがあると言えるのじゃないですか。

吉川　その可能性はおそらく中世のスコラ哲学よりも持っていると思います。といいますのは、聖書のような超自然的なものは経書の中にないわけです。だからすべては合理的な思考で解きうる。超越的な思考は不必要です。そこに不可知論はないわけです。格物致知ということばの中には、すべては人間の力で説明される、解決されるという確信が宿っているわけですよ。ただし物といっても、観察は天地山川草木、動物よりもむしろ植物に傾くと感じますが、理想としては、世界の存在の一つ一つを全部究明していかないといかん、また究明できるという確信です。ただしそれと共に、究明の途中で、もっとも重要な理はすべて経書に記載されているという思考が、そこに作用して、物それ自体についての究明を、中途半ぱで終らせるということがあります。ぼくがずっと前に書いた本だけれども、『支那人の古典とその生活』に書いておきましたが、『漢書』律暦志に出てくる日月五星の運行の周期の数字ですね。あれは小数点以下相当のところまでたいへん正確なんです。それは実際の観測、それこそ物を格《ただ》することによってやられたに違いないですがね。ところがそれがこういうことで検証されているんです。易の中にいろんな数が出てきます。八卦《はっけ》六十四をはじめとしまして。その幾つかをかけ合わせた倍数と、きちっと合うというんですね。だからこれはたいへん確実な数字だということになり、そこから先は求められず、そこで究明は終ってしまう。これはたいへんいい例じゃないかと思いますね。

湯川　しかし西洋もやはり、そういうことを何度か繰返してきているのです。ピタゴラスというと非常に古い、孔子と同じ時代の人ですが、彼は数というものを、一方では非常に神秘的に考えた。その点いまおっしゃった易のような思想とずいぶん似ていますけれども、同時にたとえば、いろんな音が調和する。ちがった高さの音がたがいに調和して耳に快く感じる。そういう場合、それらの音を出す糸の長さの比が整数比になっている。そういうようなことを発見した。つまり経験法則を数の間の関係として表現した。

吉川　それはピタゴラスですか。

湯川　そうです。そこからピタゴラスの「万物は数なり」が出てくる。それがそれ以後の科学思想の発展にとって、決定的な重要性を持っているといわれています。しかし、もしも後の発展がなくて、音の調和を数の神秘として捉えるだけにとどまったとしたら、どうなったか。つまり、たとえば糸の長さが二対三になっている。そこに調和がある。だから整数以外は考えてはいけないという方向へ進むか、あるいは整数にはこだわらず、自然界には数学で表現されるような法則性があるというふうな近代的な思考へ進むか、それはどっちにも行き得たわけですね。ピタゴラスよりずっと後になって出てきたプラトンも、数を神秘的なものと考えた。原子という考えはすでにあったわけですが、プラトンまできますと、原子は正多面体であるべきだ。正四面体とか正六面体とか、そういう簡単で完全な形をしてるべきだと考えるようになった。そういう理想的なものを考えるということは、自然の本質に迫ることであるかも知れないが、あるいは反対に勝手に人間のきめてしまった理想的な型に、無理に自然を押しこめることになるかも知れない。どっちにでもなりうるようになっていますね。その次のアリストテレスはプラトンとは違って、実際の観察を重んじるわけですから、考え方がずいぶん違うわけです。ですからプラトンは現実超越的ではあるけれども、完全に超越してるのではない。何か自分でイデア的なものを勘案して、そのほうが実在であるというふうに考えたわけですが、それが現実に反映してると考える。そういう考え方は近代科学へ向う方向と逆行しているのか、いないのか。必ずしも逆行しているとは言えないですね。アリストテレスも逆行であるとも、ないとも言えない。後々の発展の具合によって、どっちにでも判断できるわけです。

ギリシャはプラトンの前がソクラテスですが、ソクラテスは自然哲学にあまり興味を持たなかった。ところがギリシャの本来の思想の流れは、タレスからデモクリトスにいたる自然哲学の方にあった。もちろんモラルに関する思想も同時にそこにあり、自然哲学とはっきり分けられません。宗教の問題もそこにあったわけでしょうが、しかし宗教性が割合少ない点では、ギリシャは中国と非常に似ていると思うのです。ソクラテスが出て、プラトン、アリストテレスと代って、結局アリストテレスが後世に一番大きな影響を及ぼすということになったけれども、タレスから始るギリシャの中では、中国と比べて、やはり自然哲学の比重がずっと大きい。しかし、中国だって儒教以外にいろいろ思想があり、特に老荘は非常に自然哲学的な色彩が強い。そこでも人間社会の考察や人生論と一緒になってますけれども、それもギリシャと同じことです。もっとさかのぼると、先ほど話に出ましたように易があり、そこでは数が大きな意味を持ってましたが、数学的な要素はギリシャのほうがずっと多いですね。ですから、やがてユークリッドも出てくるわけですし、アルキメデスも出てくるわけですから、数というものに対する考え方の違いが一つの重要なポイントになる。中国での数の考え方はどういうふうに変ってきたか、よく知らないですが。

吉川　少し問題を変えますけれども、無限という考え方は中国人はきらいですね。少なくとも正統思想としては。

湯川　それは数に対する考え方の根本に関係する非常に重要な問題ですね。

吉川　だからいまの遊星の軌道の数字の問題にしても、無限にこまかなところまで追究するのはあまり好きでないし、そういうはずがないという考えもおそらくあったんじゃないか。円周率については藪内（清）[5]君の領分ですけれども、古来二派あるようです。一つは径一周三なんです。円は完全なものである。円を聖人の行為に例えるのは、六朝《りくちょう》ごろからの思想だと思いますけれども、聖人にも例えられるような至高の図形だと言うんですね。それが三のあとに小数点を持っているようなはずはないという考えがあるんです。だから三という数が、もっともどうして実験したか知りませんけれども、実験的にも正しいというのです。これは十八世紀、乾隆嘉慶《けんりゅうかけい》の文献学者が数学をやり、天文学をやった時期ですが、その中で相当えらい人がまだそう言っている。ところが一方では、六朝の宋だから五世紀ですが、五世紀の祖沖之《そちゅうし》[6]は方形をだんだんに削っていきまして、かどを落していって、小数点以下何ぼかまで出しているわけです。その方向と二つあるらしいですがね。ところで一方は実験でいこうとする。一方はそうでない。数の形而上学みたいなものを尊重する。

湯川　三でよろしいと思った一派の方が正統派とか、何とかいうことがあるわけですか。

吉川　そこまではよく知りませんが、円周率が実用に供せられる場合があるでしょうね。

湯川　それは大いにあるでしょう。実用的には、三ではたちまち困ったはずだと思いますがね。

吉川　ただしそのころの実用ですから、せいぜい三・一四一六ぐらいでいろいろなものできるんじゃないでしょうか。精密機械でない限り。

湯川　どうして長い間、円周率は三ですませたか、ふしぎですね。そういう意味で実用的、技術的な要求と、当然こうあるべきだという形而上的要求とが、ほかの場合だったら一致したかも知れないけれども、円周率の場合には三ではすまない。三・一四でもすまない、ということにだんだんなっていったはずですね。ところが、三でよろしいという考え方が案外あとまで残った。そのあたりの中国人の考え方は奇妙だが、たいへん面白いと思いますね。

吉川　面白いと思います。無限に割切れないものというものを、あまり考えないんじゃないでしょうか。

湯川　ギリシャでもやはり紀元前五世紀、四世紀という時代に、すでに無限が問題になるわけです。無限はないとまで言わんにしても、無限は困るという気持が強く出る。たとえば正方形がありまして、その一辺と対角線の割合はどうしても整数や分数にならない。無限小数にしかならん、ということがわかって非常に困るわけです。それははたして数であるかどうかが問題になる。つまり無限小数というのは、それをつくるプロセスがいつまでも続いて終りがないということで、それがまた論理と結びつきまして、有名なゼノンのパラドックスが出てきます。たとえばアキレスが、いつまでたってもカメに追いつけないという推論は、アキレスとカメの距離が段階的に縮まってゆくと考えると、その段階の数は無限に大きいから、いつまでたっても追いつくことはないという、一種の詭弁《きべん》ですけれども、ギリシャ人はなかなかそれから逃れられなかった。無限が出てきたらいけないという意識があったから、そういうものを持ちこまれると、途方に暮れたわけでしょう。中国の諸子百家の中にもゼノンのパラドックスに似たものがありますね。だから、無限の問題についての考え方は、そんなに違っていないように思います。それからギリシャでは、完全なものは円いものであるというような思想も相当強いですね。ですからヨーロッパの近代の科学と比べますと、やはり何かそういう割切れん数が出てきたりすることはいやがる、無限もいやがる、真空もいやがるというような傾向が目につくわけです。

しかしギリシャにはデモクリトスのように真空を認め、原子の直進を認める考え方もあった。おそらく中国も、儒教の教えが正統派になってしまうまでには、いろいろな考えがあったわけでしょう。どうも西洋の方は、ギリシャ思想のほかにキリスト教というものがはいってきたことが深刻に作用してますね。というのは、キリスト教は超越的なものを考える。プラトンも超越的なものを考えるけれども、それ以上に超越的ですね。つまり超越神があり、それは立法者であると考える。ですから人間世界も、それを包んでいる自然界も、全部含めてそれを外から神さまが完全にきめてしまってるのだという考え方ですね。そこで近代科学の背後にも、やはりこの自然界は神がつくった世界だという考え方がある。神というのは立法者であるから、神のつくった自然法則が成立してるのだという考え方が出てくる。それはギリシャにはあんまりなくて、むしろ近代科学のほうの背後にあるものですが、そういうところが中国と違うように思いますね。

吉川　それこそ非常にむずかしい重大な問題で、われわれの学問の結論みたいになるでしょう。

湯川　立法者という考え方は中国にもあるでしょうけれども、その場合の立法者はだれですか。

吉川　立法者は自然そのものでしょうね。自然の代表が天ですが、天は何よりもその合理的な運行の面で意識される。不可思議な超越者ではありませんでしょうね。

湯川　私もそういうふうに理解しているんです。天とか、天道とかいうのは超越神とは違いますね。天帝というような考え方はむしろあとで出てきた。本来的には天とか、あるいは自然とか、そういう現に実在していると思われるもののほかに、超越的な支配者は考えない。そう思われますね。だいたいそうなんでしょうね。

吉川　それを考えてはいけないという態度が宋学に至って確定するわけです。それまでは道教、あるいは中国的な仏教によって、そういう超越者への傾斜を示すことがあったわけでしょう。道教はことにそうでしょうけれどもね。そういうものを考えてはいけないというのが、宋学の決定した立場だと思います。

湯川　道教というのはよく知らんけれども、本来の老子、荘子の思想は道とか自然とかいうだけで、もっとも荘子は造物者(7)という表現を使いますが、比喩的に言ってるだけで、信仰という「におい」はありませんね。天帝というのは、後になって出てきた道教のものでしょう。

吉川　道家はそうですね。民間信仰としては道教。それは唯一神でなくてもいろいろな神を考えて、その神さまが世界を支配しているというような思考が、よくわかりませんけれどもあったろうと思いますね。

湯川　道教もやはり一神論ではないでしょう。そこがキリスト教の徹底した一神論と違うんじゃないですか。仏教では仏さんということを言うからむずかしくなるけれども、これも超越的でなくて内在的ですね。仏さんを考える以上はどんなにしても内在的な性格が残る。キリスト教の特色は超越的な神さまでです。それが立法者であるという考え方と近代科学というものは裏表の関係にあるわけです。

吉川　ぼくは久しく予想しているんですが、キリスト教への反発として自然科学が興った、とよくいわれますけれども、中国を比較の媒介として考えると、私は一神教があればこそ、自然科学を生む契機を、西洋はより豊富にもったのではないかとね。

湯川 それは非常に大きな契機になっているわけです。あなたのおっしゃるように、キリスト教は、いろんな学説と対立することによって科学の発達を助長したという逆説が成立つわけです。いいかえますと、科学はキリスト教との対立によって、自己の正しさの証明を一所懸命にやらねばならなくなった。たとえば進化論が十九世紀になって出てきますね。いまのキリスト教の神さまは初めに各種の生物を全部一ぺんにつくってしまったんだ。全知全能の神だから全部つくってしまったんだ。だからあとになっていろいろ変化が起って、人間がサルから進化してきたなんてとんでもない、とキリスト教神学は言うのですが、そんなにこだわる必要はなかった。下等動物からだんだん高等動物ができてきたとしても、超越的な神があってそういうふうにきめたんだと言えばいえる。また天動説と地動説の対立にしても、キリスト教は天動説を固執します。そういう点だけ見てると、非常に反科学的だということになりますけれども、それは一面的な観察であって、ギリシャというものだけではなくて、そこへキリスト教というのが加わって、通俗的には科学に反していると言われているけれども、他方ではそれが実は近代科学の背骨をつくるのに役立っているわけです。特にこういう表現がありまして、神は自然という書物を数学ということばで書いたというのがありますね。つまり神はもっともすぐれた数学者でもある。それと神は立法者であるというような観念とが一緒になってくるわけですね。その点が十七世紀の西洋科学のひとつの特色だという見方もできます。

吉川　ぼくはこういう考え方をするんです。花を見てもギリシャ的な考え方ならば、花のイデアというものが思いうかぶわけでしょう。花の背後に、より完全な花を想定する。キリスト教的な思考も、われわれの感覚に触れるものの背後に何かをさぐり出そうとする。ところが中国ではそういう思考はむずかしいと思います。感覚に触れる花の中から、さらにこまかいのを、やはり感覚に触れるものとして分析していく。そういうことは中国の人もやってきた。ただその花の背後に、何か別な世界が連なっているという方向へはなかなか伸びにくい。杜甫《とほ》が「酔うて茱萸《しゅゆ》を把《と》りて子細に看《み》る」というのは、むしろ例外のように感じます。

湯川　つまりそれは、やっぱり終始一貫して内在論ですね。ギリシャではプラトンなどは超越論的なとらえ方をしている。それとくらべればアリストテレスのほうが内在論的ですね。[8] ですからギリシャ自身にも両面ありますけれども、それはどういうことでしょうね。中国は漢民族といわれる人たちの構成している社会、それを包んでいる自然、そういうものでもってこれが全体だというような観念が歴史的に強いわけですね。

吉川　歴史的にいってそうでしょうね。世界は自律的にちゃんと調和を得て存在している。それをわれわれの感覚でこまかなところまで推していけば世界は全部把握できる。

湯川　さっきからの話の逆みたいなことを申しますけれども、自律的な自然というのは自分自身の道というか、法則というか、そういうものを持っておって、至るところに道がある。そうして外から何ら強制されるのでなく、全く自律的に変化し、発展するのだという、そういう考えが中国の自然という概念の中に古くからあると思うのですが、私はそれは非常に科学的なとらえ方でもあると思います。西洋流のとらえ方が唯一ではなく、むしろ中国的な自然のとらえ方のほうが、より科学的である、ともいえるのです。ですから、中国から西洋の近代に匹敵するような科学は発展しなかったということは、歴史的な事実としてはそうですけれども、しかしだから西洋流の考え方が唯一の考え方だときめてはいけないと思います。

吉川　そうぼくも思います。ただ中国的な方法は非常な根気がいるわけです。飛躍をきらいますからね。一つ一つをたんねんに見てゆかねばならない。朱子の「格物致知」を理想的に実行すれば、一つ一つの花はそれぞれ違っているとして、一々に究明しなければならない。「理一分殊」と宋学のことばで言うんですが、世界は一つの理で統一されているということも、核心ですが、理の表現は無限に分裂している。そうした世界観がある。だから理想としては、一木一草、その一つ一つについて、理がどう顕現しているかを追究していく。それが認識の理想です。理想だけれども現実の人間にはできない。少なくとも一代ではできない。そこに荘子のいわゆる「人の生や限りあり。その知は限りなし。限りあるをもって限りなきを逐《お》う、あやういかな」。そうしたことばも生れると思います。

湯川　荘子に道というのはどこにあるかとだれかが聞いたら、道はどこにでもある。それは土くれの中にもある。小便の中にもあるという言い方をしますね。やっぱり荘子の時代からしてすでに、道は至るところにあるけれども、これをすっきりと簡単に統合してしまうわけにはなかなかいかんという方向づけはあったのでしょうな。

吉川　理想としては根気よく一つ一つのものを「格」してゆかなければならない。しかしそれは理想で、実際にはできないから、理のもっともよい表現である経書というものを中心に据えて、それの研究を重点におけ。そういう方向に帰っていくわけです。

湯川　それでまたいろいろわからなくなるのですが、つまり中国人は決して怠惰ではなくて、非常に勤勉な国民であることは、ずっと昔からそうでしょうが、西洋人というふうに一口に言っちゃいかんですけれども、西洋人は勤勉であったり、なかったり、いろいろですけれども、しかし普通の常識に従いますと、とにかく中国人は勤勉ですね。ですからかえっていまおっしゃったように、非常にこまかいところにはいっていったらきりがないという考え方になるのでしょうかね。

吉川　一つ一つのものを丹念に見てゆくということ、そこには近代科学への可能性があったはずです。歴史事実としてはすぐにはそうならなかったけれども。

湯川　それとくらべますと、ギリシャでの自然哲学のはじまりに、タレスが万物は水であるというわけですね。あとの発展は別としまして、タレスは非常に単純に割切っちゃったわけです。そう簡単にはじめから割切って何もかも水で話がすむというのは、一面では非科学的にも見えるわけです。ですが、とにかくそれで割切っちゃおうという精神が、やはりあとあとも何度も顔を出してくるわけです。それが特にはっきりするのは、むしろ十九世紀から二十世紀になってからのことですけれども、何か簡単な仮説を立ててみる。それでいろんなことが割切れたら、その仮説はよろしかったということになる。こういう思考法が非常に重要な役割を果すわけですね。ニュートンは、われわれは仮説をつくらずといって、できるだけ着実にやろうとしますけれども、内心は彼自身も仮説的思考をやってることを知っていた。そういうところも、中国の学問と違うわけですね。

吉川　そういうことは中国の学問の方法としては忌避されるわけです。私はあなたのさっきのお説、キリスト教があればこそ自然科学が生れたというのは、大へん重要だと思います。何かを切捨てて飛躍するのが、自然科学の法則の発見のために必要だということですね。ところが中国人はそうすることには常に不安があるんですね。理というものはけっきょく一つだとし、理は一つという大きな枠に任しておいて、その下にこまかな法則を立てるのは危険だという、そういうおそれがある。その一つの現れとして、権威はだいたいつねに複数ですよ。経書でも五つあるわけです。五つはみんなやらねばいかん。もっとも宋儒はわりあい『易』を他の経書よりも重視しますけれども、といって『易』一本では学者であり得ない。読書人でもあり得ない。五経みなやらんならん。五経読んでいるだけではいけない。歴史の本として十七史がある。理想としてはすべての本を読んでなければならないわけです。そこから急速に法則を出すことは、危険だと考える。陽明学なんかは多少そっちの危険な方向に傾きますけれども、その次の清《しん》朝の考証学では極度にきらわれる。

湯川　しかし、こういうことがもう一つあるんじゃありませんか。話はちょっと変るようですけれども、物理学のような学問では実験をやりますが、それは何をするのか、何を求めているかといいますと、法則を求めているわけです。仮説であってもよろしいから法則を発見する。それによっていろんな個々の現象を理解してゆくということをするわけです。ところがもう一つ、同じ自然科学でも自然史、ナチュラル・ヒストリーという分野があります。博物学ですね。特に生物学などは歴史を抜きにはできない。それぞれの生物が非常に長い歴史を背負っているということは、進化論以来ますますはっきりする。それ以前だってそういう思想はあったでしょうけれども、とにかく生物というものを歴史を離れて見れば、要するに非常にこまかい分類をするだけのことになる。歴史ということを考えますと、だんだんと因果関係的に歴史的な発展としてまとまってくる。これはダーウィンごろから以後、つまり十九世紀からですけれども、それは自然科学についての話で、歴史的な考え方というものは、中国では非常に古くからあったわけですね。つまり経書といえばその中には歴史も含まれている。『書経《しょきょう》』でも『春秋』でも歴史書ですね。歴史の道理というものがあると考えた。そういう考え方は非常に古いわけですね。

吉川　たしかにそうです。『春秋』というものも歴史の法則を説くための書物だとされます。しかし歴史の法則というものは自然科学の法則ほどにはきちんとしません。法則を歴史によって考えるということは、法則というものはつねにある幅をもって変動する、そうした思考を習慣とするのに傾いたと思います。

湯川　そういうことは、大いにあるでしょうね。

吉川　もし自然科学的な法則に近いもので、過去の中国にあるものを求めれば、古代言語についての幾つかの法則の発見でしょうね。それは十八世紀の清朝の学問の課題でした。ことに主として古代音の研究です。（小川）環樹《たまき》(9)さんがお得意の分野ですけれども。まずはじめは、同じ漢字の発音が古代では、現代の音ないしは近代の音と違っていたろうということが、気づかれました。そうして古代の音と今の音との差異を、だいたい二つの資料から帰納していくわけです。一つは『詩経《しきょう》』なんどの古代の韻文の押韻です。同じ脚韻《きゃくいん》であるべき二つの字が、いまは片一方の字は母音がアになり、片一方は母音がオになっている。しかしその二つが脚韻になっている。古代はおんなじ母音であったにちがいない。それが一つの資料です。それからもう一つは、漢字は偏やつくりに音符のついた字が半分以上ですね。伯は白が音符だからハク、仲は中が音符だからチュウ、歓、観は共に雚が音符だから共にクヮン、といった類です。ところで風という字は、凡と虫で構成されている。うち凡が音符なのですが、それをいまは「ぼん」と読まずに「ふう」と読んでいる。しかし古代音は「ふう」ではなしに、風も「ぼん」であったかもしれないし、逆にいま「ぼん」と読んでいる音が「ふう」に近いかもしれない。そういうことから古代の母音の形態はだいたい十幾つであったというふうに、法則の帰納が行われました。いまスウェーデンのカールグレン(10)がやっているのもそれの延長です。そういう法則が立てられたのは、だいたい十七世紀の後半から十八世紀、それは一番はじめ顧炎武《こえんぶ》(11)、あと戴震《たいしん》(12)とか、段玉裁《だんぎょくさい》(13)、王念孫《おうねんそん》(14)などという人。戴震なんか一方では哲学者なんですけれども、哲学者であるとともに天文もやり数学もやる。同時にそういう古代音韻の法則も考えた。

湯川　清朝の初めになるわけですか。

吉川　中ごろです。乾隆嘉慶。

湯川　日本ではそういう研究はなかったんですか。

吉川　日本でも山梨稲川《とうせん》(15)という人などが多少やりましたが、中国ほど成績をあげなかったようです。ところでそうした確実な法則の追究や発見が、古代言語についてのそれに始るといえば、それはまた語弊があって、それまでにも天文の観測から出る数字、これは法則でしょう。何カ月めに閏月《うるうづき》をおくというような法則、これは紀元前の『漢書』律暦志に論ぜられています。

湯川　それは自然科学につながる話ですね。

吉川　それから直角三角形の二辺の二乗の和は斜辺の二乗とひとしい。これは周髀算《しゅひさん》経《けい》(16)ですからこれも紀元前でしょうね。

湯川　最初に申しましたように、ひとつのわりあいにとらえやすい点は数学です。幾何学でもよろしいし、算術でもよろしい。代数でもよろしい。そういうものを数学として、幾何学は幾何学として考えるというのは、ギリシャの非常にはっきりした特徴です。最初は幾何学は測量術であったものが、独立して幾何学になるわけです。天文学だって暦をつくる術から独立して天文学になってしまえば科学ですけれども、中国ではそういう数学としての数学、天文学としての天文学というふうな考えは出てこないですか。

吉川　藪内君によく聞かないとわからないのですが、学としての数学という形は少なく、やはり一般の技術だったでしょうね。したがって普遍な教養ではなかったということです。ギリシャあたりではどうですか。数学は特殊な専門家のものですか。

湯川　教養として非常に尊重されまして、たとえばプラトンは、自分のところのアカデミアにくる者は幾何学を知っていなければいかんというわけですから、哲学とか、自然学とか、そういうものと一緒に幾何学を重要視している。むしろ幾何学を偏重し過ぎたぐらいの感じですね。それはピタゴラス以来の伝統でしょうけれども。それは術以上のものです。そこがだいぶ違うような気がします。

吉川　礼・楽・射・御・書・数、その六つを「六芸《りくげい》」とするということは、『周礼《しゅらい》』(17)に見えますね。やはり紀元前のことばです。礼楽《れいがく》、弓を射ること、馬に乗ること、字を書くこと、その次に数がきているんですがね。その書物としてあったのが、さっきの三角形の二辺の二乗の和を論じた周髀算経その他ですが、後代ではあまり読まれない書物として伝わっている。

湯川　数を六芸の中に入れてあったのはどういうつもりだったか。

吉川　やはり実用の数学じゃないでしょうか。

湯川　芸というのは？

吉川　その場合の「芸」は、教養を意味しましょう。

湯川　そうすると中国の古代というのは、ギリシャと同じように、いろいろのものがだいたい出そろっているけれども、しかし何かその中で歴史的な観点のほうが、法則的な観点よりずっと強かったのじゃないでしょうか。

吉川　というよりも、歴史がすなわち法則だったんじゃないでしょうか。存在の中で一番重要なものは人間だと感じ、そうして人間の法則はすなわち歴史だということになる。

湯川　そうでしょうね。人間を超越したものは考えないという傾向は強い。

吉川　孔子は天というものを、考えていたでしょうけれどもね。

湯川　私は中国の古代をよく知ってるわけではありませんけれども、知っている限りで、もっとも特徴的な点は、そういう人間とか、人間社会、そしてその回りに自然というものを考える。ところが他の民族は、その背後にたくさん神さまを考えたり、一神論までもっていったりしたのに対して、中国ほどそういうものにウエートをおくことの少なかった民族は、珍しいのではないかと思います。非常に特異な感じがするんですが、その点はどうなんですか。もっと前にいろいろ神さまを考えた時代があるんでしょうけれども、孔子までくると神のことはいわない。非常に徹底している。それは異常なことと思いますね。

吉川　他と比較すれば異常でしょう。そうしてそれは孔子以前にもだいたいその方向へ流れていたのではないかとぼくは思います。そこは、貝塚さんとぼくと感じの違うところですけれどもね。

湯川　そうなると、さらにさかのぼって、殷《いん》はどうだったかということになりますね。

吉川　殷は周よりももう少し宗教的だったろうという点は、ぼくも認めますがね。

湯川　周自身がずいぶん古いですね。ギリシャなんかと比べますと。どうもさまざまな神さまはあったに違いないけれども、急速に表面から消えていって、つまり『論語』までくればそういうものは消滅しているわけです。非常に驚くべきことでしてね。

吉川　ほかの文明と比較して考えればね。逆に私などは聖書を読めば驚きを感じます。

湯川　日本は後々まで神さまがたくさんあったが、それは世界的に見て特徴的じゃない。インドはお釈迦《しゃか》さんが出てくるより以前にバラモン教があって、非常に抽象的な思弁もやっとったかしらんけれども、神さまはずっと後まで残ってゆく。中国はむしろ後になって道教の神さまがいろいろでてきますが、しかし、それが支配的ではない。やはり儒教のほうが中心的な教えですね。

先ほど殷は周と違うとおっしゃったが、いったい漢民族といっていいのは、どこからどこまでですか。周以後はみんな漢民族かもしれないけれども、周と殷は民族的に違うんですか。あるいはもっと後世でもいいですけれども、漢民族の文化という場合には、たとえば北のほうの砂漠からやってくる蒙古人なんかは、漢民族の文化とちがう文化をもっていたわけですね。南のほうはよくわからんのですが、普通、漢民族の文化に同化されるというふうに言いますけれども、その場合に歴史的にどういうことなんですか。私はよくわからんのですがね。

吉川　わからんとおっしゃるのは？

湯川　つまり、もう少し正確には漢民族とはどういうものかということ。いつごろそういう漢民族の文化はできていったか。それに対して夷狄《いてき》と呼ばれる者も、時代的に変ってくるかもわかりませんが、昔にさかのぼるとはっきりしない。孔子は漢民族の文化を代表していると言っていいわけでしょうね。

吉川　無論そうです。漢民族の文化の方向を確定した最初の人です。

湯川　そうすると、その他の思想家、儒教以外の諸子百家も、だいたい漢民族の中でのいろいろな思想と見ていいわけでしょうね。

吉川　どれも宗教の色彩はないわけです。墨子《ぼくし》を除いては。

湯川　そうですね。墨子が多少キリスト教に似てるぐらいで。

吉川　しかし墨子が鬼神の存在を説くのも、(18)鬼神というものもわれわれの感覚に触れうるから鬼神は存在するという議論ですね。感覚に触れ得ないからこそ神は存在するという説き方も、ほかにはあると思うのですが、そういう説き方はしない。やがて仏教がはいって来、仏教を擁護する人たちにも、地獄極楽というものはきっといつかわれわれの感覚に触れうる、だから実在する、ただこの近所にいる人間でそこに行ったのがいないだけだという。感覚以上の、感覚を超越した世界であるとは、必ずしも説かない。六世紀の顔之推《がんしすい》(19)の議論はそうです。また道家では抱朴子《ほうぼくし》(20)の仙人実在論も、神仙の実在を、手近な感覚にふれないからといって疑ってはいけない、やがては感覚にふれると説く。墨子と同じ論法です。そういう場合、ほとんど公式的に使われる論理はこうです。どんなによく歩く人間でも世界中の全部を歩くことはできない。だからどこかに普通の感覚に触れない存在があるに違いない。神さま、仙人、それから地獄極楽。みなそういうものだと言うのですよ。

湯川　非常に合理的な考え方ですね。仏教というのは本来もうちょっと違うものでしょうけれども、インド思想としては。中国へはいってくると、やっぱりそういう意味の実在論的性格が非常に強くなるんでしょうね。

吉川　このごろの仏教学者は、インド本来の仏教もたいへん人間中心的なものだとおっしゃいますね。渡辺照宏《しょうこう》(21)君の本を読んで、そう感じました。塚本善隆《ぜんりゅう》(22)君にも確めてみたのですが、人間は人間自体の努力で成仏できる。そういうふうにききとれました。それだと儒学が人間は努力すれば聖人に近づけるというのと、あまり違わない。あるいは仏教はさらに過去、現在、未来と三世《さんぜ》にわたって、人間の力を信じ、その努力を要求している。儒学を一面鏡とすれば、これは三面鏡だなと、感じました。

湯川　私とちょっと意見が違いますが、つまり仏教というのは本来は内在論的ではあるけれども、しかし世界というものを思弁的に構成する。そして、そういう世界をいくらでも大きくしてゆく。三千世界とか何とか、いくらでも大きくしてゆく。また遠い遠い未来に弥勒《みろく》の世を考える。遠いところに西方浄土も考える。どんどん拡大してゆくわけです。ところが中国人はそう勝手に拡大しないでしょう。

吉川　やはり紀元前の鄒衍《すうえん》㉓が、天下には八十一州あって、その九分の一のさらに九分の一が赤県《せきけん》神州、すなわち中国だといったことがありますけど、それは特殊な例外でしょう。

湯川　インドの人の、時間的、空間的に、ほとんど無制限にどこまでも大きくしてゆくというのとは違いますね。

吉川　どんなに大きく考えても八十一州なんですからね。

湯川　ですからインドの思想というのは先ほどの人間中心だとおっしゃるのは、私はあんまり賛成じゃないんです。それは日本人とか、中国人の考え方に似せているのじゃないでしょうか。インド人はよく言えば実に雄大ですね。際限なく大きくしてゆき、際限なく小さくしてゆく。しかしインドの人は数というものに対して、どんどんケタを上げてゆくときに、恒河沙《ごうがしゃ》とか何とか一々名前をつける。小さい方も兎毛塵《ともうじん》とか何とか一々名前をつける。長さについても、大きさについてもそうですが、さらに時間までそういうふうに細かくわけてゆく。そうすると、際限があるのかどうか。極大は何か、極小は何かということが問題になる。その辺の話は別として、この世界があれば三千世界がある、三千世界の先に何があってもいいわけです。仏さまは全部それを知っている。どこまでいっても孫悟空はお釈迦さんの手からのがれられんというのが仏教的、インド的思想なのでしょうね。中国ではそこまでは考えないですね。荘子などは思想雄大だけれども、仏教ほどではないですね。それにもうちょっと違ったニュアンスがあるように思うのです。その話はきょうの主題ではないですが……。

吉川　ぼくは儒学は好きですけれども、儒学にいつも不満を感ずるのは、原罪というような考えがないことなんですよ。人間はみんな善の方向へ何がしか向いているとする。絶対の悪人で救われないというのはないんです。仏教にはそういう原罪の考えがあるかないか。それが僕の仏教に対する興味でもあり、関心でもあるのですがね。

湯川　私の意見はそこのところが正反対で、儒教や仏教の考え方の方が好きですが、原罪の話は別として、仏教はいくらでも大きく考えて、三世を考えたりしますけれども、それによって結局は何でも救いとれるという思想のほうへゆくわけですね。それが中国や日本の思想であるのか、インドそのものの思想であるのかというと、おそらくインド本来の思想でしょうね。仏教思想の特徴は結局、何でもかんでも自分の中へ入れちゃう。それで救いとる。必要とあれば宇宙をいくらでも大きくしてゆく。どんな悪人があっても救う。大乗というのはそういうことでしょう。

吉川　その方向のことはあまり考えたことありませんけれども、かつて『無量寿経《むりょうじゅきょう》』(24)を読んで、これは中国ではむつかしい空想だと感じたことがあります。突然温泉がわき出す。足までと思えば足まで。胸までと思えば胸まで。いらなくなればさっと消えうせる。地面一ぱいに花が散る。その上を歩いていく。足を入れるとすっと花の絨毯《じゅうたん》がへこみ、足をあげるともりあがる。ああいう空想は中国ではむつかしいと思います。『楚辞《そじ》』(25)は天上の世界を空想しておりますが、それは地上の世界を投影したものと感じます。道教のいろんな神さまも、中国の空想は地上の皇帝の官僚がそのまま天へ上がって神さまになっている。比喩でいえば、中国の空想は演劇の舞台で表現できる範囲だが、仏教のお経の空想は映画ではじめて再現可能な空想である。質的に違うんじゃないか。

湯川　それはたしかにありますね。だから富永仲基《とみながなかもと》という人は、なかなかいいところをつかんでいると思うのです。幻というか、魔法使いが何でも目の前に現出さすというのがインド的で、日本に比べると中国は相当雄大な空想をするように見えるけれども、あなたがおっしゃるように、空想の範囲が限られているともいえますね。

吉川　方向が違うんじゃないんでしょうか。

湯川　中国のは空想といっても現実性が非常に強いですね。

吉川　『西遊記』のおもしろさも、要するにわれわれの凡人の世界があいう怪物なり、神々の世界にも同じようにあるというのが、あの小説のおもしろさだと思いますね。

湯川　完全に現実離れはしないというところはありますね。やっぱり中国は現実の社会というか、ある皇帝の宮廷でもいいですし、あるいは一般庶民の社会でもいいですけれども、すでに生活の中に相当いろいろ物質的な豊富さもあり、制度的にも相当ちゃんとできておって、そういう中にいるから、それをもうちょっと広げれば空想が成立するということがあるのでしょうね。インドとは非常に状況が違うのでしょうね。

吉川　どうもきょうは中国の悪口というふうに傾いてきたけれども、私はそこには結局やはり凡人を尊重するという思想なり、習慣が非常に強いんじゃないかと思います。すべて飛躍をきらうということ。あんまり特別なことを考える人、湯川さんみたいな人がたくさん出てきたら困るんですよ。文明はだいたいすべての人間が参与しうるものでないと困るんです。

湯川　それはそれで、非常にヒューマニスティックでいいですけれども……。

吉川　と思います。だから詩だって叙事詩はないわけでしょう。叙事詩なり、あるいは非常なフィクションを伴う文学は専門家じゃないとできやしませんよ。文学もお互い凡人ができるものでないといけないですよ。できる形にとどまっていてもらわなければ困る。文学だけでなく、絵でも水墨なら少しけいこすればだれだってできますよ。

湯川　確かにそういうことはありますね。しかし私などはいまの中国はよく知りませんけれども、昔の中国、「なま」の中国じゃなしに、ただ書物を通じて知っている限りでは、日本と違いますところは、やっぱり現実的かもしれませんけれども、ゆとりがあるということですね。一つの例をあげますと、日本はそう大きな国じゃありませんから、たとえばある人がそのときの世の中がいやだと思って、どっかへ隠遁《いんとん》したとする。そうして見ても、ほんとの隠遁にならないわけです。中国は広いですから隠者は隠者、神仙は神仙で、普通の現実社会から遠く離れられるわけでしょう。日本の場合はそれができない。日本の歴史にあらわれてくる人物を見ますと、たとえば西行《さいぎょう》法師は出家してどっかへ行くけれども、いっこう俗世界を離れてないんですね。たとえば頼朝に銀のネコをもらって、それを帰りがけに子供にやったなんていう話は、いかにも浮世ばなれした話みたいですが、実は彼は東大寺の再建のための金集めを頼まれて諸国を歩いているということでもあったらしい。頼朝に会ったのは、そういう用事もあったと思います。ですから西行であろうと、だれであろうと、ほんとに隠遁するとか、あるいは中国流の神仙になるとかいうようなことはないわけでしょう。中国には、たとえば英雄、頭をめぐらせば神仙ということばがあるが、そういうのは日本では通用しないです。そう思ったってできないほどせせこましい。そこが非常に違う感じですが、どうですか。私は昔からそういう感じがしていたんです。

吉川　しかし中国人に返答させれば、中国だってそうお考えのように、完全に隠遁であることはむずかしかったんでないかと言うんじゃないかと思います。日本よりも容易であったかもしれませんけれども。

湯川　書いたものを見ますと、相当ていど現実社会、政治機構なんかからは離れて暮していているようなふうになってるわけです。日本だとそういう思想自身があまり出てこない。

吉川　しかしまた、ある意味では中国のほうが日本よりも現実はもっと過酷だ。人間を尊重するだけに人間のことに敏感であって、いろいろ人間関係が早くからややこしい。『春秋左氏伝』がすでに書いているように、ややこしい人間関係が早くからあって、日本よりもかえって人間関係には多くの気を使わなきゃならん場面もあったろうということ、例をあげると、陶淵明《とうえんめい》は非常にのんきな隠遁の詩をつくっているようですが、ぼくが『陶淵明伝』のしまいに書きましたように、彼だっていつ殺されるかわからない可能性を持っていたわけです。あのころのほかの文人はだいたい殺されています。そうした不安をも一方に持ちながら、ああいう隠遁の詩を書いているので、「曖曖《あいあい》たる遠人の村、依依たる墟里《きより》の煙」というような句も、そのことばの表面だけで受取ってはいけないんじゃないか。またそういう考え方は非常に早くからあるわけです。淵明は決して無責任な隠遁者じゃなかった。これは蘇東坡《そとうば》や朱子が言っているし、近ごろでは魯迅《ろじん》がそう言っています。またぼくがおもしろく思うのは黄宗羲《こうそうぎ》(26)ですがね。清朝のはじめのあの学者の文集を読んでみると、陶淵明の『桃花源記』はフィクションであって、こういうことができればという夢想を書いたものだ。ところが人間の歴史は進歩するものであって、近ごろはそれを実践しているやつがおる。それは明《みん》が滅んで清朝になったころ、満州から来た夷狄に仕えるのはいやだといって、ある男がどっか浙江省《せっこう》のある地域に、外とは交通のない盆地がある。そこを開墾して住んだ。これは古人がフィクションとして提供した思想を、実践している。同様に、秦《しん》の始皇のときに徐福(27)が東海へきたというのもフィクションだが、それを実践したやつが朱舜水《しゅしゅんすい》(28)だ。だから人間はいろんなことを空想として考えて、それがだんだん歴史が進展すると実践になっていく。これもおもしろい見方です。

湯川　私は中国はあれだけ広いんだから、やっぱりもうちょっと日本よりも、どっか遠いところに行きやすいように思うけど、そういうふうには現実にはなってなかったのかな。あまり有名な人はだめかもしれませんけれども。

吉川　湯川さんの考えを否認はしません。しかし、中国の現実というのは何か人間関係はたいへん複雑だと思います。日本よりも。

湯川　そういうパラドックスになっているのかな。そういう神仙思想みたいなものは日本にもかつてはあったけれども、日本は必要が少なかったのかな。切実でなかったのかな。古代のある時期には日本にもたしかにありますね。中国の影響でしょうけれども。

吉川　杜甫のようなまぐさい詩。どこも行くところがないから親類の甥《おい》の家に行く。歓迎して茶づけを出してくれるけれども、どうもいづらい感じがする。そういう詩が八世紀にあるんです。西洋ならばああいう詩は十九世紀の後半からじゃないでしょうか。それまではナイトとレディーの恋物語ばかりで。

湯川　その点は西洋は遅いな。

吉川　だから中国は科学の萌芽《ほうが》もあった。そして科学と手をつなぐものとして哲学もあったわけです。早い時期では後漢の張衡《ちょうこう》(29)などが例でしょう。あれは易の学者、太玄《たいげん》の学者で、一方では渾天儀《こんてんぎ》をつくっている。またさらに一方では文学者としてえらい。そうした人物が早く出ている。そうして、ものをたんねんに見詰めていくという精神が早くからあり、それは近代科学へも、非常に時間をかければ到達しうる可能性を持っていた。ただ飛躍をきらう精神、文明はすべての凡人のものでなければならない。飛離れた人が出てそれだけが先走りし過ぎては困る、というような精神、それが急速には西洋のように科学を発達させなかったわけと思います。

湯川　それもそうでしょうけれども、しかし中国は、やはり自分ところの文化が非常に進んでおって、一番大国でもあり、周囲からいろいろ入ってきても、それは漢民族の文化なるものを根底からゆるがすとか、考え方を根底からゆるがすほどのものはなくて、けっきょく自己充足的な性格がずっと強かった。それにくらべて、中近東からエジプトからギリシャ、ローマ、西洋というふうなところは、そういう自己充足的な性格は少なくて、たとえばギリシャがある時代よくても、キリスト教がはいってくると衝撃的に作用する。さらに、もっと前にもいろいろなことがあるわけでしょうけれども、とにかく自己完結的ではなくて、外からいやでも違ったもの、非常にヘテロなものを、強制的にでも取入れさせられるという具合であった。中国の方はそういうふうにしなくてもすんできた。自分とこで従来やってきたことが、これでよろしい。よそから夷狄がはいってきても、夷狄を自分の文化のほうに変えてしまったらよろしい。相当の影響はあるにしても根底から変えることはなかったという歴史があって、いい悪いは別として、近代科学なら近代科学にまで脱皮するチャンスがなかなか出てこなかったのじゃないですか。私は中国文化が劣っているとか、すぐれているとか、そういうこととは関係なく、そういうことになったのじゃないかと思いますがね。

吉川　飛躍の機会を外からは与えられなかった。ぼくはこのごろ宗教の問題を相当重要に考えるのですが、満州でも蒙古でも、強力な宗教はもたない民族のようです。蒙古も後になって喇嘛《ラマ》教(30)を大いに信仰しましたけれども、もともとどういう宗教があったのでしょうかね。しかも、それで宗教戦争は起らない。仏教は外からはいった宗教として大きなものをもたらしましたが、武力を伴わずに平和的にはいってきた。

湯川　その点、仏教は非常に特徴のある宗教でして、あれほど広がったけれども、宗教によって征服するということはしなかったわけですね。武力征服を伴わないだけじゃない。キリスト教だって別に武力征服じゃないように見えるけれども、結果的にはやはり征服という恰好《かっこう》をとっている。イスラム教はもちろんのことですね。

吉川　ローマ帝国におけるキリスト教徒の迫害のようなものは、中国を中心とする東方の地域ではなかった。イスラム教とキリスト教の争い、そういうものもなかった。三武《さんぶ》一宗《いっそう》の仏教の法難(31)も、一時的だった。

湯川　それは非常に重要なことでしょうね。だから宗教というのはそれ自身を見れば、いかにも近代科学の発達を妨げているように見えるけれども、必ずしもそうじゃないんであって、一方では相反するようだけれども、また何か非常に違ったものを生み出す契機にもなっているわけですね。日本などは中国と違って仏教がはいってくれば、儒教もはいってくる。それから西洋文明もはいってくる。すべて大きなショックですからね。

吉川　日本はいまはキリスト教がやや沈滞してますけれども、明治の大きなことの一つは内村（鑑三）さんのような人が出たということじゃないでしょうか。ああいう人は中国では出ませんでしたよ。中国ではキリスト教は最近に至るまで、知識人には原則として受入れられなかった。

湯川　ちょっと違うようだけれども、日本もやはりキリスト教はあまり広がらないですね。吉川さんと私と考えが違うようですけれども、私はキリスト教には、あまり興味を持たなかった。先ほどいろいろ申しましたように、ユダヤ的、キリスト教的な超越神の考え方は、近代科学を生み出すのに重要な契機の一つだったと思いますけれども、やっぱり私の一番好きなのは老荘でして、それから儒教と仏教に親近感を持ちますね。

吉川　ぼくは逆にキリスト教に相当興味持ちますがね。これはどうしても中国にないものだ。

湯川　ないものでしょうね。すると私の方があなたよりもっと中国的かも知れんな。

吉川　ということはぼくも言おうと思っていたけれども。

湯川　私もつくづくそう思うのです。現代の中国は知りませんが、昔の中国の影響を私は小さい時に相当強く受けた。その影響の一例として、子供のときから京都に住んでいたんですが、だんだん大きくなってから、京都は非常にいいところだとわかってきた。京都にどういう文化があるか、自然もよろしいし、文化もよろしいとわかってくる。ところが、それより前のことですが、大人になる前に奈良へたびたび行って、非常に美しいと思った。一番いいと思ったのは唐招提寺です。非常に魅力を感じた。

あれは全く中国的な寺院ですね。そのときはわからなかったけれども、あとになって考えると、やはり中国的なものにひかれておったということになるようです。そうじゃないでしょうか。

吉川　それだけかどうか、わかりませんけれども、やっぱりほんとに中国が好きなものは老荘も好きにならないといけないでしょうね。私は依然として老荘になじめないんですがね。

(1) 格物致知　四書の一つとして朱子学のテキストとなった『大学』に「知を致すは物に格《いた》るに在る」とあるのにもとづく語。朱熹は、知性を十分に発揮させる（致知）には、まず事物の理をきわめる（格物）ことが肝要だとしつつ、経書には事物の理がそなわっているという立場から、経書を読むことが学問の第一とした。吉川は「けっきょく読書明理」と説明する。なお、朱子学に異を唱えた明の王陽明は、自らの知によって外物をただす、と読み直し、学ぶ者の能動性を強調した。

(2) 山田慶児　科学史家。一九三二年生まれ。中国科学史を研究。京大卒。京大人文研教授、国際日本文化研究センター教授を歴任。『朱子の自然学』『授時暦の道』など著作多数。『山田慶児著作集』全八巻（臨川書店）が刊行中。

(3) ドグマ的　ギリシア語のドグマ（dogma）から、独断的、独断論を意味する。

(4) 日月五星の運行の周期　『漢書』律暦志に、一ヶ月は二十九日と八十一分の四十三日とある。

これは今日計算される朔望月の平均値、29.530589日に極めて近い。吉川「支那人の古典とその生活」（全集第二巻）三四三頁参照。

(5) 藪内清　天文学者、科学史家。一九〇六～二〇〇〇。京都帝大宇宙物理学科卒。京大人文研教授、同所長。中国天文学史、科学技術史を研究。著作に『中国の天文暦法』など。『藪内清著作集』全八巻（臨川書店）がある。

(6) 祖沖之　中国、南朝の宋から斉にかけての数学者、暦学者。四二九～五〇〇。范陽（河北省）の人。字は文遠。太史令。大明暦を考案し、後の梁代になって採用された。著書『綴《てっ》術《じゅつ》』において、円周率の正確な数値（$3.1415926 < \pi < 3.1415927$）を算出。他に機巧装置の製作や、農業振興の建議といった事績が知られる。なお『綴術』自体は散佚《さんいつ》しており、円周率算定の事績は『隋書』律暦志の記事による。

(7) 造物者　『荘子』内篇「大宗師」「応帝王」、雑篇「列禦寇」「天下」に見える。

(8) 内在論、超越論　内在とは哲学において、ある現象や対象が、その存在根拠や原因を自己の内部にもっていることを指す。一方、その対概念である超越とは、当の領域内にとどまらず、現象や対象が意識や存在を超えたところに独立してあることを指す。

(9) 小川環樹　中国文学者、中国語学者。一九一〇～九三。字は士解。地理学者小川琢治の四男。小川芳樹（冶金学者）、貝塚茂樹、湯川秀樹の弟。京都帝大で鈴木虎雄、倉石武四郎に師事。中国に留学し羅常培、趙元任らに学ぶ。東北帝大教授、京大教授等を歴任。文学博士、学士院会員。中国小説史、唐宋詩文、音韻学など研究は幅広い。吉川とは京大中文研究室の同僚。著書は『唐詩概説』『中国語学研究』など。『三国志演義』など訳書も多い。『小川環樹著作集』全五巻（筑摩書房）がある。

(10) カールグレン　スウェーデンの中国学者。一八八九～一九七八。中国名高本漢。中古音の研究で著名。主著『中国音韻学研究』。

(11) 顧炎武　明末清初の思想家、学者。一六一三～八二。明の遺民として清朝に仕えず、流浪の後半生を送った。その中で『日知録』『音学五書』などの名著を遺す。経書の考究に実証性を求め、清朝考証学の祖とされる。経学や音韻学のほか、歴史、地理にも通じ、詩文にも長じた。

(12) 戴震　清朝中期の考証学者、思想家。一七二三～七七。四庫全書纂修官。江永に学ぶ。著作は『孟子字義疏証《そしょう》』など。音韻関係では『声韻考』などがある。

(13) 段玉裁　清朝中期の考証学者。一七三五～一八一五。『説文解字注』「六書音韻表」で知られる。

(14) 王念孫　清朝中期の考証学者。一七四四～一八三二。著作に『広雅疏証』『読書雑志』などがある。子の王引之も学者。

(15) 山梨稲川　江戸後期の音韻学者。一七七一～一八二六。駿河の人。江戸で古文辞学派の陰山豊洲らに学ぶ。本居宣長の字音研究に触発され、中国語古音の研究に進み、顧炎武の古音十部説に基づき『文緯』三十巻を著す。その他『古声譜』一巻、『諧声図』一巻、『考声微』三巻、『古音律呂三類』二巻を著した。漢詩人としても知られる。

(16) 周髀算経　蓋天説（円形、笠状の天が方形平面の地を覆っているとする考え、天円地方）に基づく天文学・天文測量の書。二巻。作者不詳。「周髀」とは太陽観測器具の「圭表」のこと。後漢末から三国頃の趙爽の注が付く。句股術《こうこ》（三平方の定理）が利用されることで有名。

(17) 『周礼』　儒教経典。『礼記』『儀礼』と合わせて「三礼」の一つ。『周官』。周王朝の官制を天地春夏秋冬の六官に分けて記したもので、周公作と伝承。冬官は早くに欠け、「考工記」を以て補われている。六芸についての記事は「大司徒」「保氏」に見える。

(18) 墨子と鬼神　墨子は中国戦国時代の思想家。宋または魯の人という。名は翟。諸子百家の一つ、墨家の創始者。兼愛非攻の博愛主義で知られる一方、防戦を得意とし「墨守」の語源となる。『墨子』は墨子に仮託された書物で、実際は墨家集団の長期にわたる著述の集積。

(19) 顔之推　中国、南北朝時代末期の学者。五三一〜?。南北両朝に仕えた波瀾の生涯と、高い学識で知られた。『顔氏家訓』の著者。吉川の言う「顔之推の議論」は、著書『顔氏家訓』帰心篇に見える。

(20) 抱朴子　晋代の道士、葛洪《かっこう》の著書。書名は葛洪自身の号による。内篇と外篇に分かれる。内篇は仙道（人が神仙になる道）の実践的理論書。金丹、導引などの方法を解説。

(21) 渡辺照宏　インド哲学者、仏教学者、僧侶。一九〇七〜七七。東京帝大卒。ドイツに留学し、E・ロイマンに学ぶ。九州帝大助教授、東洋大教授、東洋文庫研究員。ギルギット本「法華経」の校訂などで知られる。著作集全八巻（筑摩書房）がある。

(22) 塚本善隆　仏教学者、僧侶。一八九八〜一九八〇。中国仏教史を研究。宗教大学（大正大学）、京都帝大卒。京大人文研教授、所長。京都国立博物館長。著作に『中国仏教通史』など。著作集全七巻（大東出版社）がある。

(23) 鄒衍　中国、戦国時代の思想家。陰陽家の祖。斉（山東省）の臨淄《りんし》の人。著書として『漢書』芸文志《げいもんし》には『鄒子』四九篇、『鄒子終始』五六篇が著録されるが、いずれも散佚。王朝交代を五行の循環で説明した「五徳終始説」のほか、吉川も触れる大九州説で知られる。

(24) 『無量寿経』　大乗仏典。『観無量寿経』『阿弥陀経』と共に浄土三部経の一つで、浄土教諸派の所依経典。

(25) 『楚辞』　戦国時代の楚に興った韻文・歌謡、またそれを集めた書物の名。書名としては、戦国末頃の楚の王族、屈原やその弟子の宋玉の作とされる歌謡と、これらに倣った後人の作品を集めたものを指し、前漢末の劉向《りゅうきょう》が自作を含めて一六巻にまとめた。今日見られるのは王逸が付注し自作を加えた『楚辞章句』一七巻の系統。『楚辞』中の天上世界に関わる作を挙げれば、「九歌」は神降ろしの場の祭祀歌に基づき巫覡《ふげき》と神との交渉を、「離騒」の後半は天上遊行を描き、「遠遊」は後者の内容を展開させたもの。

(26) 黄宗羲　明末清初の学者、思想家。一六一〇～九五。余姚《よよう》（浙江省）の人。父の黄尊素は東林党の大物。自身も明末に東林党の流れを汲む復社に参加。のち、清朝には出仕せず、著述と講学に専念。著作に『宋元学案』『明儒学案』『明夷待訪録』など。吉川が言及する話は「両異人伝」に徐某と諸士奇の事として描かれる。黄宗羲の文章では他に、「王義之伝」「敬槐諸君墓誌銘」に関連する記述がある。

(27) 徐福　中国、秦代の方士。徐市（フツ）とも。始皇帝の命で東海中の三神山に仙薬採訪の探検に出、童男童女数千人の大船団を率いたが、行方不明となり帰ってこなかった。東海の先は日本であり、徐福とその一行はそこに辿《たど》り着き定住したとも言われる。日本には徐福の子孫および墓の伝承が各地に伝わる。

(28) 朱舜水　明末清初の学者。一六〇〇～八二。余姚（浙江省）の人。明の遺民で、日本に亡命。水戸藩の賓客となり、日本で没す。学風は朱子学を軸とする実学と評される。日本での弟子に安東省庵、安積澹泊《あさかたんぱく》などがいる。

(29) 張衡　後漢の学者、文人。七八～一三九。

(30) 喇嘛教　チベット仏教のかつての通称。現在では使わない。元朝はフビライによるチベット征服以降、チベット仏教を信仰した。

(31) 三武一宗の仏教の法難　北魏太武帝、北周武帝、唐武宗および後周の世宗による仏教弾圧を言う。

解説

齋藤希史

吉川幸次郎の文章には独特のリズムがある。癖があるとも言えるが、それがまた人を惹《ひ》きつけ、時に酔わせる。透明で香りの強い蒸留酒のようでもある。対話集となれば、相手に合わせて話題も移り、談話体で記されるだろうから、読みやすくはあっても、物足りないかもしれない。そんなふうに想像しながらこの本を手に取ったなら、きっとよい意味で裏切られる。酒に対して茶に喩《たと》えれば、これはつきあいの茶話などではなく、辛辣をともなう明晰《めいせき》という点で茶の一服に似る。


『魚玄機』でもおしまいに参考書物をあげているでしょう。あれは俗ですよ。」

「道とはなんぞや、言語とはなんぞや。そんな野暮なものは書きませんよ。」

「私は依然として老荘になじめないんですがね。」

相手は異なるが、いずれも吉川の語である。対話の妙味は、練り上げられた文章とは別にあり、それもまた学問の根柢《こんてい》を垣間《かいま》見せる。

ここに収められた六人との対話が行なわれたのは一九六八年。一九〇四年生まれの吉川の学識はすでに世評高く、文章は人の争って求めるところであった。この年に刊行が始まった自編全集の紹介文には、「私的な言語」である手紙や自身の整理を経ていない講演録とともに、「対談も、読む言語としては、リズムに自信をもちにくい部分を含むので」収めないと言う（「私の全集について」、「新刊ニュース」東京出版販売株式会社、一九六八年三月十五日）。だがこの本で読者が出会うそのことばは、自身の経験と思考に裏打ちされながら、旺盛な好奇心ゆえに瑞々《みずみず》しい。相手を生まれ年で並べなおせば、石川淳（一八九九年三月）・中野重治（一九〇二年一月）・石田英一郎（一九〇三年六月）・桑原武夫（一九〇四年五月）・湯川秀樹（一九〇七年一月）・井上靖（一九〇七年五月）。吉川は早生まれだから石田と桑原の間、ちょうど真中におさまる。中国古典を話題にするなら他にも候補となる著名な作家や学者はいそうだが、あるいは、あえて時代を共有する感覚をもつ同世代を選んだのかもしれない。この人選は功を奏し、闊達《かったつ》かつ率直で読み応えのある対話のうちに、時代のなかで生命を得て深く呼吸する古典のありかた——そして人のありかた——を読者は知る。

本書の序が簡潔に記すように、一連の対話は、吉川が監修した朝日新聞社刊『中国古典選』全二十巻の別巻『古典への道』のために企画された。序に「その一部分に充てるため」と言うのは、他に、吉川が経書の読み方を京都大学人文科学研究所の田中謙二《けんじ》・島田虔次・福永光司《みつじ》・上山春平を聞き手に講じた「中国古典をいかに読むか―五経・四書を中心に―」を加えたことによる。刊行は一九六九年四月。そして一九七七年三月、序を付して対話六篇を再録した『中国文学雑談　吉川幸次郎対談集』が朝日選書の一冊となる。本書の底本である。

『中国古典選』は、大きくわけて三つの版がある。最初は、一九五五年から六四年にかけて、『論語』(上・下)『孟子』(上・下)『荘子』『史記』(春秋戦国篇・楚漢篇・漢武篇)『唐詩選』『唐宋八家文』(上・中・下)の全十二巻で出版された。訳注書が一般に語釈と訳文と解説を区分して示す教科書的なフォーマットを採用することが多いのに対して、読解の説明の中に語釈も訳文も組み入れるというスタイルは、読みやすく新鮮で、修養のためではない古典読解を目指すものとして好評を博した。シリーズの核となった『論語』が吉川の口述を門下生の尾崎雄二郎が筆記したものであることも、このスタイルにとってはむしろ自然だった。語釈と訳文と解説をひと連なりにして、目の前の筆記者に語る。こうした姿勢は、口述ではない他の巻からも不思議と感じられる。そもそも吉川の文体がそのようなもので、それがシリーズの著者たちにも程度の差こそあれ共有されていたかに見える。

念のために言えば、対話の記録とは異なって、吉川の口述は文章として発せられた。「語気、語法、用語、用事、すべては私の文章である。私が大旨をのべ、尾崎氏が文章にされたのではない」（新訂版『論語』「はしがき」）。吉川は何よりもことばを重んじ、その解明を探究の柱とした。清朝考証学も宣長《のりなが》や徂徠《そらい》の学問も、同じくことばの学であった。『論語』は道徳の書ではなく、中野重治との対話に言う「ポエジーの精神」に支えられた書物として読まれる。それは『中国古典選』を監修する吉川の姿勢でもあった。

もう一つ、注目すべき姿勢がある。吉川が学問に志したころ、中国古典を読もうとする者など周囲にはいなかった、自身も『論語』を開いたのは大学に入ってからだったとは、本書の読者がたびたび聞くことになる述懐である。そうしたことを話す吉川に、新しい古典読解の道を社会に示したいという思いがあることは、各巻末にある「監修者の言葉」にも明らかだ。その前半を引いておこう。

> 古典、すなわち古代人のすぐれた直観にのみよって吐かれた不変の言葉、そうして永遠に人生の知恵であり得る言葉、それを記載した書物は中国にばかりあるのではない。
>
> しかし中国がそのいくつかをもつことは、たしかである。それらは中国の隣国

である日本人の、久しきにわたる読書でもあった。

それがややしばらく忘れられていたのは、それらを独占しようとする狭量な人々が、恣意のかきねを、古典とわれわれの間に作っていたためである。

われわれは、古典を、われわれの手にとりもどそう。


十年をかけてひとまず完結を見たシリーズは、翌年には新訂版の発行を開始する。旧版は大幅に改訂され、『荘子』は外篇と雑篇を加えて三巻となり、さらに『易』『大学・中庸』『老子』『古詩選』『三体詩』（上・下）『宋詩選』が収められ、全二十巻（新訂版『孟子』は一巻）の規模となった。完結は六八年、その翌年にこの対談を録した別巻刊行に至ったのである。その後は、一九七八・九年に全三八冊の朝日文庫版が出て、さらに広く読まれるようになった。姉妹編として、宋代以降の思想家、詩文、通時代的なテーマごとに全十五巻を配した『中国文明選』がある。また、岩波書店からは、小川環樹《たまき》との共編で『中国詩人選集』が一九五七年から、その第二集が一九六二年から刊行されていた。新しい古典の読解を社会に伝えるために果たした吉川の功績は、学者としてはもとより、オーガナイザーとしても多大である。たんに組織力ということではなく、自らの学問を誰に対しても明確に語る姿勢があればこそ、人が集まり、読者が広がった。誰しもが認める碩学《せきがく》でありながら、漢学者の家に生まれたわけでもなく、『論語』を道徳の書として読まず、漢文は独習可能だと主張し、新聞や雑誌への寄稿を厭《いと》わない。そうした吉川の態度は、古典を時代に生かそうとしたと言うよりも、古典を読むこと、そして語ることが時代を生きることであったと言うべきである。

応じた六人もそれぞれに古典を自らの生としていることが、吉川との対話から引き出されているのも本書の大きな魅力である。その興趣は本編に委ねるが、中野重治には触れておきたい。

戦前から互いに名は知っていた二人が最初に会ったのがいつであったかは、はっきりとしない。『中野重治全集』第十九巻月報（一九六三年九月）に吉川が寄せた「中野重治に」では、ただ「戦後」とあり、中野が三好達治について書いた「あわただしく」（『本の手帖』一九六四年六月）には、学術会議か何かで吉川が東京に来たときであったか、三好と吉川と飲んでいたところへ石川淳が入ってきたなどと書いてあるから、一九五一年ごろには親交があったかに思われる。中野は『新唐詩選』を読む」（『図書』一九五二年十月）を書き、そこでこう言う。

むかし私たちは漢文というものを習った。私自身としていえば、三十五年ほどまえ、中学校でのことである。私たちはそこで、唐の詩に——唐のだとも宋のだとも知らずに、ちらりと出会った。そしてそれきりである。

それきりであるけれども、そのときに受けた印象は、ひとのことは知らない、私のものとしては、印象というよりは切傷《きりきず》といったほうがいいほどに深かった。それがそのままに残っている。それだから、この印象は正確ということに拠《よ》っていない。うろおぼえ、誤った記憶がそのままにあって、知識はその後正確なほうを知ったが、印象は誤ったほうのままということさえある。つまり全くの素人《しろうと》であって、その印象はひとには語れぬものである。……

ひとには語れぬが、ある日ある時刻の新月の記憶かなどのように、泣きたいほどのものとして動かぬものである。


対話でも語られるが、中野は戦前に収監されていたときの差し入れで、鈴木虎雄訳注の杜甫を読んでいた。「私は昂奮したのを覚えている。私は立ったり坐ったりした」(吉川訳『杜甫Ｉ 世界古典文学全集28』月報、一九六七年十一月)。吉川の『宋詩概説』『元明詩概説』について評した「二つの『詩概説』」(『図書』一九六三年九月)ではこう書く。

私は宋の詩と詩人との大体を知った。元、明の詩と詩人との大体を知った。それは彼らの人生、彼らの人生を含んだある長い時間のなかの人生そのものを知ったことであった。また吉川幸次郎その人における人生を知った、あるいは垣間見たことでもあった。
吉川幸次郎その人における人生を垣間見たなどといえば不謹慎である。しかし私はこの人を、度合は別として知っていた。会ったことがある。話をしたことがある。酔って勝手放題を並べたこともある。

そして吉川は前掲の月報「中野重治に」をこう結んでいる。

この文章を書き出すと、君の文体に似るので、せいぜい僕自身の文体にひきもどした。しかしなお影響を感ずる。君とはそういう人物だ。

この対話集が朝日選書として出たとき、中野とは東京で会ったと思いこんだ編集者が吉川の序の原稿に無断で手を入れ、読んだ中野を訝しがらせた。吉川は後に定本版『中野重治全集』二五巻月報（一九七八年十月）にそれを記し怒りをあらわにしている。そもそも六つの対話にはそれぞれのタイトルがあるだけで、全体の題というものがない。朝日選書でなぜ『中国文学雑談』としたのか、じつはその意を測りかねていたのだが、迂闊《うかつ》であった。中野との対談タイトルに従ったのである。「わざわざ京都まで出むいてくれ、鴨川べりで対談した。甚だ愉快であった」と吉川は懐かしむ。「冬の夜」と記されるその日は、中野の年譜によれば、一九六八年二月十一日である。解説を準備するかたわら提案した『古典を生きる』というタイトルには、吉川たちが共にしていたこうした記憶をとどめておきたい、時には垣間見たいという希望も含まれる。対話の妙味は、発せられることばの背後にもある。

＊

なお、文庫版のために新たにつけた注は、編集部と東京大学大学院生の早川侑哉《ゆうや》さんの献身的な協力を得て、成ったものである。感謝を申し上げたい。また、現代の価値観や学術水準からすれば妥当とは言いがたい用語や発言についても、編集部と相談の上で、注を加えた。いずれも文責は齋藤にある。

本書は、『中国文学雑談　吉川幸次郎対談集』（朝日選書、一九七七年）に新たに注釈を付した上で改題し文庫化したものです。

本文中には、「シナ語」「川原乞食」といった現在の国際感覚や人権意識からみて不適切な表現があります。発言者が故人であること、また、扱っている題材の歴史的状況および、それを踏まえた発言を正しく理解するためにも底本のままとし、注釈において注記をおこないました。（編集部）

古《こ》典《てん》を生《い》きる

吉川幸次郎対話集《よしかわこうじろうたいわしゅう》

吉川幸次郎《よしかわこうじろう》

令和7年 3月25日　初版発行

発行者●山下直久

発行●株式会社KADOKAWA
〒102-8177　東京都千代田区富士見2-13-3
電話　0570-002-301（ナビダイヤル）

角川文庫 24599

印刷所●株式会社暁印刷
製本所●本間製本株式会社

表紙画●和田三造

●お問い合わせ
https://www.kadokawa.co.jp/（「お問い合わせ」へお進みください）
※内容によっては、お答えできない場合があります。
※サポートは日本国内のみとさせていただきます。
※Japanese text only

ISBN 978-4-04-400842-0　C0195

◇◇◇

角川文庫発刊に際して

角川源義

第二次世界大戦の敗北は、軍事力の敗北であった以上に、私たちの若い文化力の敗退であった。私たちの文化が戦争に対して如何に無力であり、単なるあだ花に過ぎなかったかを、私たちは身を以て体験し痛感した。西洋近代文化の摂取にとって、明治以後八十年の歳月は決して短かすぎたとは言えない。にもかかわらず、近代文化の伝統を確立し、自由な批判と柔軟な良識に富む文化層として自らを形成することに私たちは失敗して来た。そしてこれは、各層への文化の普及滲透を任務とする出版人の責任でもあった。

一九四五年以来、私たちは再び振出しに戻り、第一歩から踏み出すことを余儀なくされた。これは大きな不幸ではあるが、反面、これまでの混沌・未熟・歪曲の中にあった我が国の文化に秩序と確たる基礎を齎らすためには絶好の機会でもある。角川書店は、このような祖国の文化的危機にあたり、微力をも顧みず再建の礎石たるべき抱負と決意とをもって出発したが、ここに創立以来の念願を果すべく角川文庫を発刊する。これまで刊行されたあらゆる全集叢書文庫類の長所と短所とを検討し、古今東西の不朽の典籍を、良心的編集のもとに、廉価に、そして書架にふさわしい美本として、多くのひとびとに提供しようとする。しかし私たちは徒らに百科全書的な知識のジレッタントを作ることを目的とせず、あくまで祖国の文化に秩序と再建への道を示し、この文庫を角川書店の栄ある事業として、今後永久に継続発展せしめ、学芸と教養との殿堂として大成せんことを期したい。多くの読書子の愛情ある忠言と支持とによって、この希望と抱負とを完遂せしめられんことを願う。

一九四九年五月三日

角川ソフィア文庫ベストセラー

論語（上）　吉川幸次郎

東アジア最大の古典、論語。日本においても修養やリーダー論の軸として重視され、渋沢栄一や山本七平など、実業家や知識人に愛読されてきた。中国学で時代を築いた著者が語りかけるように解き明かす決定版。

論語（下）　吉川幸次郎

古来もっとも多くの日本人によって愛読されてきた中国古典、論語。中国における代表的な古注・新注にくわえ、江戸時代の日本の学者による注釈を参照。古今を超越した人生の知恵をひもとく。語句索引を収録。

漢文脈と近代日本　齋藤希史

漢文は言文一致以降、衰えたのか、日本文化の基盤として生き続けているのか――。古い文体としてではなく、現代に活かす古典の知恵だけでもない、「もう一つのことばの世界」として漢文脈を捉え直す。

漢文の語法　西田太一郎　校訂／齋藤希史・田口一郎

「これに勝る漢文文法書なし」との呼び声も高い名著を復刊。『論語』や『史記』など中国古典の名著から引いた一二七〇を超える文例を読み込むことで、漢字・文法の知識と理解を深めて確かな読解力を身につけよう。

中国名詩鑑賞辞典　山田勝美

「詩経」から唐代の李白や杜甫、そして明清代まで名詩350首以上を厳選。読む・書く・味わうために必要な訓読、現代語訳、語釈、押韻を網羅した必携の本格辞典。「中国詩を読むための序章」や成句索引を収録。

角川ソフィア文庫ベストセラー

孫子の兵法
湯浅邦弘

『孫子』に代表される中国の兵法を、作戦立案やスパイ活用法などのテーマごとに詳しく解説。占いや呪いを重視する兵法と、合理的な兵法の特色を明らかにする。用語や兵書名がすぐにわかる便利な小事典付き。

論語
ビギナーズ・クラシックス 中国の古典
加地伸行

孔子が残した言葉には、いつの時代にも共通する「人としての生きかた」の基本理念が凝縮され、現代人にも多くの知恵と勇気を与えてくれる。はじめて中国古典にふれる人に最適。中学生から読める論語入門！

杜甫
ビギナーズ・クラシックス 中国の古典
黒川洋一

若くから各地を放浪し、現実社会を見つめ続けた杜甫。日本人に愛され、文学にも大きな影響を与え続けた「詩聖」の詩から、「兵庫行」「石壕吏」などの長編を主にたどり、情熱と繊細さに溢れた真の魅力に迫る。

李白
ビギナーズ・クラシックス 中国の古典
筧久美子

大酒を飲みながら月を愛で、鳥と遊び、自由きままに旅を続けた李白。あけっぴろげで痛快な詩は、音読すれば耳にも心地よく、多くの民衆に愛されてきた。豪快奔放に生きた詩仙・李白の、浪漫の世界に遊ぶ。

白楽天
ビギナーズ・クラシックス 中国の古典
下定雅弘

日本文化に大きな影響を及ぼした白楽天。炭売り老人への憐憫や左遷地で見た雪景色を詠んだ代表作ほか、家族、四季の風物、酒、音楽などを題材とした情愛濃やかな詩を味わう。大詩人の詩と生涯を知る入門書。

角川ソフィア文庫ベストセラー

陶淵明
ビギナーズ・クラシックス 中国の古典

釜谷武志

自然と酒を愛し、日常生活の喜びや苦しみをこまやかに描く一方、「死」に対して揺れ動く自分の心を詠んだ田園詩人。「帰去来辞」や「桃花源記」ほかひとつ一つの詩を丁寧に味わい、詩人の心にふれる。

唐詩選
ビギナーズ・クラシックス 中国の古典

深澤一幸

漢詩の入門書として最も親しまれてきた『唐詩選』。李白・杜甫・王維・白居易をはじめ、朗読するだけで風景が浮かんでくる感動的な詩の世界を楽しむ。初心者にもやさしい解説とすらすら読めるふりがな付き。

史記
ビギナーズ・クラシックス 中国の古典

福島正

司馬遷が書いた全一三〇巻におよぶ中国最初の正史が一冊でわかる入門書。「鴻門の会」「四面楚歌」で有名な項羽と劉邦の戦いや、悲劇的な英雄の生涯など、強烈な個性をもった人物たちの名場面を精選して収録。

十八史略
ビギナーズ・クラシックス 中国の古典

竹内弘行

中国の太古から南宋末までを簡潔に記した歴史書から、注目の人間ドラマをピックアップ。伝説あり、暴君あり、国を揺るがす美女の登場あり。日本人が好んで読んできた中国史の大筋が、わかった気になる入門書！

春秋左氏伝
ビギナーズ・クラシックス 中国の古典

安本博

古代魯国史『春秋』の注釈書ながら、巧みな文章で人々を魅了し続けてきた『左氏伝』。「力のみで人を治めることはできない」「一端発した言葉に責任を持つ」など、生き方の指南本としても読める！